KB134213

직지의 부활

제9회 직지소설문학상 대상 수상작

직지의 부활

연세영 장편소설

사단법인 한국소설가협회

직지의 부활을 꿈꾸며…

소설 직지를 준비하며 궁금한 게 두 가지 있었다. 첫째 주한 프랑스 공사 쁠랑시는 구입한 직지를 왜 조선에 돌려주지 않았을까. 둘째 왜 '직지심경'이란 단어를 쓰면 안 될까였다. 그는 조선에서 근무한 고위급 공무원이었다. 고종의 측근이었고 말벗이었다. 고종은 그를 유독 아꼈다. 국운이 쇠할 때 유능한 외국인에게 기대고 싶었을 것이다. 그는 주한 프랑스 공사로 일하면서 직지를 포함, 수많은 조선의 문화재를 사들였다. 고국으로 돌아갈 땐 자신이 모은 보물급을 대부분 기증했다.

그러나 직지만큼은 가져갔다. 왜 그랬을까? 개인적으로 안타깝다. 둘째 직지심체요절을 '직지심경'이라 쓰면 안되는 것인가. 부처의 말씀을 수록한 게 불경이다. 해탈의 경지에 오르면 누구나 부처가 될 수 있다고 배웠다. 직지심체요절은 당대 고매한 스님들의 말씀을 인쇄한 것이다. 왜 심경이 될 수 없을까? 큰 틀에서 두 가지 궁금증이 소설을 쓰게 된 동기다. 집필 내내 프랑스국립도서관에 있는 직지를 가져오고 싶었다. 직지가 한국으로 돌아왔는지 알 도리가 없다. 글은 작가의 손에서 떠났으니 독자의 것이고 직지의 행방은 하늘과 부처만 알 것이다. 하늘과 부처는 직지를 어떻게 품게 되었을까. 그래서 이 글의 화두는 부활이 옳다.

2021년 6월 능마루에서

연세영

차례

직지의 부활

소설에 나오는 내용은 우연이든 필연이든 허구다.
그러나 최대한 정황적 고증의 상상을 펼쳤다.

희대 절도범의
두 얼굴

아주 평범한 일상이었다. 아침에 자전거로 출근하고 점심때는
도서관 직원들과 샌드위치를 먹었다. 가끔 도서관 사서에게 커피
를 사주며 알찬 근무 시간을 보냈다. 주변 사람에게 늘 미소를 아
끼지 않았다. 추앙까진 아니어도 존경을 받았다. 직원에게 어려운
일을 시키지 않았고 화장실 청소원에게도 살갑게 대했다. 3년 전,
도서관에 도둑이 들었을 때도, 16세기 희귀한 지도가 사라졌을 때
도 의심하는 사람은 아무도 없었다. 언제부터 전 세계 문화재에 손
을 댔는지 모른다. 기억이 어렴풋. 한 10여 년 전부터인 것 같다.
로마시대 때의 파피루스 성경을 살짝 오려내 집에 몰래 가져온 적
있었는데 그때의 쾌감을 잊을 수 없었다. 아마도 그때부터 도벽이
시작된 것 같다. 사서부터 시작해 도서관 연구원, 사무처장을 거쳐

고위직으로 오르기까지 이중적 삶을 아는 사람은 없었다. 낮엔 품위 있는 얼굴로 사람들을 대했지만 책을 훔칠 땐 절도의 악마가 됐다.

고려시대 때의 직지심체요절도 호시탐탐 노렸다. 그런데 그 책은 인연이 잘 닿지 않았다. 우선 한문을 잘 몰랐고 사 가려는 측이 구텐베르크의 인쇄물과 세트로 원했기 때문이다. 2개를 한꺼번에 훔치는 덴 여러 제약이 있었다. 특히 직지는 서고의 온도를 20도로 맞춰 놓았는데 문을 여는 순간 온도가 달라져 과학적으로 도울 사람이 필요했다. 주변 사람을 물색했지만 마땅한 사람이 없었다. 기회를 엿볼 수밖에 없었다. 도서관 관리팀장 위베르를 측근으로 두려 했지만 호흡이 잘 맞지 않았다, 몇 번 부탁하려다 말았다. 아주 위험한 일이었기 때문이다. 독자적으로 하기로 했다.

직지 대신 관리가 허술한 종교 고문서부터 손을 댔다. 13세기 무렵. 제작된 탈무드와 성경 필사본 몇 개를 집무실에 갖다 놓는 일은 어렵지 않았다. 특히 종교 문서는 시중에 가짜나 위조된 것들이 많이 돌아다녀 도서관 차원에서 진위 여부를 조사한다고 하면 설령 반출한다 해도 의심하지 않았다. 이번엔 탈무드 특집을 다뤄야 해서 고서를 촬영해야 한다고 했다. A는 흔쾌히 열쇠를 내주었다. 이후 그 A의 업무적 꼬투리를 잡아 사직서를 받았다. 이후 A가 적었던 업무일지를 버리고 새롭게 작성했다. 탈무드를 갖는 건 식은 죽 먹기였다. 탈무드 외에 고서적 등 컬렉터들이 원하면 전부 갖다 줬다. 1건마다 최소 10만 유로씩 받았다. 통장에 돈이 쌓이자 아내는 은근히 의심하기 시작했다. 어느 날 내 가방에서 고문서가 들어있는 걸 본 이후 돈의 출처를 묻지 않았다. 생활비 외에 나는 아내에게 15일마다 8천 유로씩 품위 유지비로 줬다. 절도죄로 잡혀 들어가기 1년 전까지 고급 맨션과 별장 두 채를 샀다. 서고를 털면서도 여느 때와 마찬가지로 직원들과 반가운 인사를 했고 점심을 같이했으며 퇴근 후엔 사교 모임에도 나갔다. 사교 모임이 있던 날 나는 기겁하며 놀랐었다. 모임에 온 사람 중 손자를 데리고 온 사람이 있었는데 아이의 손엔 햄버거와 콜라가 든 종이컵을 들고 있었다. 그런데 그 아이가 나를 향해 총을 쓰는 듯한 시늉으로 빨대를 내밀고 있는 것 아닌가. 간담이 서늘할 정도로 놀랐다.

"이보세요, 아이를 데리고 사교모임에 오시면 어떡합니까? 그리고 패스트푸드를 아이들에게 먹이는 것은 정말 안 좋은 행위입니다."

손자를 데리고 온 여성을 타박하자 아이가 마시던 콜라를 쏟으며 여성의 치마 속에 숨었다. 여성은 잘못한 건 맞지만 핀잔하지 말라고 잘라 말했다.

"며느리가 오늘 여행을 떠나서 내가 데리고 나올 수밖에 없었다우. 아이를 혼자 집에 두고 오면 불법이니까… 그리고 아이가 사달라는데 마다할 할머니가 어디 있답니까?"

아이와 여성은 다른 곳으로 자리를 옮겼다. 아이는 여성의 손에 끌려가면서도 계속 나를 쳐다봤다. 하찮은 빨대가 왜 총으로 보였을까. 땀을 닦으며 집에 돌아올 때까지 불안했던 장본인은 프랑스 국립도서관장 가르도였다. 빨대의 구멍이 점점 커지면서 프랑스 국립도서관 주변이 원형 속으로 들어온다.

모종의 거래

파리 동남쪽 센 강변의 초가을, 계절을 음미하기엔 다급한 구둣발 소리가 사납다. 권총을 품은 여자 한 명이 프랑스국립도서관 벨을 눌렀다. 그녀의 손목시계가 저녁 6시 30분을 가리켰다. 주방 일을 하거나 네일아트로 치장할 아름다운 손은 아니었다. 4명의 남자가 2개 조로 나뉘어 그녀를 호위했다. 모두 말이 없었다. 도서관 중앙관제실 인터폰에서 목소리가 들렸다. 정문 경비 담당 위베르였다.

"무슨 용무인가요? 오늘 열람 시간은 끝났습니다."

위베르는 무심히 인터폰을 껐다. 이제 막 도착한 햄버거 세트를 포기할 수 없었다. 한 번 더 벨이 울렸다. 화면이 점점 커지면서 밝아졌다. 여자는 말없이 인터폰 화면을 향해 신분증을 보였다. 신분증에 'GSPR-쏠렌느'라고 씌여 있었다. GSPR은 프랑스공화국대통령궁친위대의 약자. 지체 없이 문이 열렸다. 2층 서양 문헌실을 순찰하던 경비대원 네 명이 정문으로 급히 내려왔다. 경비대원들의 모습은 엉거주춤 했다. 약속이라도 하듯 쉴 새 없이 돌던 2천 대 이상의 CC-TV가 일제히 멈췄다. 쏠렌느의 지시였다. 친위대와 경비대원들 사이에 긴장감이 돌았다. 그녀가 짧게 끊어 말했다.

"관장실, 몇 층입니까?"

위베르는 햄버거 세트를 안쪽으로 슬쩍 넣으며 vip 전용 엘리베이터 쪽을 가리켰다.

"프레지던트 공관으로 가시면 됩니다."

"프레지던트? 관장실을 대통령궁처럼 해놓았군. 지금 이 도서관 이름이 뭔지 알고 말하는 겁니까?"

프랑스국립도서관은 미테랑 대통령이 1조 6천억 원 예산을 들여 자신의 이름을 붙여 만든 도서관. 쏠렌느가 남자같은 목소리로 쏘아붙이자 위베르는 움찔했다.

"오해 안 하셨으면 합니다. 프레지던트 공관은 예전부터 쓰던 말입니다. 관장님을 도서관의 작은 대통령이라 칭하는 건 말하기 좋아하는 사람들의 얘기고요."

누가 묻지도 않았는데 위베르는 은근히 관장을 옹호했다.

시간이 얼마 없었다. 쏠렌느는 친위대에게 처리하라는 지시를 내렸다. 친위대는 행동에 흐트러짐이 없었다. 대원들은 순식간,

슬립다이 스프레이건을 꺼내 경비대원들을 향해 발포했다. 슬립다이는 3일 정도 기억을 지우는 단발성 마취제로 해외 공작원들이 쓰는 최첨단 무기다. 작전은 순식간에 일어났다. 위베르를 포함, 네 명의 경비대원이 힘없이 바닥에 고꾸라졌다. 만취한 사람 마냥 맥을 못췄다. 친위대는 이들의 몸을 일으켜 세운 뒤 강제적으로 의자에 앉혔다. 이렇게 해야 근무 태만이 되는 것이었다. 쏠렌느 일행은 지체없이 80층 엘리베이터를 탔다. 도서관 형태가 ㄴ자로 되어 있어서 북쪽 방향으로 한참 걸어야 했다. 관장실은 건물 맨 끝자리에 있었다. 비서는 퇴근한 상태였다. 문이 잠겨 있었다. 친위대 한 명이 권총에 소음기를 끼운 뒤 문 손잡이를 향해 발포했다. 문이 맥없이 열렸다. 쏠렌느가 먼저 들어갔다. 도서관장 쉘위 가르도는 푹신한 의자에 앉아 있었다. 가르도의 얼굴엔 불안한 기색이 역력했다. 쏠렌느와 친위대가 아무 말을 하지 않자 가르도가 먼저 말을 꺼냈다.

"누가 보냈습니까?"

가르도의 목소리엔 체념이 섞여 있었다. 쏠렌느는 답하지 않은 채 소형 녹음기를 꺼내 책상에 내려놓았다. 버튼을 누르자 가르도의 음성이 생생히 들렸다. 녹음된 파일의 내용은 대략 이랬다. 13세기에 제작된 탈무드와 히브리 성경 고문서를 크리스티 관계자에게 건네는 과정에서 가르도가 최소 90만 달러(한화 10억 원)는 받아야 한다는 것. 크리스티 관계자라는 걸 안 것은 가르도의 상대가 '크리스티 입장에서는'이란 말을 자주 썼기 때문이다. 그녀는 녹음기를 끈 뒤 서류 한 장을 신경질적으로 던졌다. 가르도가 고가의 저택을 장만한 부동산계약서 사본이었다. 가르도의 얼굴이 흙빛으로 변했다.

"아니 이걸 어떻게⋯."

그는 의자에서 일어나 책장 서랍 쪽으로 갔다. 괴로워하는 모습이 역력했다. 달빛이 도서관 창가에 물들었다. 잘 닦인 구두와 말쑥한 양복이 구차해 보였다. 가르도는 친위대가 녹음기를 챙기는 동안 재빠르게 서랍을 열려고 했다. 앞에 서 있던 쏠렌느가 여유 있게 말했다.

"관장님, 서랍 속 총은 당신의 비서를 시켜 미리 치워 놨습니다."

그녀는 가르도가 극단적 선택을 할 걸 알고 조치를 취한 것이다. 총이 없자 가르도는 집무실 반대쪽으로 뛰어가 창문을 열고 뛰어내리려 했다. 쏠렌느는 가르도의 철없는 행동을 막으라는 눈짓을 했다. 친위대와 가르도 사이에 몸싸움이 났다. 가르도의 집무실 집기가 넘어지고 입식 스탠드가 깨졌다. 그의 두 팔은 친위대에 의해 꺾였다.

"당신들이 뭘 안다고 여기 와서 행패야! 내가 이곳에서 온갖 고생하며 청춘을 다 바쳤는데 낡은 종이 몇 장 찢어 갔다고 나를 이렇게 능멸하느냐."

가르도는 옳지 못한 신념으로 억지를 부리고 있었다. 친위대와 다툼을 벌일 즈음 빌딩 외벽 쪽에서 헬리콥터 소리가 났다. 도서관 옥상 헬기 착륙장에 누군가 내리려는 것이다. 친위대원들이 가르도의 멱살을 푼 채 옷매무새를 고쳤다. 가르도는 어안이 벙벙한 채 쏠렌느를 쳐다보았다. 그녀는 겉옷의 안주머니를 입에 댄 채 무선 통신을 했다.

"네에, 알겠습니다. 착륙하시면 바로 모시겠습니다."

쏠렌느는 무전을 마친 뒤 친위대에게 짧게 끊어 말했다.

"넘버원…. 모셔랏."

그녀의 명령이 떨어지기 무섭게 친위대는 옥상으로 뛰었다. 30여 분 지났을까. 아수라장된 관장실에 들어선 사람은 프랑스 대통령 미테랑이었다. 미테랑은 큰 덩치에 선글라스를 끼고 있었다. 쏠렌느는 미테랑에게 정중하게 인사한 뒤 관장실의 조명을 어둡게 했다. 건물 외부는 경호가 시작됐다. 수십여 명의 친위대들이 도서관 건물을 감쌌다. 미테랑은 소파에 앉아 담배를 한 대 문 뒤 오른쪽 손을 허공에 저었다. 쏠렌느에게 자리를 비켜달라는 시늉이었다. 그녀와 친위대는 밖에서 대기하기로 했다. 몸싸움을 치른 가르도는 멍한 얼굴로 의자에 앉아 있었다. 미테랑은 가르도의 삐뚤어진 넥타이를 고쳐준 뒤 다시 소파에 앉았다. 그가 가르도의 의자에 앉지 않은 것은 돌발사태 때문이었다. 예를 들어 의자 주변에 버튼을 누르면 지하로 떨어지는 낙하장치가 있을 수 있었다. 미테랑은 점잖은 목소리로 가르도를 불렀다.

"가르도~"

가르도는 미테란의 마술 같은 등장에 어찌할 바를 모르고 있었다. 그래도 답변은 해야 했다.

"네에 각하, 소란을 피워 송구합니다."

미테란은 천천히 일어나 창가의 블라인드를 닫았다. 미테란의 목소리는 거만해 보였지만 묵직하고 또렷했다.

"소란이라 말할 게 있겠나. 공무원 박봉에 자네도 나름 쓸 돈이 많았던 게지."

"죽을죄를 졌습니다. 입이 열 개라도 드릴 말씀이 없습니다. 각하."

가르도는 흐느끼듯 겨우 말을 이었다. 미테란 역시 가르도에게 할 말이 많은 것 같았다. 다만 가르도를 혼내는 건지, 타이르는 건지 알 수 없었다.

"다른 건 다 참을 만했는데 BMF 자체 안전과 국제 협조 세미나에서 자네가 내게 한 말은 아주 치명적이었어. 나를 고문서 절도범으로 칭하지 않았나."

"죄송합니다, 각하."

그는 두 손으로 얼굴을 감싸더니 어깨가 들썩일 정도로 흐느꼈다.

"그래서 얘긴데, 거두절미하고 두 달간의 시간을 주겠네."

미테란은 다시 담배에 불을 붙였다. 불빛에 나타난 미테란의 얼굴은 평온했다. 못된 자식을 포용하는 자애로운 아버지의 표정 같았다. 가르도는 자살도 못하는 상황에서 죽는시늉이라도 해야 했다.

"말씀해주시면 어떤 일이라도 따르겠습니다."

"암, 그래야지. 이제껏 자네가 해먹은 건 어떻게 하면 좋겠나?"

그의 말이 끝나자마자 가르도는 무릎을 꿇은 채 답했다.

"크리스티 쪽에 얘기해서 낙찰을 철회하고 진본을 다시 갖다 놓겠습니다. 그리고 제가 취한 재물은 두 배로 변상하겠습니다."

"그리고 또 잊은 건 없나?"

"또라 하심은?"

미테란은 엄지와 검지를 ㄴ자로 한 뒤 턱에 갖다대며 말했다.

"음…. 직지 말일세. 직지심체요절."

이제야 그가 이곳에 온 이유를 알았다. 가르도는 대략 저의를 알았지만 시치미를 떼고 다시 물었다.

"직지를 어떻게 하라는 건지요?"

그는 가르도에게 솔직하게 말해야 했다. 미적지근하게 말했다간 오히려 뒤통수를 맞을 수 있었다. 관장을 하며 전세계 문화재를 훔친 간 큰 놈 아니던가.

"알겠네, 어차피 자네나 나나 패를 보였으니 돌리지 말고 말하겠네."

미테란은 한 번 더 담배를 피워 물었다. 하얀 연기가 모락 피어났다. 아뿔싸. 담배 연기가 소화 제어장치에 스며 들며 센서가 작동됐다. 복도 쪽에서 비상벨 소리가 났다. 연기는 소방안전관리시스템에 접수되며 가르도 집무실 천장에 있던 스프링쿨러 밸브가 터졌다. 서둘러 담뱃불을 껐지만 이미 늦었다. 비상벨이 울리면서 천장에서 소나기 같은 물이 쏟아졌다. 설상가상. 퇴근 시간이 지났음에도 귀가하지 않고 전화 연결도 안 되자 가르도의 아내 엠마는 관내 경찰서에 신고했다. 이는 고위급 공직자 실종 예상 비상수칙에 따른 것이었다.

도서관 정문에 경찰차 2대가 들어섰다. 도서관을 에워 싸던 친위대는 최대한 몸을 숨긴 채 대응하지 않았다. 대통령의 도서관 잠행은 비공식적이었기 때문에 발설해선 안 되었다. 친위대원 중 몇몇은 경비대원 옷으로 갈아입은 후 신고받고 출동한 경찰을 맞이했다. 선임 경관 꾸르몽은 도서관 로비에서 플래시로 이곳저곳을 비추며 말했다.

"수고 많으십니다. 가르도씨라고 이곳 관장이신가요? 그의 부인께서 저희에게 신고를 하셨습니다. 귀가를 하지 않아 혹시 도서관에 있는지 알아봐 달라 해서 왔습니다."

경비대 옷으로 분장한 친위대 샤를은 꾸르몽의 말을 받아쳤다.

"관장님은 조금 전 퇴근 하신 걸로 알고 있습니다. 베르시 빌리지 쇼핑몰 쪽에서 동창들을 만난다고 얼핏 들었습니다. 저희가 연락해서 귀가하라고 전해드리겠습니다."

한 조를 이룬 경관은 특이한 점 없다고 보고한 뒤 돌아갔다. 관장실에 대기하던 쏠렌느도 인근 소방서에 전화해서 오작동으로 소방 비상벨이 울렸으니 출동하지 않아도 된다고 했다. 비상벨은 멈췄고 스프링쿨러에서 솟구치던 물도 잡혔다. 그녀와 친위대, 가르도와 미테란 모두 물에 흠뻑 젖었다. 빨리 마무리를 짓고 자리를 떠야 했다. 오작동으로 인해 벨이 한 번 더 울리면 소방서에서 대대적으로 출동할 것 같았다. 1조 6천억짜리 건물이니 소방서로선 당연한 일이었다.

미테란은 쏠렌느가 갖다 준 타올로 몸을 닦았다. 가르도는 집무실에 있는 탕비실로 가서 대충 옷을 갈아 입었다. 그녀는 미테란에게 시간이 많이 지체됐기 때문에 15분 내엔 다시 대통령궁으로 가야 한다고 했다. 도서관 옥상에 오랫동안 헬기가 착륙해 있는 것도 혹여 방송사들이 보게 되면 낭패였다. 미테란은 가르도를 다시 불러 의자에 앉혔다. 미테란의 얼굴에 피곤한 표정이 역력했다.

"가르도, 요점만 말하고 가겠네."

"네에 편히 말씀하십시오."

"직지는 지금 어디 있나?"

"구 도서관 지하 서고에 있습니다."

"그 직지, 내가 좀 가져가야겠네."

"가져가신다고요?"

"자네도 뉴스를 봐서 알겠지만 한국 대통령과 약조한 내용이 있네. 한국 정부에서 우리나라 떼제베 고속철을 수입하는 조건으로 조선의궤와 직지를 인도주의적 차원으로 주기로 했네."

"각하에게 좋은 겁니까."

"그건 자네에게 말할 수 없네."

"꼭 줘야하는 이유가 있습니까?"

가르도는 미테란에게 약점이 잡혔음에도 깐깐하게 물었다.

"국가와 국가 간 약속이네."

"그러니까 제가 다시 여쭤보는 겁니다. 각하가 경제적으로 좋은 겁니까?."

"말해줄 수 없네."

"그렇다면 한국이 프랑스에 지불할 떼제베 예산은 얼마나 됩니까?"

"음…. 천문학적이네."

"각하 저도 고문서를 다뤄봤고 솔직히 욕심도 냈습니다. 그렇지만 직지에 대해서는 생각해보셔야 할 것 같습니다."

"미안하지만 달리 다른 방법이 없네. 국가 정상 간 약속이라 만약 직지를 한국 정부에 주지 않으면 외교적으로 큰 타격을 입네."

"그렇지만 각하. 이 문제는 직지에 국한되는 문제가 아닙니다. 현재 우리 도서관에 수만 점의 전 세계 문화재가 있는데 직지를 돌려주게 되면 다른 나라에서도 프랑스가 약탈한 문화재를 돌려달라 아우성 칠 겁니다. 그런 문제는 생각 안 해보셨습니까?"

"그건 그때 가서 일 아닌가?"

"아닙니다. 직지를 한국에 돌려주게 되면 약탈당한 다른 국가에서 연일 항의할 것입니다. 전 세계 시민단체를 가볍게 볼 일이 아닙니다."

"가르도, 미안하지만 나는 직지를 가져가야겠네."

미테란이 강경하게 나오자 가르도는 체념한 표정을 지었다. 그렇지만 그는 여기서 포기할 수 없었다.

"각하, 그렇다면 조선의궤도 같이 줘야 합니까?"

"한국 정부에 2가지 품목의 문화재를 주기로 했네."

"조선의궤는 행정국장 재클린과 책임연구원 모나코에게 얘기를 잘해서 드릴 수는 있습니다."

"의궤보다 나는 직지를 원하네."

"직지는 너무 오래되고 낡아서 볼품 없습니다."

"자네 말이 맞네. 오래되었기에 한국 정부가 그토록 원하는 것 아니겠나."

가르도는 더 버틸 수 없었다. 그가 권력으로 뺏는다면 줘야 했다. 타협하든 아니면 술수를 쓰든 협조해야 했다. 가르도는 묘책을 생각했다. 직지를 지키면서 한국 정부에 줄 수 있는 것. 바로 분철이었다. 분철은 가르도가 재직하며 가끔씩 쓰던 수법이었다. 분철이란 말 그대로 책을 분리하는 것. 특히 직지는 의궤와 달리 프랑스가 약탈한 문화재가 아니었다. 당시 주한 프랑스 공사인 뿔랑시가 적법하게 돈을 주고 산 책 아니던가. 한국 정부에 주지 않아도 될 충분한 명분이 있었다.

"그렇다면 각하, 방법이 전혀 없는 건 아닙니다."

"방도가 있나?"

"있습니다. 대신 청이 있습니다."

"말해보게."

"저의 절도 문제, 사실무근으로 해주십시오."

가르도가 말한 이번 문제는 고문서를 절도한 죄. 사실무근으로 해달라는 것이었다. 그러나 그는 가르도의 부탁을 들어줄 수 없었다. 이미 매스컴에 다 나온 데다 증거도 많아 숨길 수도, 숨겨줄 수도 없었다.

"자네가 내게 무슨 말을 하는지는 알겠네만 사건이 전부 알려진 상황이라 내가 손을 쓸 수 없네, 다만."

"네에, 각하 말씀해주시지요."

"내가 재임 중에 자네 형량을 줄이거나 보석으로 빼줄 순 있네. 그건 약속할 수 있네."

가르도는 잠시 허공을 쳐다보더니 결심한 듯 말을 내뱉었다.

"알겠습니다. 실은, 직지 관련해서 각하께 보고하지 않은 내용이 있습니다."

미테란은 놀란 표정으로 가르도의 입을 응시했다.

"부담갖지 말고 얘기해보게. 이 마당에 자네와 말 못할 내용이 뭐가 있겠나?"

미테란이 무슨 말이든 이해할 수 있다고 하자 가르도는 자신이 앉았던 의자를 밀어낸 뒤 양탄자를 걷어냈다. 이후 서랍에서 망치를 꺼낸 뒤 얇게 덮여있는 시멘트를 깨부쉈다. 시멘트를 걷어내자 작은 금고가 나왔다. 그는 쏠렌느와 친위대들에게 잠시 자리를 비켜달라고 했다.

그녀가 들은 척도 안하자 미테란은 턱으로 밖에 나가 있으라고 지시했다. 친위대가 문 밖으로 나가자 다이얼을 돌리기 시작했다. 이윽고 금고 문이 열렸다. 금고 안엔 오래된 종이 한 장이 담겨 있었다. 그는 종이를 꺼내다 말고 미테란에게 한 번 더 부탁했다.

"각하, 한 달 안에 보석으로 꺼내주겠다 약속해주십시오."

"음… 알겠네. 약속하지."

미테란은 그 증표로 자신이 차고 있던 손목시계를 풀어 가르도에게 건넸다. 그는 미테란의 시계를 이리저리 보더니 주머니에 넣었다. 가르도는 금고 속에서 종이 한 장을 꺼냈다. 종이는 놀랍게도 직지 하권 첫 장이었다. 미테란은 하마터면 소리를 지를 뻔했다.

"아! 이건 직지! 하권 첫 장 아닌가?"

그는 종이를 조심스레 두 손으로 꺼낸 뒤 미테란에게 보였다. 틀림없는 직지 하권 첫 장이었다. 직지 하권 첫 장은 생각보다 상태가 좋았다. 바깥 쪽이 얼룩지고 낡아 있었지만 문제될 게 없었다. 인쇄된 지 수백여 년 넘었지만 활자 상태도 양호했다. 미테란은 놀란 토끼눈을 한 채 그에게 물었다.

"가르도, 직지 하권 첫 장을 어떻게 구한 것인가? 가짜는 아닐 테고…"

"가짜 아닙니다. 직지가 여러 경로를 거쳐 도서관에 왔을 때도 하권 첫 장은 없었습니다."

"그런데 이게 어떻게?"

알다가도 모를 일이었다. 직지가 경매장에서 팔렸을 때도, 낙찰받은 앙리 베베르가 도서관에 기증할 때도 하권 첫 장은 분실된 상태였다. 미테란이 궁금해하자 가르도는 작심한 듯 말했다.

"직지가 지하 서고에 있을 당시, 하권 첫 장이 없길래 그런가 보다 했습니다. 직지 하권 첫 장을 발견한 것은 9년 전이든가 고서를 멸균할 때였습니다."

"멸균?"

미테란은 처음 들어보는 단어였다.

"네에 저희 도서관에선 해마다 책들을 소독하는데 직지 겉표지 속에… 첫 장이."

"겉 표지 속에 첫장이 있었던 말인가?"

"겉 표지 속에 밀봉된 채 숨어 있었습니다. 제가 그걸 발견하게 되었고요."

미테란은 놀랍다는 듯 탄성을 질렀다.

"그렇다면 직지 하권 첫 장은 잃어버린 게 아니라 겉표지 속에 숨어 있던 게로군!"

"그렇습니다 각하. 왜 직지 첫 장을 겉표지에 숨겼는진 모르지만 확실히 있었습니다. 그래서 제가 제 개인 금고에 보관하고 있던 것이고요. 나중에 안 일인데 조선 사대부들 중엔 겉표지 속에 귀한 종이를 숨겨 놓는 습관이 있다는 얘기를 들었습니다."

아이디어가 떠오른 듯 그의 눈이 빛났다. 미테란의 말이 빨라졌다.

"그랬군. 이 내용을 아는 사람은 몇이나 되나?"

"각하와 저 뿐입니다."

"아! 다행이군. 그럼 내가 이 종이를 챙겨가도 되겠나?"

"저의 허물을 눈 감아주신다면 기꺼이 드리겠습니다."

"기왕 이렇게 된 것, 직지 책도 줄 수 있겠나?"

"그 책은 제가 열쇠가 없어서 꺼내기 쉽지 않습니다. 그리고 문화부장관 재가도 받아야 합니다."

"무단으로 줄 수 없단 말인가?"

"일단 제가 갖고 있지 않고요. 도서관 내부 인사는 물론 고서관리위원장의 반발이 무척 클 겁니다."

"이 직지 첫 장의 비밀은 자네와 나만 알고 있는 일이니 가능한 것 아닌가?

"네에 직지 첫 장은 드릴 수 있습니다."

"이 정도 값어치의 종이라면 한국정부에 생색을 낼 수 있을 것 같네."

"이번 방한 때 가져가실 겁니까?"

"그건 내가 알아서 하겠네. 한국정부가 환영할 건 틀림없는 사실이네."

미테란은 가르도에게 건네 받은 직지 하권 첫 장을 받아들고 어쩔 줄 몰라했다. 떼제베 수입 건도 순탄하게 계약될 수 있을 것 같았다. 미테란은 직지 하권 첫 장을 가방에 넣은 뒤 친위대와 함께 집무실을 떠났다. 30여분 쯤 지났을까 건물 꼭대기층에서 이륙하는 소리가 들렸다. 가르도는 구속돼도 출소를 보장 받은 것이고 미테란은 직지 하권 첫 장을 손에 넣게 된 것이다.

우여곡절 끝에 직지 하권 첫 장을 손에 넣은 미테란은 방한 당시 직지 하권 첫 장을 갖고 입국했다. 그러나 한국 정부의 반응은 싸늘했다. 한 권이 아닌 종이 낱장이니 만족하지 못했던 것이다. 조선의궤도 조건없이 이양할 줄 알았는데 프랑스 문화재관리국에서는 영구임대로 주겠다는 결과를 알려왔다. 영구임대란 문화재를 한국에 돌려주되 저작권, 출판권, 소유권은 프랑스에 있다는 말이었다. 바꿔 말하면 조선의궤는 한국의 것이 아니라는 말과 같았다.

한국과 프랑스간 외교적 관계는 소원해졌다. 그로 인해 떼제베 수입 문제도 난항을 겪었다. 파장은 여기서 그치지 않았다. 가르도와 미테랑의 거래를 쏠렌느가 언론에 폭로했다. 그녀는 대통령에게 충성을 다한 친위대 팀장이었지만 미테랑은 직지에 대한 모든 거래를 아는 그녀가 늘 불편했다.

그는 쏠렌느를 숙청하고 친위대 자체를 와해시켜 버렸다. 그녀는 이들과 함께 양심선언 할 수밖에 없었다. 그런 내용이 한국 언론과 지상파 방송에 크게 다뤄졌다. K 신문사의 지하 자료실. 특호는 1면에 게재된 쏠렌느의 기사를 무심히 바라보았다. 그가 지하 자료실로 가게 된 건 교열부 강성숙과의 사내 다툼 때문이었다. 그는 평소 성숙의 교열을 늘 못마땅하게 생각했다. 너무한다 싶을 정도로 난도질한다고 생각했기 때문이다.

특호의 성질머리가 터졌다. 근무 시간에 술을 마신 후 대선배인 성숙에게 상스러운 욕을 하고 멱살을 잡은 것이다. 신문사에서는 그를 가만두지 않았다. 성숙이 용서하겠다며 신문사 측에 선처를 바랐지만 신문사 여성 기자들이 용서하지 않았다. 강성숙이 특호에게 일방적으로 당하다시피 넘어지면서 브래지어가 벗겨졌는데 그 장면을 여성 기자들이 성토한 것이다.

그렇게 해서 특호는 한 달간 근신 처리가 되며 급여가 30% 삭감된 채 자료실에서 신문을 정리하는 처지가 됐다. 사람의 근본을 보면 그 사람의 기초를 안다고 했던가. 그는 문학을 제대로 배운 사람이 아니었다. 여느 기자들처럼 국문과나 신문방송학과나 문예창작과를 나온 문학도가 아니었다. 어쩌면 신문사에서 특호를 자

료실로 내려보낸 건 다른 기자들이 쓴 기사를 많이 보라는 무언의
징계일지 몰랐다.

야만의 시대

특호는 한글을 몰랐다. 까막눈이었다. 정확히 말하면 문법을 몰랐다. 들여쓰기가 뭔지, 수미쌍관이 뭔지, 종결어미와 인칭대명사가 뭔지 몰랐다. 그가 국어에 관심을 보인 건 중학생 때였다. 아주 우연한 기회에서 시작됐다. 먼저 그의 가정사를 살펴봐야 한다. 특호는 사 먹고 죽을 쥐약 값도 없을 만큼 가난했다. 가난의 발단은 그의 부친이었다. 원죄는 아니지만 평생 힘으로 밭을 갈아야 하는 남자의 멍에 같은. 여기서 시비가 엇갈린다. 특호의 고모 쪽에선 부친을 감쌌다. 올케가 재산 전부를 말아먹었다고 했다. 특호는 알 도리가 없었다. 두 살 혹은, 세 살 때의 일이었으니까. 가물가물 기억하는 건 친할아버지가 부친에게 살던 집을 줬다는 것. 신촌인지, 북가좌동인지 잘 기억나지 않는다. 이후 모친이 고모들 몰래 집을 팔았고 그 돈으로 유치원을 차렸다는 것만 알았다. 유치원은 얼마 못 가 망했다.

이후 모친은 옛 명성을 되찾으려 작은 교습소를 차리고 접기를 반복했다. 교습소 운영은 모친이 예순 살 넘어서까지 이어졌다. 쉽게 일어서지 못했다. 그렇지만 무언가를 만들고 다시 쓰고, 허물었다가 다시 세우는 일은 숭고한 일이었다. 그렇게 모친의 교습소를 거쳐 간 학생들은 1천 명, 2천 명, 아니 헤아릴 수 없이 많았다. 모친이 일을 하며 생계를 꾸렸지만 살림은 힘겨웠다. 그때마다 모친은 희망을 말했다.

비율이 맞지 않아 한없이 녹아내려도 끝내 만들어 내는 주물 활자처럼 꿈을 각인시켰다. 사람이 너무 고통스러우면 그냥 웃듯, 모친은 스스로 최면을 걸었다. 집단 최면이 걸렸을 땐 모두 행복했다. 자녀들은 물론 교습소의 견습 선생까지도 모친의 최면을 따르며 존중했다. 특호는 그런 모습을 자주 보았다. 몇십 년이 흐르고 난 뒤에도 견습 선생들은 모친을 찾았다. 그때가 좋았노라고 그때가 가장 행복했노라고 고백했다.

특호가 성인으로 성장하고 나서도 알 수 없는 일이었다. 어른이 되고 나서도 모친이 들려주던 곶감과 호랑이, 사랑의 스잔나, 용왕님과 토끼의 간 이야기는 가슴에 박힌 글씨처럼 잊을 수 없었다. 그의 파노라마 같은 삶을 이해하려면 잠시 유년의 앨범을 들춰봐야 한다. 초교 시절은 빈곤한 얼룩이었다. 유일한 놀이는 구슬도 아니었고 딱지도 아니었다. 흙으로만 놀 수 있는 땅따먹기였다. 굶기를 밥 먹듯 했다. 육성회비를 못 낼 때가 많았고 학교 담임은 그를 벌레 취급했다. 납입하지 않은 죄로 화장실 청소를 도맡았다. 늘 자신이 해야 할 일로 생각했다. 초교 6학년 때 절호의 기회가 찾아왔다. 명문중학교에서 치르는 전국어린이미술사생대회였다. 시골 어린이들에겐 태어나 한번 올까 말까 한 기회. 능동에 위치한 어린이대공원에서 자연을 그리는 일이었다. 특호는 겨우 차비만 마련한 후 화구를 챙겼다. 화구랄 것도 없었다. 굳은 지 오래된 물감, 팔레트, 털이 짝짝 갈라진 싸구려 붓이 전부였다. 물통은 큰형이 빌려준 원형 필통이었다. 도시락은 당연히 없었고 보살펴주는 사람도 없었지만 묵묵히 그림을 그렸다. 종이는 스탬프가 찍힌 켄트지 한 장. 켄트지라는 단어도 이날 처음 알았다. 수채화용 종이인데 촉감이 좋았다. 여느 문방구에서 파는 종이와는 성분이 달랐다. 물감을 내뱉고 빨아들이는 물성이 좋았다.

그릴 대상은 어린이대공원 중앙에 위치한 팔각정, 그리고 듬직한 바위와 나무였다. 특호는 보란 듯이 입선했다. 순위로 치면 턱걸이로 붙은 셈인데 학교에서는 경사였다. 함께 따라간 여덟 명 학생 중 혼자 합격했기 때문이다. 입선 이후 특호의 집 주소로 서류가 도착했다. 명문중학교에서 보낸 입학원서였다. 시험 칠 자격이 주어진 것인데 교장의 허가가 있어야 했다. 특호는 담임에게 시험을 볼 수 있게 해달라고 애원했다. 그러나 그는 거절했다.

가정형편도 되지 않을 뿐더러 재능이 없다는 것이었다. 재능이 없다면 미술대회에서 입상할 수 있었겠냐며 항의했지만 소용없었다. 담임은 특호에게 단지 운이 좋았을 뿐이라고 뱁새가 황새를 쫓아가면 가랑이가 찢어진다고 했다. 가랑이가 찢어져도 좋았다. 시험을 꼭 치르고 싶었다. 교장의 집 주소를 알아낸 후 교장의 초상화를 그린 뒤 편지 속에 동봉했다. 얼마 지나지 않아 교장은 특호를 교장실로 불렀다.

모든 내용을 안 김주현 교장은 담임을 꾸짖었고 원서는 교장이 직접 썼다. 담임은 특호가 합격하면 손에 장을 지지겠다고 했다. 특호는 담임의 냉소적인 눈빛을 잊을 수 없었다. 인간 본연의 존엄마저 짓이기는 극악을 보았다. 명문 중학교 합격증을 갖고 갔을 때 담임은 특호를 유령 취급했다. 그리고 손에 장을 지지지도 않았다. 특호는 장을 지지셔야죠라고 말하고 싶었지만 참았다. 그렇게까지 하고 싶지 않았다.

그렇게 징그러운 초교 생활을 마쳤다. 명문중학교에 입학한 건 기적이었다. 도시락을 준비할 여력도 없었다. 등교하려면 집에서 학교까지 2시간 이상 가야 하지만 특호는 즐거운 마음으로 길을 나섰다. 특호의 마음을 사로잡은 건 학교와 주변의 근사한 풍경이었다. 학교는 어린이대공원 옆에 바로 붙어 있었다. 실내지만 신발을 벗어야 할 것만 같은 깨끗한 바닥, 개인 사물함, 투명하도록 새하얀 교실, 서양인이 가르치는 영어수업, 셀 수 없을 만큼 물씬 피어난 장미 넝쿨, 드넓게 펼쳐진 초록 잔디. 등굣길 때마다 늘 나타나던 부잣집 자제들의 세단차. 주말만 되면 교실 창밖엔 소풍 온 아이들의 재잘거림과 청룡열차가 꿈을 부풀게 했다.

선생님들은 선남선녀였고 실력도 출중했다. 동화 속 나라에 온 것 같았다. 그러나 현실은 냉혹했다. 점심시간마다 학교 수돗가를 배회했다. 친구들이 눈에 안 띄면 수도꼭지에 입을 댔다. 배고픔을 견디기 위해 물배를 채운 것이다. 그 장면을 담임이 목격했다. 갈증이 난 것 뿐이라고 둘러댔지만 담임은 금세 알아챘다. 특호의 가방엔 늘 도시락이 없었기 때문이다. 담임 김대형도 여유가 없기는 마찬가지였다. 70년대 때는 연예인과 부자 빼고 대부분 가난했으니까. 그러나 김대형은 그에게 자신이 먹을 도시락을 줬다. 특호는 도시락을 먹은 뒤 친구들 몰래 통을 씻어 담임의 책상 서랍에 넣었다. 그러나 머리 검은 짐승은 거두지 말라 했던가. 담임의 온정에 찬물을 끼얹듯 특호의 사춘기는 비극으로 치달았다. 담배를 피우고, 술을 마시다 학생부장 선생에게 걸린 것. 며칠 뒤 정학 조치가 내려졌다. 당연한 처사였다.

그러나 담임은 아이를 용서해 달라며 학교 측에 선처를 구했다. 천신만고 끝에 근신 일주일로 처리됐다. 매일 교무실에서 반성문을 썼다. 앞뒤로 빼곡하게 솔직하게 써야 했다. 반성의 기미가 안 보이면 바로 체벌이었다. 지금은 사랑의 매질도 곧바로 형사처벌되지만 그때는 폭력과 구타가 묵인됐다. 학생부장의 매질을 말리다가 특호의 반성문을 우연히 읽게 된 국어 선생 은혜. 은혜는 특호를 나로 불렀다.

"아파도 참아라. 네가 잘못한 것이니 벌을 받아야지. 어쩌겠니. 대신 다음부턴 그러면 안 된다. 알겠니?"

"앞으로 그런 짓 안 할게요."

"너의 반성문을 보게 됐는데 글을 잘 쓰더구나. 글 쓰는 법을 어디서 배웠니?"

"배운 적 없어요."

"그럼 책을 자주 읽니?"

"그냥 엄마 일기장을 몰래 훔쳐본 게 전부예요."

"그랬구나. 다음 달에 교내 백일장이 열리는데 참가해볼래?"

"네에, 선생님. 실력은 없지만 기회 주시면 해볼게요."

은혜는 특호에게 용기와 희망을 줬다. 청포도 익어가고 빨간 장미가 자태를 드러낼 무렵, 대회가 열렸다. 참가한 학생들은 진지하게 글을 썼다. 동료들은 샤프펜슬이라는 값비싼 걸로 쓰고 있었지만 특호는 깍지에 끼운 몽당연필이었다. 글을 쓰는 데 문제 될 것 없었다. 아무리 좋은 재질의 종이와 탄탄한 금속활자가 있다 해도 내용이 부실하면 무슨 소용이 있을까. 무거운 수레를 이기는 가벼운 힘은 없다고 생각했다.

하늘이 도운 걸까. 특호는 백일장에서 2등을 했다. 문제를 몰고 다니는 비행 학생, 등록금 미납생, 모든 과목 빵점, 부모님 가정방문 거부. 학교에서 문제아로 찍힌 데다 교내에서 담배와 술, 학생부장 앞에서 실내화를 구겨 신는 안하무인(명문중학교에서 실내화를 구겨 신는 일은 전교생이 상상조차 할 수 없는 일)에 아무 빽도 없는 특호에게 2등은 1등과 마찬가지였다. 1등은 말끔한 단화에 머리를 두 갈래 땋은 특호의 동기 미정에게 돌아갔다. 백일장 수상을 마친 후, 은혜는 특호에게 앞으로 일기라도 좋으니 꾸준하게 써보라고 독려했다. 특호의 손엔 공책 2권과 연필 한 묶음이 들려 있었다.

그렇게 해서 특호의 글쓰기는 시작됐다. 문장으로 각인되는 삶이 시작된 것이다. 그 삶은 이후, 인쇄 밥을 먹고 사는 기자로 이어졌다. 이후 그는 무려 30년 가까이 하루도 거르지 않고 일기를 썼다. 일기는 중학교, 고등학교, 대학교, 청년기, 중년기에 이르기까지 계속 이어졌다. 고등학교 때는 도서반에 들어갔고, 대학 때는 겁 없이 시집을 내기도 했다. 특호의 문장이 짧아진 건 이때부터였다. 이후 특호는 유명한 시인의 시를 닥치는 대로 읽었다. 한마디로 잡식성이었다. 고려가요부터 근대 시, 현대 시에 이르기까지, 모두 섭렵했다. 잘근잘근 씹어 먹었다는 표현이 맞았다. 시를 파고, 쪼개고, 찢고, 담금질했다. 그의 대학 시절 때 시집 출간을 도운 사람은 사당동에 사는 친구 병찬이었다.

병찬은 특호의 비범한 재능을 알고 자신의 등록금을 빼돌리면서까지 그를 응원했다. 특호는 그때 태어나 처음으로 식자와 활자를 접했다. 지금이야 컴퓨터 DTP(desktop publishing) 자동화 시스템으로 책을 내지만 그가 시집을 낼 당시엔 모든 게 열악했다. 인쇄된 인화지가 나오면 칼로 도려낸 뒤 대지에 붙였다. 일명 '대지바리'라는 것이었다. 일일이 다 풀로 붙였으니 책을 내는 고단함은 이루 말할 수 없었다. 그렇게 원시적으로 활자를 경험했다. 출간된 책은 그에게 인생의 나침반이 되었다.

기자로 가는 길

그가 서른쯤 되던 해, K 신문사 기자 시험을 쳤다. 봄꽃이 흐드러지게 피는 4월이었다. K 신문사는 덕수궁길 초입에 있었는데 싱그러운 날씨와 함께 고풍스러웠다. 특히 창문 모양이 TV 브라운관과 쪽 빼닮았다. 건물이 낡긴 했지만 역사와 전통을 자랑했다. 1906년 천주교 조선대목구에서 창간 발행, 일제에 의해 폐간당한 후 1946년 다시 창간한 이 신문은 기자들이 주주로 있는 뼈대 있는 신문사였다. 그가 수십 번 끝에 K 신문사에 합격한 건 처녀시집 덕분이었다.

K 신문사 면접관은 그의 첫 시집에 관심을 보였다. 신문사 내부는 방공호와 비슷했다. 건물 내부에 집채만 한 철근이 여기저기 서 있었다. 편집국엔 대부분 기자들로 북적였는데 칫솔을 앞주머니

에 꽂은 사람, 수건을 허리춤에 찬 사람 등 그가 생각한 젠틀한 이미지는 아니었다. K 신문사 직원의 안내를 받아 면접실로 들어섰다. 인테리어된 곳이라고 말할 수 없는 허름한 장소였다. 면접관은 의자에 앉자마자 곧바로 질문했다. 상대는 특호보다 대여섯 살 위로 보였다. 책상엔 갓 인쇄되어 나온 듯한 신문이 놓여 있었다. 면접관은 제대로 쓴 안경을 헐렁하게 내린 뒤 특호의 이력서를 찬찬히 훑었다.

"대학생 때 시집을 내셨네요. 어떤 이유라도 있습니까?"

특호는 면접관의 질문을 듣는 순간 똥이 마려웠다. 이유가 있었다. 그가 대학교 1학년 때 담당 교수와 목청을 돋우며 싸운 일이 있었다. 담당 교수가 그에게 왜 쓸데없이 하라는 공부는 안하고 시집을 냈냐고 물은 게 화근이었다. 당시 특호는 화장실에서 한나절 펑펑 눈물을 쏟았다. 그때 화장실에서 맡았던 고약한 냄새와 지금 면접관의 질문과 오버랩된 것이다. 그래서 똥이 마려웠던 것이다. 특호는 면접관에게 갑자기 복통이 난 것 같은데 잠깐 화장실에 다녀와도 되겠냐고 물었다. 면접관은 생리현상이니 다녀오라고 했다. 화장실에서 쌓였던 것을 비우며 질문의 답을 준비해야 했다. 화장실에서 시간을 끈 것이다. 특호는 답을 대략 정한 후 면접실로 돌아왔다. 면접관은 처음 던진 질문을 다시 물었다. 왜 학생 때 시집을 냈냐는 것이었다. 솔직하게 말해야 하나, 포장해야 하나 고민했다. 면접관에게 되물었다.

"두 가지 유형의 답이 있는데 어떻게 말할까요?"

면접관은 그의 말을 금세 알아챘다.

"포장하지 말고 솔직하게 말해 보세요."

특호는 동네 형의 조언이 떠올랐다. 솔직하게 말하는 게 가장 강한 문장이라는 것. 뜸 들일 이유가 없었다.

"당시 제겐 보호자가 없었습니다. 주머니엔 동전 몇 닢밖에 없었고요. 밥 세 끼 먹고 사는 게 전쟁이었습니다. 교수들이 업신여기는 것도 싫었고요. 아주 간절하게 든든한 울타리를 만들고 싶었습니다. 그래서 시집을 냈습니다."

"간절하게 만든 든든한 울타리? 구체적으로 무슨 뜻인가요?"

"혹시 면접관님은 김구리지를 아시나요?"

이제 그가 면접관을 면접 보는 형국이 됐다.

"김구리지요?"

그가 화장실에서 생각한 아이디어였다.

"네에, 김구리지."

"이름이 신라시대 때 사람 같긴 하네요."

"맞습니다. 신라 법흥왕의 왕후가 바로 벽화부인인데요. 법흥왕을 극진하게 보좌한 비량과 눈이 맞았답니다. 왕이 총애한 남자였으니 요즘으로 치면 꽃미남이었지요. 법흥왕은 비량을 바로 죽일 수 있었지만 비량이 워낙 충성심이 강해 살려줬다고 합니다. 그리고 자신의 아내와 비량, 두 사람이 너무나 간절히 사랑해서 법흥

왕은 두 사람을 혼인시켰지요. 그런데 이 두 사람이 사랑할 당시, 뒷간에서 성관계를 했다는 겁니다. 궁궐이니 밀애할 장소가 없었던 거죠. 그렇게 해서 태어난 아들이 김구리지였습니다."

"뒷간의 냄새가 구려서…. 구리지?"

"네에, 그런 뜻입니다."

"얘기는 잘 들었는데 김구리지와 오늘 면접과 무슨 연관이 있나요?"

"제가 시집을 출간한 이유가 그 간절함 때문이었다는 걸 말씀드리고 싶었습니다."

"아 그게 그렇게 된 거였군요. 간절한 마음으로 시집을…"

"네에. 제겐 출간이 너무도 간절했기에 학생 때 시집을 낸 거죠."

"학생 때라면 돈이 없었을 텐데 어떻게 책을?"

"영어과에 다니던 병찬이란 친구가 있었는데 그 친구가 자신의 등록금 낼 돈을 제게 줬습니다."

"결국 그 친구도 간절한 마음으로 특호씨를 도운 거네요. 결정하기 어려웠을 텐데…"

"네에 그렇죠. 고마운 친구입니다."

면접관은 그가 말한 내용을 수첩에 적었다. 특호는 그가 고개를 끄덕이는 걸 보면서 안심했다. 8부 능선까지 온 것 같았다. 화장실에서 번뜩 떠올랐던 김구리지 얘기는 적절했다.

"만약 저희 신문사에 입사하면 뭐부터 취재하고 싶습니까?"

예상이 들어맞았다. 면접관은 입사 이후의 일과를 던지고 있는 것이다. 질문을 받고 보니 머리가 하얘졌다. 그런데 마침 면접실 벽에 직지심경을 프린트한 액자가 걸려 있었다. 그것도 액자를 보고 안 게 아니라 액자 아래 캡션에 쓰여 있었다. '백운화상의 직지심경.' 특호는 엉겁결에 말했다. 타이밍을 놓치면 또 언제 시험을 볼 것인가. 너무나 끔찍했다.

"제가 신문사에 합격한다면 백운화상의 직지심경을 밀착 취재하고 싶습니다."

"아~그래요? 포부가 아주 당찬데요. 잘 됐으면 좋겠습니다."

그렇게 해서 면접을 잘 마쳤다. 그런데 엉겁결에 말한 직지심경이 뭔지, 백운화상이 뭔지 알 수 없었다. 특호는 귀가하는 대로 직지에 대한 정보를 빠짐없이 공부하리라 마음먹었다. 면접관은 서류를 모아 세운 뒤 책상에 톡톡치며 말을 던졌다.

"아마 다음 달부터 내가 장특호씨의 선배가 될 겁니다. 그리고 액자 캡션 말입니다. 직지심경이 아니고 '직지심체요절'입니다. 시설과에 얘기했는데 도통 말을 듣지 않네요."

특호는 얼굴이 빨개졌지만 곧 표정을 고쳤다.

"네에. 시정하겠습니다."

반사적으로 시정하겠다는 말을 했다. 군대도 아니고 창피했다. 왜 그랬을까. 면접관은 빙그시 웃으며 대꾸했다.

"아! 무슨 시정이에요. 군기가 빡 드셨네. 아무튼, 면접 보느라

고생했습니다. 자~ 그럼 조만간 또….”

　하늘이 도운 걸까. 언론계 다섯 손가락 안에 드는 신문사. 기자들이 주식을 갖고 있으면서 주주 역할을 한다는 민주 성향의 정론지. 특호는 K 신문사에 최종 합격했다. 신용보증기금 등록과 신체검사를 받으니 실감이 났다. 빌딩 숲 사이로 비추는 햇살이 아름다웠다. 기자들 사이에서는 사대문 안에 있는 신문사에 들어가면 영전했다는 농담을 했다. 농담이긴 했지만 말 속엔 진담이 섞여 있었다. 그만큼 입사가 어렵다는 뜻이었다. 급여가 삼성만큼 많진 않았지만 보너스까지 갖춘 신문사에 입사한 것이다.

　특호는 형제 가족들과 한참 울었다. 주간지에서 겪은 서러운 시절이 주마등처럼 스쳐 갔다. 기획특집 기사를 쓰는데 다른 기사를 차용했다고 예의 없는 후배에게 오해받은 일, 편집국 전체가 특호만 두고 다른 언론사를 차려 나간 일, 월급이 안 나와 발을 동동 구르던 일, 아침마다 희한한 복무강령을 복창하고 차장 직함을 달았으면서도 화장실 청소하던 때가 떠올랐다. 그러나 특호에겐 이것보다 더한 시련이 기다리고 있었다. 영혼 없는 쇳덩이가 예리한 칼이 되기 위해 겪어야 할 감내의 시간. 고통과 모멸감, 견디기 힘든 수난이 기다리고 있었다.

펜의 설움

"아~ 참나, 이게 맞다니까요!"

"글이 매끄럽지 못해요."

"둥근 해가 떴다와 떴다 둥근 해, 도대체 뭐가 다릅니까?"

특호는 아침부터 편집국에서 언성을 높였다. 편집국 기자들은 드디어 올 것이 왔다는 표정을 지었다. 데스크가 중재에 나설만했지만 침묵했다. 두 사람이 알아서 해결하라는 지시 같았다. 시를 쓴답시고 어깨에 힘 준 그가 소위 '교열 군기'에 걸린 것이다. 수습 기자가 신문사에 들어오면 교열 담당 기자에게 혹독한 신고식을 치르게 되는데 그도 예외가 아니었다.

교열에 걸리면 원고는 피바다가 됐다. 오류를 잡는다는 명목으로 빨간펜으로 난도질 되는 것이다. 기자 세계에서 기사가 수정할

게 많으면 수치스런 일이었다. 그런 소문은 삽시간에 퍼졌다. 기자는 취재에 강해야 하지만 기사도 잘 써야 했다. 기사 못 쓰는 기자, 띄어쓰기나 철자법도 모르는 기자. 이런 고문관격 이미지를 벗으려면 목침만 한 국어사전을 수천 번은 외워야 했다.

결국 그의 원고는 없어지고 교열본만 남았다. 지울 수 없는 치욕이었다. 그는 그렇게 난도질 당한 원고를 갖고 반나절 티격태격하는 것이다. 맞다고 우기는 건 특호이고 전부 쳐냈다고 말하는 사람은 교열부 베테랑 강성숙. K 신문사 교열의 신 강성숙을 이긴 사람은 없었다. 신문사의 명성은 곧 오타 없는 지면이었다. 그래선지 교열부 기자의 권위는 하늘을 찔렀다. 그녀가 어디서 교열을 배웠는지 모르지만 작두로 죄를 묻는 포청천 같았다. 아무도 봐주지 않았다. 4교, 5교까지 교열이 들어가면 편집국 내에선 한마디로 찍혔다. 아무리 취재력이 있어도 선입견이 생기는 것이다. 열심히 기사를 작성해도 결국 문맹자가 되는 것이다. 그리고 주눅이 들었다. 교열 검문을 통과하지 못해 그만둔 기자도 있었다.

꼬리표는 다른 신문사로 이직해도 따라붙었다. 무서운 일이었다. 그래서 강성숙에게 분식을 사 먹이며 잘 부탁한다는 기자도 생겼다. 성숙은 그 자리에서 알겠다며 떡볶이를 먹었지만 1차 원고가 오면 가차 없이 칼을 휘둘렀다. 이때마다 그녀는 능력을 뽐내는 게 아닌 신문사를 위하는 일이라고 했다. 야심 차게 입사한 그에게 혹독한 시련이 찾아온 것이다. 결론부터 말하면 강성숙의 승리였다. 특호가 새빨간 교정지를 들고 나오자 동료들이 한 둘씩 그의 곁으로 모였다.

"어쩌면 좋으냐. 기사 좀 잘 쓰지 그랬어!"

동료 재곤은 신문사 9층에 마련된 구내식당에서 그를 다독였다. 특호는 떨구던 고개를 빳빳이 들더니 그녀를 성토했다.

"내가 쓴 기사가 맞다니까! 강선배가 무리하게 고친 거야."

"야! 그럼 안 고쳐도 될 기사를 억지로 고쳤다는 거냐."

재곤 옆에 있던 특호의 선배 학준도 말을 거들었다.

"재곤이 말이 맞아. 강성숙 씨에게 대들다간 다음 주 교열 받을 땐 네가 쓴 원고가 아예 없을걸."

학준은 기사 쓰는 시늉을 했다. 글공부를 더 하라는 주문이었다. 교열 여파는 컸다. 이런 일이 몇 번 있고 난 후 편집국 데스크는 특호에게 취재 명령을 잘 내리지 않았다. 유령 보듯 했다. 기자가 편집회의 때 발제를 하면 대부분 데스크가 OK를 하는데 기사가 형편없으니 취재도 형편없을 거라 단정 지은 것이다. 특호는 난국에 빠졌다. 기자가 기사를 못 쓰면 칼을 잃은 장군, 노 없는 뱃사공과 같았다. 이대로 가다간 아예 지면에서 바이라인이 사라질 것 같았다. 어렵게 입사했는데 이제 사표를 써야 하나. 고민이 밀려왔다. 밥이 목구멍으로 넘어가지 않았다.

모든 걸 내려놓고 끝낼까 생각했다. 이때 그에게 다시 기회를 준 건 면접 때 면접관이던 선배 석현이었다. 그는 체육부와 정치부를 두루 거치며 문화부에서 입지를 굳히고 있었는데 고고학과 근대의 역사 등에 해박한 지식을 가진 문화전문 기자였다. 석현은 딱히 특호와 친하게 지내진 않았지만 어떤 일을 할 때면 공평성과 평정심을 잃지 않았다.

퇴근길, 석현은 신문사 건너편에 있는 영덕정이란 중국집으로 그를 불러냈다. 저녁 7시 조금 넘은 시각. 10월로 치닫는 정동의 밤은 알싸하면서 서늘했다. 특히 정동은 고즈넉한 풍경이 일품이었다. 덕수궁 돌담길을 따라 떨어진 낙엽은 가을 느낌이 물씬 났다. 콘크리트 빌딩으로 에워쌓인 도시지만 정동은 울창한 나무가 빼곡해 공기도 맑았다. 명동이나 종로통의 느낌과 달랐다.

두 사람은 나무젓가락을 쪼갠 뒤 별말 없이 그릇을 한 손에 든 채 후룩후룩 먹었다. 시장하기도 했지만 이곳 짜장면은 맛났다. 늘 하얀 와이셔츠를 20년간 매일 다려입고 손님을 기다린다는 주인은 흡사 도자기를 빚는 장인과 같았다. 뭐 한 가지라도 똑 부러지게 일하면 구두를 닦든지 짜장면을 팔든지 각인이 되기 마련이었다. 특호는 각인되지 못한 삶을 살고 있는 게 분명했다. 원고의 기본인 문장과 철자법조차 제대로 몰라 수모를 당하고 있지 않은가. 형편없는 글솜씨는 편집국에서 금세 소문날 것이고 교열부의 KS마크에게 대든 고문관이 될 게 자명했다.

언론계에서 나도는 말이 있었다. 기사를 못 쓰면 취재라도 잘하라는 것. 특호가 작문을 제대로 못 배웠다면 취재라도 잘해야 하는 것이다. 사실 그는 여느 기자들처럼 신문방송학과나 국문과, 또는 문예창작과를 나오지 않았다. 전공은 산업 디자인. 문학과 거리가 멀었다. 성숙이 자존심 센 그를 문맹자 취급했으니 죽을 맛이었던 것이다. 두 사람은 이과두주를 건배한 후 한번에 들이켰다. 속이 타는 느낌이었다. 지금 특호의 심정이 그랬다. 특호가 목에 걸렸는지 캑캑거리자 급히 물 한 잔을 권했다. 석현이 먼저 운을 뗐다.

"혹시 말야, 특호씨. 직지심경이라고 들어봤어?"

석현은 후배들에게 쉽게 말을 놓지 않았다. 오히려 높여주었다. 완벽한 존대는 아니었고 반말과 존댓말을 섞어서 썼다. 특호는 그런 말투가 싫지 않았다. 나이는 석현보다 어리지만 대우받는 느낌이 들었다.

"네에, 예전에 선배가 면접관으로 들어왔을 때…."

"기억하고 있었네…. 정확한 명칭은 '백운화상초록불조직지심체요절'이지."

"명칭이 아주 기네요. 선배는 제목을 어떻게 전부 기억하세요? 신기해요."

특호는 단무지를 앞니로 잘라 먹으며 말했다. 베어먹고 남은 단무지가 초승달처럼 되었다. 석현은 가방에서 볼펜을 찾았다. 볼펜 머리 끝에서 경쾌한 소리가 났다.

"잘 따져보면 그렇게 어렵지도 않아. 기자수첩 있어?"

"네에…. 여기…."

특호가 가방에서 수첩을 꺼내자 노련하게 설명하기 시작했다. 밖이 어둑어둑해졌다. 중국집 대각선 방향으로 K 신문사의 네온사인이 선명하게 보였다. 특호는 신문사의 네온사인을 보며 이 곳을 오래 다닐 수 있을까 생각했다. 주문한 군만두가 생각보다 빨리 나왔다. 서빙하던 아르바이트생이 특호의 수첩을 힐끔 쳐다보며 궁금해했다. 석현이 무슨 말을 하는지 기다리는 눈치였다. 그는 수첩에 받아적기 시작했다. 석호는 천천히 운을 뗐다.

"백운화상은 직지심경을 쓴 백운스님을 뜻해. 화상은 승려를 높이는 말이고."

"네에, 백운스님이라고 해도 되는 거죠?"

"그렇지. 다음은 초록, 초록은 중요한 부분을 가려낸다는 것. 불조는 석가모니나 큰스님을 말하는 것. 직지는 어떤 사물을 가리킨다는 뜻인데 '원래의 마음을 깨닫는다'란 뜻도 있어. 심체는 마음의 본질. 요절은 중요한 부분이란 뜻. 쉽지?"

"그렇게 끊어서 읽으니 외우게 되네요."

"응, 연달아 읽으면 백운화상초록불조직지심체요절이 되는 거지."

홀에 있던 아르바이트생도 어디에 적는 듯했다. 석현은 이곳 단골손님인데 이곳에 있는 주방장이나 주인 아르바이트생이 석현의 학식을 어깨너머 배우는 것 같았다. 특호는 식사를 거의 마칠 무렵, 석현을 향해 따로 부른 이유가 있냐고 물었다.

"선배 바쁘실 텐데…. 하실 말씀이라도?"

석현은 가방에서 몇 년은 됨직한 신문 뭉치를 꺼내며 그 앞에 내놓았다.

"혹시 직지심체요절을 훔친 범인이 어디 있는지 알아?"

"직지심체요절을 누가 훔쳤나요? 그 책이 우리나라에 없어요? 문화재 아닌가! 이 책이 한국에 있는 게 아니구요?"

그의 질문은 중구난방이었다. 대책 없이 지껄이자 석현은 기가 찬 듯 헛웃음을 지었다. 석현은 결심이 선 듯 그의 손을 잡으며 말했다.

"이거 취재해서 특종 터뜨려봐. 내가 알려줄 수 있는 건 직지를 훔친 범인이 대구교도소에 있다는 것. 범인의 이름은 서장목. 그것뿐이야. 글 쓰는 법은 내가 개인 교습해줄 테니 너무 걱정 말고. 기사 잘 써서 승진해야지…. 차장도 달고 부장도 되고…. 안 그래?"

특호는 술이 확 깼다. 강성숙에게 받은 수모를 이길 절호의 기회가 온 것이다. 게다가 문법, 문장도 가르쳐주겠다 하지 않는가. 석현은 천군만마였다. 기자 치고 자신이 가진 특종감을 다른 동료에게 주는 바보는 없다고 해도 과언이 아니다. 왜냐면 특종은 승진과 함께 스포트라이트를 받을 수 있기 때문이다. 그럼에도 석현이 특호에게 친절을 베푸는 덴 이유가 있었다. 첫째 특호를 뽑자고 주장한 사람이 석현이었다. 그 배경엔 그가 시인을 흠모하는 문학지

망생이었기 때문이다. 그를 통해 어떤 공감대를 갖고 싶었던 것이다.

또 그렇게 석현의 추천으로 특호가 입사했는데 그가 일을 못 하면 신문사 내에서 석현의 입지가 좁아질 수 있었다. 왜 저런 놈을 추천했냐고 하면 그 역시 편집국 내에서 같은 부류가 되기 때문이다. 처세에 능한 석현은 그런 상황을 만들고 싶지 않았다. 두 번째는 입사 이후 특호가 석현에게 명문대를 나온 여자 미란을 소개한 일이 있었다. 석현은 미란을 마음에 들어 했고 이후 두 사람은 사귀게 됐다. 그런데 어쩐 일인지 둘 사이가 소원해져 연락이 끊겼다. 그 인연을 다시 연결해달라는 무언의 부탁이 있었던 것이다.

직지로의 첫 항해

석현과 중국집 회동 후 특호는 데스크에게 직지를 훔친 서씨를 취재하겠다는 안건을 올렸다. 편집회의 때 정식으로 발제했다. 데스크는 어찌 된 영문인지 OK를 했다. 어쩌면 석현이 미리 데스크에게 부탁했을 수 있었다. 오랜만에 취재 명령이 떨어졌다. 특호는 석현이 준 정보를 바탕으로 서씨가 복역 중인 교도소를 찾았다. 찾아간 대구교도소 정문엔 '서로 사랑하자'라는 푯말이 적혀 있었다. 특호는 우리는 매일 죄를 짓고 사는데 언제 용서를 받고 또 얼마나 더 사랑해야 하는 걸까 생각했다.

교도관들은 직감적으로 특호의 신분을 알아챘다. 신분증을 내보이자 아래위를 훑더니 녹음기 사용, 도촬은 금지사항이라고 못을 박았다. 가방과 휴대폰을 맡기고 방문증을 가슴 주머니에 꽂은 뒤 접견실로 들어갔다. 말이 접견실이지 값싼 페인트 냄새가 진동했다. 면회시간은 단 10분. 취재시간이 턱없이 부족했다. 서씨에게 어떤 말이라도 들어야 했다. 접견실 스피커를 통해 접견 시작 방송이 나왔다. 몇 분 기다리자 서씨가 나왔다. 다소 불투명한 아크릴판을 사이에 두고 서씨와 마주했다. 구멍이 숭숭 뚫린 아크릴판 앞에 앉은 서씨는 생각보다 젊었다. 죄수복과 명찰 색깔은 죄명에 따라 달랐다. 사형수의 명찰은 빨간색, 마약 범죄자는 하얀색, 주요감찰대상은 노란색, 미결수의 복장 색깔은 엷은 고동색, 서씨가 입은 복장 색깔은 기결수가 입는 파란색, 모범수였다. 서씨는 생각지 않은 접견에 의아해했다.

"저를 보자고 하셨다고요?"

서씨는 영혼 없는 말투로 그를 대했다. 서씨의 말투는 흡사 입은 움직이지 않는데 목소리는 나오는 복화술 같았다. 아마도 접견실 천장에 360도 돌아가는 CC-TV를 의식하는 것 같았다. CC-TV가 촬영되고 있음에도 교도관은 접견대장에 무언가를 적어댔다. 특호는 어차피 면회시간이 10분밖에 안 되기에 서씨와 얼굴만 트자고 생각했다. 서씨에겐 10월 둘째 주에 다시 오겠다 했다. 직지 얘기는 말만 흘렸다. 화두만 던진 것이다.

서씨도 그의 눈매를 보더니 고개를 끄덕였다. 성실하게 취재에 응하겠다는 눈치였다. 서씨로서는 특호의 방문이 나쁘지 않았다. 도굴꾼들이 교도소에 들어오면 지인들은 모두 잠수를 탔다. 면회

왔다가 현장에서 검거될 수 있기 때문이다. 서씨는 그가 기자라는 사실을 알고 자주 면회 오라고 주문했다. 딱히 접견 올 사람이 없는 데다 접견하면 바깥바람이라도 쐬일 수 있기 때문이다.

"가끔 와도 되겠습니까?"

특호가 서씨에게 묻자 그는 비릿한 웃음을 지었다.

"오래전 끝난 일인데 이렇게 찾아와주니 감사하지요. 적극 협조하겠습니다."

서씨의 말이 빈말 같진 않았다. 듬직하게 들렸다.

"사식과 영치금 조금 넣겠습니다."

"아휴!~ 감사합니다. 안 넣으셔도 되는데…. 가을 때라 그런지 입맛이 없었는데 공장 직원과 같이 나눠 먹겠습니다."

서씨는 수감자를 공장 직원이라고 했다. 아마도 교도소 내에 공장이 있어서 그런 것 같았다. 특호가 다음에 오겠다고 하자 서씨는 직지 얘기는 다음에 밀도 있게 얘기하고 도굴된 문화재 관련해서 정보 하나를 주겠다고 했다. 특호 입장에선 영양가 있는 기삿감은 아니었지만 신뢰가 쌓인다는 점에서 감사한 일이었다. 특호는 둘만이 알 수 있는 말을 던졌다.

"직진 말고 갓길도 가끔 다니셨나요?"

직지심경 말고 다른 물건도 손을 댔냐는 암호의 말이었다. 서씨는 금세 알아들었다. 받아 적기만 하는 교도관은 무슨 뜻인지 알턱이 없었다.

"아니오. 그런 건 아니고요. 순천 선암사에서 잠시 빌린 45어 원짜리 33조사도와 15억 원짜리 팔성도를 어떤 분에게 넘겼는데 어디에 있는지 대략 알고 있습니다. 기자님도 두루 알아보세요. 당시 담당 형사 이름을 찾는 건 어렵지 않을 겁니다. 신뢰를 갖자는 차원에서 말씀드리는 겁니다."

서장목은 훔친 물건을 잠시 빌렸다는 표현을 쓰고 있었다. 훔친 걸 잠시 빌렸다니 괘씸한 생각이 들었지만 굳이 서씨의 심사를 건드릴 이유는 없었다.

"한번 알아보겠습니다. 45억이라…. 어마무시하네요. 아무튼 못다 한 얘기는 다음 주에 나누시지요."

"알겠습니다. 잘 올라가십시오."

특호는 그가 가르쳐준 선암사 건을 수첩에 적은 뒤 아는 형사에게 다이얼을 돌렸다. 몇몇 형사들은 익명으로 처리해주고 자신에게 큰 피해가 없다면 아는 대로 얘기하겠다고 했다. 잃어버린 문화재가 있다면 반드시 찾아 외국으로 나가지 못하게 하는 것도 애국이라고 말했다. 면회를 다녀온 뒤 특호는 선배 석현에게 보고했다. 석현은 잘했다며 더 파보라고 했다. 원래 서씨가 개인 생각을 전하거나 정보를 잘 안 주는 데 잘 본 것 같다면서 계속 취재하면 낚을 것 같다며 좋아했다. 특호는 모두 퇴근한 편집국에 남아 자료를 정리했다. 숙직을 서는 후배 봉국이 어디서 한잔을 걸쳤는지 꾸벅꾸벅 졸고 있었다. 아마도 저녁을 먹으며 반주를 했는데 무리한 것 같았다.

"봉국아, 숙직실에서 눈을 좀 붙이든가."

특호는 봉국을 깨웠다. 봉국은 몸을 가누지 못하면서도 한 10분만 더 자고 일어나야 한다고 했다.

"장 선배 저도 그러고 싶은데 데스크가 내일 아침 신문 오타 난 게 있나 잘 보라고 하셔서 조금 있다가 윤전실로 가봐야 해요."

신문은 그나마 잡지보다 편했다. 잡지는 잉크 색깔까지 봐야 하는데 신문은 컬러섹션이 따로 제작되는 데다 대부분 검정색이라 큰 사고는 일어나지 않았다. 신문사에서 술을 마셔도 누가 뭐랄 사람이 없다는 건 특혜였다. 특호는 중학교 때 학교에서 술을 마시다 정학당했을 때가 생각났다. 무모한 사춘기였다. 그렇게까지 할 필요는 없었는데 하는 생각이 들었다. 특호가 지금에 와서도 자부심을 갖는 일이 있었다. 그 당시 친구들과 벌인 파행을 혼자서 총대 멨다는 점이다.

학교에서 술을 마신 학생은 총 5명이었지만 특호는 혼자서 술을 마셨다고 우겼다. 그렇게 해서 4명의 친구는 살았고 자신만 정학됐다. 그런 이유로 특호는 동창회에서 의리남으로 통했다. 술값은 한동안 문제의 친구 4명이 내기도 했었다. 아무튼 신문사에서는 술과 담배에 관대했다. 언론계에 들어와 좋은 점이 있다면 시간을 자유롭게 쓸 수 있다는 점. 낮 시간에 어디를 가도 동선을 묻지 않았다. 직속 선배에게 보고만 하면 됐다. 근무시간에 사우나에

가거나 술 한잔을 해도 뭐라 하지 않았다.

　신문사에서는 기자들의 일련의 행동을 모두 근무의 연장선으로 보았다. 사우나에서도 잠입 취재할 수 있고 술 한잔을 마셔도 취중 진담으로 이뤄지는 인터뷰라고 하면 문제 될 게 없었다. 신문사 건물 꼭대기엔 대형 송수신 안테나가 우람하게 솟구쳐 있었다. 아마도 신문사 자리에 방송국도 같이 운영했던 까닭이리라. 이 신문사를 거친 쟁쟁한 선배가 많았다. 대통령 후보까지 나왔던 정동형, 음악평론가 임진무, 영화계의 감초 배장주, 구수한 말투로 팬층이 두터운 명 MC 이상백, 덕담하는 수더분한 스타일의 방송인 유인정까지 모두 이곳 신문사 출신이었다. 특호는 작전을 바꿨다. 서 씨와 인터뷰하는 시간이 너무 짧아 심도 있게 취재할 수 없었다.

　교도소 측에 자초지종을 말하자 변호사와 함께 오면 시간을 좀 더 주겠다고 했다. 특호는 익산 사는 동생 규상의 도움을 받아 김 철규 변호사를 소개받았다. 김 변호사는 대동해 주겠다고 했다. 김 변호사는 말끝마다 '진정한 의미에서~'라는 말을 자주 썼다. 김 변호사의 투입으로 심층적인 얘기를 할 수 있게 되었다.

　10월 중순경 대구교도소를 다시 찾았다. 가을의 교도소는 다소 추웠다. 대부분 지방의 교도소는 외곽에 있었는데 대구교도소도 마찬가지였다. 계절의 순환을 무시할 수 없듯 초겨울 같은 느낌이 들었다. 신분증과 휴대폰을 맡기고 김 변호사와 함께 접견실로 들어갔다. 서 씨는 미리 나와 있었다. 창살이 아닌 직접 대면하고 보니 서씨는 왜소했다. 고무신이 아닌 운동화를 신고 있었나. 수감자들의 인권과 건강을 위해 10여 년 전부터 바꿨다고 했다.

서씨는 모 종편 방송국에서 취재를 나왔지만 거절했다고 했다. 특호가 독점인 셈이었다. 김 변호사 입회하에 인터뷰가 진행되었다. 특호가 단도직입적으로 물었다. 시간이 얼마 없기 때문에 사설을 늘어놓을 시간이 없었다.

"대략 10개 문항입니다. 너무 길게도 짧지도 않게 말씀해 주시면 고맙겠습니다."

"네에 알겠습니다. 근데 깻잎이랑 사과 오징어, 사식 부탁드린 건…."

"네에 영치금과 함께 넣었습니다. 걱정 안 하셔도 됩니다."

"아휴, 감사합니다."

김 변호사와 오기 전, 서씨는 특호에게 부탁한 일이 있었다. 사식과 함께 여자 연예인 사진을 구해 달라는 것. 보내긴 했지만 결과적으로 서씨는 받지 못했다. 원칙적으로 여자 사진은 반입이 금지되어 있기 때문이었다. 여자 사진 반입을 금지하는 건 여러 이유가 있었다. 여자 사진 반입 금지는 특호가 재소자 인터뷰하면서 알게 된 사항이었다.

교도소에선 여성을 만날 수 없기 때문에 여자 사진이 아주 귀했다. 서씨가 해달라는 것 한두 가지는 해줘야 했다. 교도소에 문의해보니 팸플릿이나 미술작품은 반입이 가능하다는 통지를 받았다. 이후 특호는 여자성악가의 공연 포스터를 보냈다. 서씨가 잘 받았다는 편지를 보내왔다. 사회에서는 크게 필요 없는 것들이 교도소에선 아주 귀하다는 걸 알았다. 서씨는 몇 번이나 고맙다고 했다. 서씨가 그 포스터를 갖고 뭘 했는지는 모른다.

특호는 서씨에게 많은 정보를 알아내야 했다. 기자정신일 수 있었다. 서씨는 도굴범이라 그런지 접견 오는 사람이 거의 없었다. 그래서 늘 동료들에게 얻어먹기만 했는데 이번에 인터뷰를 하면서 특호가 자주 방문하자 사식을 또 부탁했다. 서씨는 꽤 들떠 있었다. 오랜만에 자유로운 몸으로 넓은 공간에서 얘기하니 기분 좋은 것 같았다. 외국의 경우는 변호사가 면회를 신청하면 수감자의 인권 보호 차원으로 수갑도 풀어주는 게 관례였다. 김 변호사가 교도관에게 부탁하자 수갑을 풀어줬다.

교도관은 서씨가 강력범이 아니기에 큰 문제 없다고 했다. 서씨는 연신 고개를 숙이며 고마워했다. 교도소 측은 약 40분 정도 시간을 줄 수 있다고 했다. 원래는 1시간 정도 이상도 가능한데 다른 수감자들 간 형평성 문제도 있고 해서 어느 정도 제약한다고 했다. 특호는 가능한 빠른 말투로 인터뷰를 시작했다.

"직지가 상권이 있고 하권이 있는 걸로 압니다. 선생께서 훔친 책은 어떤 겁니까?"

"제가 훔친 건 직지 상권 두 권과 직지보다 앞선 불경 한 권입니다."

"직지보다 앞선 불경이 있었다고요?"

"그렇습니다. 솔직히 이름은 잘 모르겠고요."

특호는 솔직히 직지 외엔 그다지 궁금하지 않았다. 어차피 기사를 쓰게 되면 직지에 포커스를 맞출 것이므로 그 외의 불경은 필요 없었다.

"새로운 내용이긴 한데 직지에 대해서만 말씀해주세요. 제가 궁금한 건 직지심체요절 상하권의 행방이라서요. 무엇보다 이렇게 인터뷰에 응해주셔서 고맙습니다."

특호는 서씨가 감정 상하지 않게 예의를 지켰다.

"네에, 알겠습니다."

"천천히 말씀 나누겠습니다. 언제 도굴하신 건가요?"

"제 기억으로는 지금으로부터 약 10년 전입니다. 급하게 빌리느라 제대로 못 본 탓도 있는데 갖고 와서 보니 상권 두 권이었습니다. 왜 상하권 한 쌍이 아닌 상권이 두 권이었는지는 모르겠어요."

"그럼 현재 그 책은 어디 있습니까?"

서씨는 잠시 머뭇거렸다. 책상 앞에 놓인 A4용지에 스프링 같은 모양의 낙서만 할 뿐이었다. 그만큼 심경이 복잡하다는 뜻으로 읽혔다. 교도관은 습관적으로 시계를 쳐다봤다. 특호는 서씨에게 물 한잔을 건넸다. 긴장하지 말라는 의미였다. 옆에 있던 김 변호사는 특호의 취재를 도왔다.

"진정한 의미에서 얘기를 해보세요. 잘 말씀해주시면 서 선생님께도 좋은 일 많을 겁니다. 그런 게 진정한 의미가 아니겠습니까?"

김 변호사가 말하는 진정한 의미가 뭔지 특호는 알 수 없었다. 김 변호사가 옆에서 말이라도 거들어주니 감사할 따름이었다. 서씨는 종이컵에 담긴 물을 쭈욱 들이키더니 흰자위가 보이도록 추켜올렸다. 서씨는 작심한 듯 입가에 힘을 줬다. 입가에서 쩝 ~하는 소리가 들렸다.

"도굴한 직지 두 권 중, 한 권은 중국 연변에, 다른 한 권은 일본 도쿄에 있다고 보심 됩니다."

요약하면 직지심체요절 책은 중국과 일본에 있다는 말이었다. 그런데 일본에 있다고 보면 된다는 말은 빠져나갈 구멍을 만드는 느낌이었다. 남이 하는 말처럼 표현했기 때문이다. 특호는 마른침을 삼키며 다시 질문했다.

"확실하지 않다는 얘기인가요? 그리고…. 직지 실물은 찍어 놓으셨나요?"

"기억이 잘 나지 않아서 그럽니다. 사진요? 당연하죠. 그게 없으면 거래하는 컬렉터들과 흥정 못 합니다."

컬렉터! 서씨는 '컬렉터'라는 단어를 쓰고 있었다. 도굴범들이 잘 쓰지 않는 말이었다. 추측건대 서씨는 아마도 미술관이나 개인 박물관 쪽과 연결하고 있는 느낌이었다.

"그럼 혹시 때를 봐서 공개할 의향은 있으십니까?"

"공개할 의향은 있습니다만…. 그게…."

"뺏길까 봐 그러시나요?"

"그런 것보다…. 솔직히 안전 문제도 있고요. 가격대가 맞아야 되지 않겠습니까?"

특호는 서씨의 뻔뻔함에 적잖이 놀랐다. 훔친 것을 빌렸다고 하질 않나, 흥정하며 팔려고 하지를 않나 비위가 상했다. 특호는 평소와 다르게 언성을 높였다.

"이보세요 서 선생, 솔직히 말해서 직지를 훔친 것 아닌가요? 그렇다면 뺏앗기는 게 아니라 원래 위치에 갖다 놓는다고 보시면 편할 텐데요."

특호가 큰소리를 내자 서씨는 주눅이 들었다.

"전부 맞는 말씀인데요. 도굴한 점에 대해선 제가 할 말이 없습니다. 좀 더 시간이 가기를 바랄 뿐입니다."

서씨가 이렇게 도굴한 물건을 팔 수도 있다고 말하는 데는 이유가 있었다. 도굴한 지 10년이 지나면 공소시효가 지나 어떤 형태로든 처리할 수 있게 되는 것이다. 구입한 사람은 출처에 대한 공개가 강제적이지 않기 때문에 안 밝히면 그만이었다. 호린박물관이 소장하고 있는 신라 금관이 그런 케이스였다. 문화재청이나 서울문화재연구소에선 구입한 금관의 출처를 알아야 연대를 알아내고 문화재 등록을 할 수 있다고 했으나 호린박물관은 끝까지 금관의 출처를 밝히지 않았다. 호린박물관이 출처를 밝히지 않는 데엔 다른 이유가 있었다. 도굴된 것이라 하고 국가에서 압수하면 그만이었기 때문이다.

박현기라는 개인이 훈민정음 정주본을 구입했지만 국가에 귀속하라는 판결이 나서 골동품업계에서 난리난 적 있었다. 보물급 문화재를 개인이 가져도 되는가에 대한 부분은 학계에서 논쟁 중이다. 국가 보존과 개인 소장이라는 판단 사이에서 문화재는 맹점과 허점을 드러냈다. 국내 문화재는 해외로 반출만 하지 않으면 국내인들이 자유롭게 사고팔 수 있는 구조. 서씨는 몇 년 뒤, 그걸 노리는 것 같았다. 직지심체요절을 평가절하한다 해도 족히 100억 이상은 호가할 터였다. 인터뷰를 느슨하게 할 수 없었다. 다그쳐야 했다. 교도관이 물끄러미 벽에 걸린 시계를 보더니 15분 남았다며 오른손을 빙빙 돌렸다. 빨리하라는 눈치였다.

특호는 최초 직지가 어떻게 도굴됐는지 알고 싶었다.

"직지를 도굴했을 당시의 상황을 좀 더 구체적으로 말씀해주시지요."

"처음부터 직지를 훔쳐야겠다고 작정하고 봉현사에 들어간 건 아닙니다. 들어가서 불상의 배를 갈라보니 있었던 거죠. 제가 말씀드릴 수 있는 건 훔친 직지는 지인 H씨를 통해 일본으로 건너갔고 경북 안동 광흥사에서 훔친 직지 역시 지인 조선족 K씨에게 전해져 현재는 중국 모처에 보관 중입니다. 직지 하권도 어디에 있는지 짐작은 가는데 더는 말씀 못 드립니다."

"직지 하권도 출처를 아십니까?"

"그건 상황에 따라 말씀 드릴 수 있습니다."

"알긴 아신다는거죠?"

"책 형태라기보다는 묶지않은 수십 장의 종이로 보시면 이해가 빠를 것 같습니다."

"그럼 직지가 전부 복장유물이란 말씀입니까?"

"그렇습니다. 불상의 배 속에 있던 겁니다."

서씨의 말이 사실이라면 또 다른 직지들은 전국 사찰의 불상의 배 속에 있을 수 있다는 얘기였다. 직지는 딱 한 권으로 만들어진 게 아니라 수십, 수백, 아니 수천 권으로 인쇄됐을 수 있기 때문이다. 나름 일리 있는 말이었다. 오랜 고서들은 책을 통째로 넣는 것이 아니라 낱장을 넣는 경우도 있었다. 표지를 아예 만들지 않고 수십 장을 포개어 넣은 걸 특호는 본 적 있다.

밀양에서 발견된 월인천강지곡도 그랬고 석보상절, 월인석보 역시 복장유물이었다. 그렇게 하는 건 절에서 어느 날을 잡아서 기존에 있던 판본을 꺼내 후쇄본을 찍는 경우가 있는데 그때는 아주 정교하게 찍기보다는 판각의 상태를 확인하는 의미가 크다는 것이다. 행사 때 치러지는 의식일 수 있었다. 그래서 복장유물에서 발견되는 전적은 정교하지 않은 경우가 더러 있었다. 특호는 서씨에게 다시 물었다. 이제 직지의 재질 상태였다.

"그렇다면 직지의 책 상태는 어땠나요?"

"음…. 여느 책처럼 말끔하진 않았습니다. 좀벌레가 먹은 것도 있었고요. 광홍사 직지는 훔칠 당시 너덜너덜했고 상태가 안 좋았지만 봉현사 직지는 거의 훼손되지 않은 깨끗한 상태였습니다."

책의 상태가 극과 극이었다. 사찰에서 복장유물을 어떻게 관리하느냐에 따라 달라질 수 있겠구나 생각했다. 복장엔 실, 향료, 쌀, 보석류, 여러 가지를 넣는데 이런 것들이 서로 엉키면서 보관이 잘 될 수도, 안될 수도 있었다. 특호는 남아 있는 시간을 최대한 아껴서 질문하기로 했다. 이번에 취재를 마치고 나면 다른 언론사에서 서씨를 괴롭힐 게 뻔했다. 최대한 많이 알고 빨리 송고하는 게 급선무였다.

"책을 보셨을 때 어떤 느낌이었나요?"

"매우 정교하게 만들었구나 그런 생각이 들었습니다. 대부분 화엽문이 3개 이상씩은 됐고요."

"화엽문은 뭐죠?"

"잘 아시는 줄 알았는데…. 공부를 안 하고 오셨군요."

서씨가 거드름을 피웠다. 상대는 전적 전문 도굴범이니 모르는 건 모른다고 말해야 편했다.

"네에 좀 바빠서 전적에 대해 챙기질 못했습니다. 알려주시죠."

"솔직하게 말씀하시니 알겠습니다. 이엽, 삼엽이란 말은 전적 바깥쪽을 보면 잎사귀 무늬가 있습니다. 그 잎사귀가 2개짜리도 있고 3개짜리도 있습니다. 그 무늬를 잘 보면 언제 만들어졌는지 알 수 있습니다. 인쇄된 글자 형태를 보면 연대를 알 수 있듯이요."

"연대는 어떻게 압니까?"

"오래된 것일수록 목판본이죠. 금속인쇄술이 발달하기 전이니까요. 그러니까 당연히 목판본은 인쇄 상태가 좋지 않습니다. 울퉁불퉁하고 종이에 먹똥도 있고 글자도 많이 깨져있지요. 금속활자는 아주 정교하고 말끔하지요."

"그렇다면 직지도 인쇄 상태가 안 좋았던가요?"

"그렇습니다. 인쇄기술로 보면 100점 만점에 한 30점 미만일 겁니다. 형편없지요. 그런데 오래됐으니 값어치가 있는 겁니다. 만약 직지가 요즘 나오는 인쇄본처럼 말끔하고 깨끗했다면 그건 가짜입니다. 주물기법만 봐도 알수 있고요. 우리나라는 대부분 모래로 주물을 뜨게 되는데⋯. 육안으로는 안 보이지만 돋보기로 보면 글자 표면이 아주 거칩니다. 조금만 공부하면 알 수 있는 내용입니다."

"글자는 그렇다 치고 책의 제작상태는 어땠습니까. 그리고 책을 다시 찾을 생각은 있습니까?"

"수백 년이 지났음에도 책의 원형이 뒤틀리지 않고 그대로 유지됐다는 게 신기했습니다. 그리고 어차피 책의 행방은 제 머릿속에 있기 때문에⋯. 책은 출소 후에⋯."

서씨는 다시 말을 흐렸다. 본인이 하고 싶지 않은 말은 자연스럽게 끊었다.

"책의 행방을 아신다는 건데 사찰에 돌려줄 의향은 있습니까?"

"제가 지금 교도소에 있는 건 그간 저지른 죗값을 받는 중이라고 생각합니다. 여러 상황이 된다면 직지는 국가에 기증할 의사가 있습니다. 일본에 있는 봉현사 직지는 직지 찾기 운동을 벌이고 있는 청주시와 협의해서 적절한 보상을 받으면 넘기고 싶습니다. 사적인 의견이지만 사찰에 도로 돌려주는 게 의미가 있을까 생각합니다. 복장유물이란 게 복장 속에 있을 때 영험한 것인데…. 이미 전적이 복장에서 꺼내졌다면 사찰로선 큰 의미가 없으리라 봅니다. 영혼이 빠져나간 것과 진배없으니까요."

그럴듯하게 말하고 있지만 결국 서씨가 바라는 건 보상이었다. 서씨가 전해준 말 중 핵심을 찾는다면 프랑스국립박물관에 있는 직지가 단 한 권이 아니라는 얘기. 제2, 제3의 직지가 있을 수 있다는 것. 전국 유명 사찰의 불상을 개복하면 또 다른 직지가 발견될 수 있다는 것이었다. 이제 특호는 서씨의 마지막 말을 듣고 싶었다.

"접견 시간이 다 돼서 인터뷰를 마쳐야 하는데 마지막으로 하실 말씀이 있다면 하세요. 지면에 그대로 실어드리겠습니다."

"제가 도굴범인 상황에서 뭔가를 요구할 자격은 못 됩니다. 다만 제가 책을 갖고 있을 때 문화재 관계자에게 정 박사님을 만나게 주선해달라 했는데 묵살당했어요. 그때 만나게만 해줬다면…. 지금의 상황과 조금 달라져 있지 않았을까 싶습니다. 개인적으로 정병전 박사님께 선물로 드리고 싶었는데…. 안타깝고 암튼 뭐 그렇습니다."

그러나 서씨의 생각은 섣부른 판단이었다. 정 박사가 훔친 직지를 선물로 받을 리 없지 않은가. 서씨 역시 훔친 직지를 선물할 자격도 없었을 터였다. 잠시 빌린 것도 아니었다. 훔친 것이었다. 직지에 대한 소유권은 서씨에게 없었다. 직지는 엄연히 도굴당했고 찾게 된다면 두 사찰의 소유가 되기 때문이다. 인터뷰를 마치고 일어서려는데 서씨가 벌떡 일어나더니 특호의 앞을 막아섰다. 순간 당혹스러웠다. 순식간에 일어난 일이기 때문이다. 서씨는 뜸 들이듯 그에게 말문을 던졌다.

"저어…. 실은."

"네. 무슨 하실 말씀이라도?"

김 변호사와 특호는 눈이 동그래지며 물었다.

"저…. 같이 있는 직원들이 오징어를 좀 먹고 싶어 해서요."

서씨가 사식을 넣어달라는 얘기였다.

"인터뷰를 하면 뭐 돈도 주고 그런 걸로 압니다만…."

"잘 못 알고 계신 게 있는데 신문사에선 돈을 주고 그러지 않아요."

서씨가 잘못 알고 있었다. 간혹 방송사에서 취재원 출연료라고 해서 나오는 게 있긴 하지만 신문사는 그런 게 없었다. 전국 신문사들의 규칙이기도 했다. 그렇지만 서씨의 경우 다소 특별한 부분이 있어서 청을 들어줘야겠다고 생각했다. 특호는 서씨에게 물었다.

"진짜 오징어만 사드리면 되겠습니까?"

"네에, 오시기 뭣하면 가끔 오징어만 사식으로 넣어주시면 됩니다."

서씨는 은근히 흥정을 하고 있었다. 일회성도 아닌 가끔이라니. 특호는 그렇게 하겠다고 했다. 취재비 예산도 남아있어서 문제 될 건 없었다. 그런데 왜 오징어일까 궁금했다.

"그런데 그 많은 음식 중에 왜 유독 오징어를?"

"기자님께 다 말씀은 못 드립니다."

"그럼 한두 가지만 알려주세요. 왜 오징어가 필요한지…."

그는 마른침을 삼키더니 의자를 바짝 당겨 앉으며 말했다.

"공장에서는 오징어가 아주 귀합니다. 사식 목록에 없고 또 가격도 비싸서 잘 사 먹지 못합니다."

그러고 보니 서씨의 말도 일리 있었다. 요즘 작은 오징어 한 마리가 1만3천 원 정도 하니까 재소자에겐 귀했다. 그런데 불도 없을 텐데 어떻게 구울까 궁금했다.

"그런데 이곳엔 불이 없지 않습니까? 어떻게 구워 드시려고요?"

"아…. 저희는 오징어를 구워 먹지 않습니다."

때에 따라서는 그냥 먹을 수도 있지만 그냥 먹기엔 너무 질긴

게 아닌가 싶었다. 서씨의 오징어 먹는 법은 의외로 간단했다. 조리법 얘기가 나오자 서씨는 신이 났다.

"오징어는 일단 말린 거라서 언제고 먹을 수 있는 장점이 있습니다. 저희는 먹는 방법이 좀 다릅니다. 겨울일 경우 말씀드릴게요. 우선 작은 비닐에다가 콜라를 반쯤 부은 뒤 매달아서 벽 창틀에 매어둡니다. 그럼 콜라가 차가워지겠지요?"

"그렇겠네요. 밖에 매달아 놓은 거니까."

김 변호사가 호기심 어린 목소리로 서씨의 말을 받아쳤다. 서씨는 손짓으로 뭔가를 담는 시늉을 했다.

"그다음 그걸 다시 꺼내서 페트병에 담습니다. 시원한 콜라가 되는 거죠."

"그다음은요?"

특호도 서씨의 조리법이 궁금해졌다.

"그다음 아까 말씀드린 오징어를 약 10분간 물에 불렸다가 콜라병에 넣습니다."

"그러니까 반건조 오징어와 콜라와의 만남이네요."

"네에 그다음 바로 먹으면 질척거리니까 오징어를 꺼내서 햇볕에 말립니다."

"그걸 며칠 정도 말리나요?"

특호와 김 변호사는 신기한 듯 질문하고 있는데 옆에 있던 교도관은 잘 알고 있다는 듯 서씨의 말을 따분해했다. 서씨는 교도소의 창문을 가리켰다.

"창가에 한 3일 정도 말리면 아주 맛있는 콜오포가 되는 거죠."

특호는 콜오포라는 단어가 궁금했다.

"콜오포가 뭐죠?"

"콜라오징어포입니다."

"아…. 콜오포…. 잘 알겠습니다. 몇 개가 필요하신가요?"

"직원들 입도 있으니까 오천 원짜리 두 묶음 정도만 보내 주시면 잘 먹겠습니다."

"알겠습니다. 오천 원짜리가 있을지 모르지만 이번 주까지 보내 드리겠습니다."

"감사합니다, 기자님. 오천 원짜리로…"

서씨는 반드시 오천 원짜리로 보내달라고 신신당부했다. 무슨 이유가 있으리라 생각했다.서씨가 말한 콜오포는 교도소 내에서 아주 간단하게 만들 수 있는 음식이었다. 재소자들이 자체적으로 만드는 음식이나 제품은 무궁무진했다. 밥을 으깨어 바둑알을 만든다든지, 물 담은 페트병으로 아령을 만든다든지, 아이스크림이나 하드를 만드는 건 식은 죽 먹기였다. 그도 그럴 것이 교도소 내에서는 각종 국가 자격증을 취득하는 제도가 있어서 마음만 먹는다면 무엇이든 만들어 내는 곳이기도 했다. 서씨가 교도소를 공장이라고 표현하는 건 틀린 말이 아니었다. 특호는 대구교도소를 다녀와 데스크에게 보고했다. 서씨를 잘 구슬리면 직지의 행방을 찾을 수 있을 것 같다고 했다.

편집국 내부에서는 특호의 직지 탐사를 진심으로 응원했다. 서씨에게서 많은 정보를 캐냈고 앞으로 더 많은 직지심체요절을 발견하는 토대가 생기기 때문이다. 특히 신문사는 인쇄물로 밥을 먹고 사는 집단 아닌가. 만약 K 신문사에서 특종을 낚는다면 신문사도 명예를 얻을 기회라 볼 수 있었다. 데스크는 국내든, 국외든 취재비를 아끼지 않을 테니 한번 끝까지 취재하라고 독려했다. 서씨에겐 신뢰를 쌓는 일이, 직지에겐 그칠 줄 모르는 열정이 필요했다. 접견 이후 일주일 뒤 서씨로부터 편지가 왔다. 자신이 얼마 뒤 출소하게 되는데 하권 첫 장이 없는 책이라도 관심이 있다면 노력하겠다. 오천 원짜리 오징어 2묶음과 세종대왕 위인전과 우표도 좀 사달라는 내용이 씌여 있었다.

수감자들이 보내는 편지엔 행간이 있다. 교도관들이 편지를 검열하기 때문에 있는 그대로 쓰는 수감자는 없었다. 서씨의 편지를 해석해보니 윤곽이 잡혔다. 책에 관심 있다면 노력하겠다는 말은 책에 관심 있다면 판매할 의향이 있다는 것. 세종대왕 위인전은 1만 원 짜리를 의미하고 오천 원 짜리 두 묶음은 1억을 뜻했다. 우표를 사달라는 것은 우표를 보라는 말이었다. 겉봉에 있는 우표를 살짝 뜯어 뒷면을 보니 깨알 같이 적힌 숫자가 있었다. 서씨의 전화번호였다. 어느 정도 돈만 준비된다면 직지를 찾을 수 있다는 희망이 생겼다. 1억이 아니라 100억이라도 직지를 구할 수만 있다면 아까울 게 없었다.

적진에 뛰어들다

특호는 서둘러 프랑스로 가기로 했다. 비용이 들어가지만 신문사에서 취재를 막을 명분은 없었다. 직지심체요절을 취재하면서 실물을 보지 않는다는 건 어불성설이었다. 상권이 없는 하권이긴 하지만 실제 직접 눈으로 보고 싶었다. 1377년 백운스님에 의해 인쇄된 '백운화상초록불조 직지심체요절白雲和尙抄錄佛祖 直指心體要節'. 상·하권으로 되어있고 독일 구텐베르크의 금속활자보다 73년 앞서 제작된 현존하는 세계 최고의 금속활자본. 그중 하권 한 권이 구한말 프랑스 공사 뽈랑시에 의해 옮겨져 프랑스 국립박물관 서고에 있는 책. 그 책을 만나러 가야겠다고 마음먹었다.

이제 명실상부한 TF팀을 꾸려야할 차례. 회사는 물론 편집국 자체에서도 중진이 모였다. 그렇게 해서 취재 1팀장에 김재영, 취재

2팀장에 윤호가 결정 났다. 특호는 단독으로 진행할 수 있는 발굴 탐사팀으로 배정됐다. 팀마다 1명씩 인원이 더 배정됐다. 춘열, 승혜, 성준 등 총 6명이 따라붙은 것이다. 승혜는 총무 업무와 각종 공문을 책임지고 춘열은 사진, 성준은 외부 지원으로 영상 촬영을 맡았다.

팀이 꾸려지자 협찬이 들어왔다. 고 인쇄물의 고장 청주시는 물론 대한항공이 항공권 협찬, 프랑스 현지에 있는 호텔에서 숙박 협찬이 이루어졌다. 신문사로선 경비가 줄어 다행스러웠다. 이제 프랑스로 떠나기만 하면 됐다. 특호는 출국 날짜를 잡아놓고도 잠이 오지 않았다. 우리나라 최고의 인쇄물인 직지를 직접 만져보고 볼 수 있다는 게 믿기지 않았다. 특호는 프랑스 정부와 프랑스 박물관에 보낼 공문서류를 다시 한번 확인했다. 팩스를 보내고 답신이 오면 되는 것이었다. 다른 팀에서도 취재 일정을 꼼꼼히 챙겼다.

특히 취재 1팀인 김재영 기자는 외국어대를 나와 불어, 중국어, 일어, 영어가 능통해 이번 '직지의 재발견 프로젝트'에 큰 도움이 될 것 같았다. 오랜만에 특호는 재영과 저녁식사를 같이 하기로 했다. K 신문사 옆 건물인 '센'이라는 곳이었다. 센은 중국집인데 인테리어를 현대식으로 하고 음식도 젊은 층 입맛에 맞게 개량되어 나왔다. 정동의 가을은 스산했다. 특히 정동은 생각보다 수풀이 우거진 곳이 많아 청량감마저 들었다. 센에 들어서자 평소 안면을 트고 지내는 여사장이 둘을 맞이했다. 예전에 여사장은 특호에게 책상을 선물한 적 있었다. 오리지널 소나무 100% 송판 책상이었는데 문제는 책상다리가 부러진 걸 준 것.

별일 아니라 생각하고 경첩을 달아 썼는데 얼마 뒤 사달이 났다. 특호의 다리가 부러진 것이다. 그는 그때부터 성치 않은 물건은 받지 않는 습관이 생겼다. 물건이 오래됐다든가, 누가 쓰던 거라든가 그런 것들은 아예 받지 않았다. 그런 상황이다 보니 센의 여사장은 그에게 늘 미안해했다. 그런 징크스에도 불구하고 밝은 모습으로 나타나자 센의 여사장은 안도의 숨을 내쉰 것이다. 특호가 센에 자주 가는 이유는 여사장에게서 주워듣는 얘기가 많았기 때문이다. 가끔 특호가 공부가주나 정종을 마시러 갈 때는 여사장이 고급 정보를 주기도 했다. 물론 신빙성은 높지 않지만 여사장은 정보원으로서 역할을 톡톡히 해냈다. 여사장 현숙은 두 사람을 반갑게 맞이했다.

"요즘 좀 뜸하셨네요. 예전에 장 기자님께 부러진 책상을 드려 제가 몇 달간 볼 면목이 없었어요. 다리는 많이 나았나요?"

특호는 정색하기보다 가벼운 농으로 넘어가기로 했다.

"사장님이 부러진 책상 주시는 바람에 다리가 똑 부러진 것 아닙니까? 제가 그 덕분에 휴가 쓰고 잘 쉬고 그랬습니다."

"이제 괜찮으세요?"

"네에. 괜찮습니다. 원래 부러진 다리는 더 단단해지는 법입니다. 정말 괜찮습니다. 이쪽은 제 회사 동료이자 친굽니다."

특호가 재영을 소개하자 재영은 일어나 엉거주춤 인사를 했다.

"이곳 음식이 맛있다고 해서 장 기자 소개받고 왔습니다. 회사도 가깝고 하니까 가끔 후배들하고 오겠습니다."

특호는 이미 회사로부터 취재비를 일부 받은 터라 100만 원 한도 내에서 쓸 수 있었다. 특호가 재영을 앉힌 뒤 음식을 시켰다.

"오늘 직지에 대해 잠깐이라도 얘기 하자고. 그래야 식비를 내니까."

이런저런 얘기를 하고 있는데 음식을 내오던 현숙이 참견했다.

"지금 직지 말씀하셨어요? 우리나라에서 가장 오래된 책?"

듣고 있던 재영이 말을 받아쳤다.

"많이 아시네. 그런데 우리나라가 아니고 전 세계입니다. 사장님."

"전 세계요?"

"네에. 다음 달에 전 세계에서 가장 오래된 책을 저희가 취재하러 가요. 프랑스로…."

"프랑스요. 정말 좋으시겠다…. 일도 하시고 프랑스 여인도 만나고…"

"여인을 만나러 가는 건 아니고요. 일로 가는 거죠 허헛."

"뭐 일하다 보면 여자를 만날 수도 있고 그런 거죠. 뭐 세상에 남자가 반, 여자가 반인데…."

현숙의 말이 맞을 수 있었다. 세상은 남자가 반, 여자가 반 아니던가. 속된 말로 여느 남자가 바람을 피우면 상대 여자도 같이 바람을 피우는 것 아닌가. 숨길 수 없는 사실이었다. 현숙이 다른 음식 주문으로 자리를 떴다. 재영과 특호는 직지에 대한 얘기를 나누기 전에 사는 얘기부터 꺼냈다. 재영이 먼저 말을 붙였다.

"모친은 좀 어떠시니?"

"늘 고만고만하시지. 병원 생활 11년째라 형제들도 많이 힘들어 한다. 나도 마찬가지고. 신문사 월급도 뻔한 거라서 병원비 마련이 만만치 않아. 아르바이트라도 해야겠어."

"뭔 일을 하려고?"

"아니 뭐… 말이 그렇다는 거지. 대필도 있고 자서전 써 주는 것도 있긴 한데…. 세상에 쉬운 일이 있나."

"이후에 강성숙 선배와는 화해했니?"

"뭐. 화해랄 것까지 있나. 내가 글을 못 쓰고 못나서 그런 거지…. 내년엔 교열학원 좀 다녀 보려고…."

"그래 잘했다. 나도 예전에 문법 전문학원 몇 개월 다닌 적 있는데 도움이 되더라."

"너도 강 선배에게 난도질당한 적 있니?"

"내가 없었을 것 같아? 입사해서 한 몇 개월 죽는 줄 알았다."

"나만 당한 게 아니었군."

"뭐 그 당시엔 정말 쥐구멍에라도 들어가고 싶더라. 그런데 시간 지나고 보니 오히려 강 선배에게 고맙더라고."

"고마웠다고?"

"응 그렇게 혹독하게 당하고 교열공부를 해놓고 보니까 어느새 내가 글솜씨가 늘어 있는거야. 나 스스로에게 놀랐지."

"그니까 결국 도움이 됐다?"

"그렇지. 아마 너도 지금은 힘들지만 강 선배가 고쳐놓은 글을 잘 보면 나중에 감사한 생각이 들 거야."

재영의 말이 옳을 수 있었다. 잘 다듬어진 옥고는 결국 강 선배도, 신문사도 아닌 장특호라는 이름으로 인쇄되어 나오기 때문이다. 술을 주거니 받거니 하다 보니 저녁 8시 반을 가리키고 있었다. 셴은 밤 10시에 끝나기에 조금 있다가 일어나야 했다. 재영은 특호보다 공부를 많이 하고 신문사도 먼저 입사한 터라 의젓한 면이 있었다. 특호는 재영에게 직지에 대한 아이디어나 조언할 게 있으면 허심탄회하게 얘기해달라고 했다. 재영은 턱을 괴더니 한동안 말이 없었다. 어색한 느낌이 들었던지 특호가 재영에게 술 한잔을 따랐다. 잔을 부딪자마자 재영은 단숨에 들이켰다. 그리곤 차분하게 말을 꺼냈다.

"내가 궁금한 건 직지의 하권 첫 장이 어디 있냐는 거야. 당시 뻘랑시 공사가 첫 장이 없는 볼품없는 책을 프랑스까지 가져갔을 리는 만무고."

특호도 그 점이 궁금했다. 첫 장이 어디 갔을까. 여러 가지 추론을 세울 수 있었다. 첫째 뻘랑시 가족이 갖고 있을 수 있는 것. 둘째 프랑스 정부가 보관하고 있을 수 있다는 것, 셋째 경매 당시 뻴 랑시에게서 구입한 베베르가 숨겨 뒀을 거라는 것. 아니면 진짜로 직지를 프랑스로 옮기는 과정에서 유실됐을 수도 있는 것. 여러 가 설을 세울 수 있었다. 재영은 특호에게 직지 하권 첫 장에 대한 의 견을 다시 물었다. 만약에 특호가 뻴랑시였다면이란 단서를 붙였 다. 특호는 술기운인지 몰라도 생각나는 대로 말했다.

"만약 내가 뻴랑시였다면…. 하권 첫 장을 대통령에게 바쳤을 것 같아."

"대통령에게?"

"응. 어차피 경매장에 팔 것이라면 대통령에게 좋은 일도 할 수 있는 거고 말야. 기념으로 줄 수 있고…."

재영은 그의 말에 어느 정도 수긍할 수 있었다. 어차피 가설 아 닌가. 둘은 취했다. 빈속에 공부가주를 3병이나 마시다 보니 취기 가 돈 것. 그러는 사이 여사장 현숙은 양주 한 병을 서비스로 내놓 았다. 부러진 책상을 준 것이 미안하기도 했고 특호가 오랜만에 온 거라 대접하고 싶었다.

두 사람은 양주마저 땄다. 오랜만에 마시는 술이라 그런지 재영 은 속내를 드러내기 시작했다. 재영은 특호에게 회사에서 뽐내지 말라고 했다. 도대체 무슨 뽐을 냈다는 말인지. 특호는 빈정이 상 했다.

"내가 무슨 뽐을 냈다는 거냐?"

"뿜? 너 뿜 많이 냈지 색꺄."

언제부턴가 재영은 욕을 섞어 말하고 있었다. 특호는 술 기운에 말하는 걸 알고 이해를 했다. 그렇다고 가만있을 그가 아니었다. 특호는 골 내듯 재영에게 물었다.

"그래. 네 얘기 좀 들어보자. 회사 내에서 내가 어떤 놈이든? 뭐가 그렇게 못마땅해?"

"너? 아, 너…. 친구지. 친구. 그런데 너 되게 뻣뻣해. 네가 얼마나 잘났는지는 모르지만…. 나한텐 못 당해…. 색꺄."

주방에 앉아 있던 현숙이 나와 말려보겠다는 시늉을 했다. 특호는 놔두라고 했다. 어차피 취하라고 마시는 술자리니 들어주기로 했다.

"그래서 너가 못마땅한 게 뭔데?"

꼬장꼬장하게 특호가 묻자 의외의 답이 나왔다.

"승혜가 너 좋아하는 것 같더라."

"승혜?"

"너 진짜 술 취했구나. 막내 동생뻘 되는 애를 내가 왜 좋아해? 실없는 놈 같으니라고."

"아니, 승혜가 너를 좋아한다고 색꺄."

승혜가 스스로 좋아하는 걸 왜 재영이 기분 나빠하는 걸까. 혹시 재영이가 승혜를 좋아하는 건 아닐까 생각했다.

"혹시 네가 승혜를 좋아하는 건 아니고?"

특호가 말을 툭 던지자 재영이 갑자기 웃었다.

"승혜? 아주 예쁘지. 예쁜 애지. 그런데 내가 유부남이니까 어떻게 할 수 없는 거지."

재영은 현재의 부인을 일찍 만났다. 23세 때 결혼했으니 권태기가 생길 만했다. 그래서 어쩌면 이런 술자리를 빌려 말하고 있는지 몰랐다.

화제를 어떻게 돌려야 하나 고민하는데 마침 뉴스에서 경제 관련 방송을 하고 있었다. 특호는 현숙에게 TV 볼륨 좀 높여 달라고 했다. 현숙이 볼륨을 높이자 앵커가 경제성장률이 멈춰서 나랏빚도 늘고 있다는 멘트를 했다. 아니나 다를까 방송을 들은 재영은 주절주절 나라 꼴이 형편없다, 나라가 망하고 있다는 식의 푸념을 늘어놓기 시작했다.

서민들의 낙은 어쩌면 나라나 대통령을 욕하는 재미로 사는 게 아닐까 생각했다. 특호는 지금껏 살아오며 정부가 잘하고 있다는 말을 들어본 적이 없다. 그만큼 위정자들이 나랏일 하는 게 쉽지 않다는 걸 역설적으로 보여주고 있었다. 안주가 맛났던지 술이 물처럼 들어갔다. 3분의 2가량 마셨던가. 필름이 끊겼다. 재영이가 승혜 얘기를 한 것까지는 기억 나는데 이후 기억이 나지 않았다.

뽈랑시는 틀렸을까

중식집 센은 어느새 뽈랑시의 집이 되어있었다. 희한하게도 특호는 뽈랑시로 둔갑해 있었다. 1906년 한성 프랑스 공관엔 서기관 모리스 꾸랑이 뽈랑시의 목록을 정리하고 있었다. 대부분 뽈랑시의 모교인 동양어학교에 보낼 조선의 문화재였다. 뽈랑시의 재임 기간이 끝나는 해라 한성을 떠날 채비를 서둘러야 했다. 꾸랑이 목록의 표지를 다듬고 있을 무렵 뽈랑시가 공관 문을 열고 들어왔다. 뽈랑시는 덕수궁 저녁 만찬 때 세계공사들과 어울리는 자리나 고종을 알현할 때와 달리 과묵했다.

"꾸랑, 목록은 다 정리되었소?"

뽈랑시가 의자에 앉아 안경을 닦으며 물었다. 공관의 분위기는 경복궁이나 덕수궁과는 사뭇 달랐다. 붉은 벽돌로 만들어서인지 건물 자체가 단단한 느낌이 들었다. 1층엔 양탄자가 깔려 있었고 괘종시계, 촛대, 책상과 책장은 정돈되어 있었다. 특히 쁠랑시는 카이젤 수염을 잘 정리하고 다녔는데 곧은 성격만큼이나 화장실이 깔끔했다. 그래서인지 쁠랑시는 수염 깎는 쪽가위를 늘 오른쪽 조끼 주머니에 넣고 다녔다. 그리고 틈이 날 때마다 정리했다. 길게 자란 잔털을 그냥 지나치지 않았다. 사석인 자리가 생기면 고종에게 수염 깎는 법까지 가르쳐 줄 정도였다. 책상이나 의자도 늘 반듯하게 해 놓았다. 너저분하게 놓인 책이나 서류는 늘 정돈했다. 그런 쁠랑시가 조선의 귀한 문화재를 사 모았으니 얼마나 치밀하게 관리했을지는 상상만 해도 알 수 있었다. 서기관 꾸랑은 문화재 목록을 쁠랑시 앞에 내놓았다. 품목별로 정리가 잘 되어있었다.

"네에, 공사님. 웬만한 자료는 거의 정리가 되었습니다. 도자기는 도자기대로, 지도는 지도대로, 탱화는 탱화대로 묶었습니다."

쁠랑시는 1887년 주한 프랑스 공사로 부임한 후 1891년 본국으로 돌아갔다가 1896년 다시 조선에 부임한 후 10년 근무를 마치고 본국으로 돌아갈 준비를 하고 있었다. 아내인 화심의 죽음을 잊기 위해 조선의 문화재와 골동품에 미쳐 산 세월이기도 했다. 무슨 영문인지 쁠랑시는 조선 문화재 목록을 훑다가 직지는 빼라고 명령했다. 직지만큼은 직접 관리하겠다고 했다.

꾸랑은 의아했지만 쁠랑시의 분부대로 목록에서 지웠다. 목록에서 뺄 만큼 직지는 쁠랑시에게 있어 중요한 책이었다. 쁠랑시는 누구보다 조선의 정세와 다가올 미래를 잘 알고 있었다. 그토록 조선의 문화재와 보물급을 챙기는 것은 나름 이유가 있었던 것이다. 한마디로 대한제국은 이빨 빠진 호랑이 같았다. 1899년 동해 포경권을 러시아에 빼앗겼다. 1900년엔 경상도, 강원도, 함경도, 경기도의 어업권을 일본에 힘없이 내줬다.

인삼판매와 광산채굴권은 이미 오래전 다른 나라에 넘어갔다. 쁠랑시는 고종과 친밀하게 지냈지만 본국으로 돌아가야 하는 마당에 다른 방도가 없었다. 쁠랑시가 퇴임하기 6년 전, 파리로 가져간 직지는 1900년 파리만국박람회에서 호응을 얻었다. 전 세계 인쇄업자들은 직지를 보며 탄복했다. 우스갯소리로 직지 낱장만 있어도 신세가 핀다고 말할 정도였다. 직지는 오랜 표류 끝에 다시 쁠랑시의 손으로 들어왔다.

이제 배를 타고 본국으로 갖고 가기만 하면 될 일이었다. 퇴임한 달 전, 쁠랑시는 직지를 동양어학교로 보냈다. 그렇게 직지는 대한제국 조선 땅을 떠나 프랑스로 건너갔다. 언제 올지 모르는 긴 여정이었다.

쁠랑시는 퇴임 후 본국으로 돌아가 제9대 프레지동 아르망 팔리에르를 독대했다. 10년간의 주한공사직을 마치고 소회와 업무를 보고하는 자리였다. 아르망 팔리에르는 뻴랑시가 대한제국에 대해 뭔가를 말할 때마다 박장대소했다. 뻴랑시는 독대를 마친 후 아르망에게 귀한 선물을 했다. 작은 액자에 담긴 종이 한 장이었다. 종이엔 인쇄된 것으로 보이는 활자본이었다. 아르망은 뻴랑시의 노고를 치하한다며 민주공화국 동맹원들은 와인 잔을 들라고 했다. 뻴랑시도 대통령 옆에서 잔을 높게 치켜세우는데 그만 와인 잔이 대통령의 턱시도 옷 단추에 걸리고 말았다. 순간 뻴랑시의 레드와인은 아르망 팔리에르의 하얀 수염에 뿌려졌다. 백옥같던 아르망의 수염이 와인으로 붉게 물들었다. 그는 뻴랑시에게 불쾌한 심기를 드러냈다.

"공사! 이게 무슨 해괴한 짓인가~!"

"폐하, 죄송합니다~~"

뻴랑시가 허우적대는 순간 특호도 팔을 휘젓다가 잠이 깼다. 꿈이었다. 재영과 함께 셴에서 술을 먹다가 동시에 곯아떨어졌다. 사장 현숙은 짝다리를 한 채 물끄러미 두 사람을 위에서 아래로 쳐다봤다. 침을 닦으며 특호가 혼잣말했다.

"아이고, 머리 아파. 이게 모두 꿈이었던 거야?"

재영도 목이 탄다며 생수를 찾았다. 현숙이 재영에게 물 한 잔을 따라주며 특호를 부축했다.

"두 분이 너무 많이 마셨어요. 이제 일어나야죠. 밤 10시가 넘어가는데….."

"양주 마시다기 깜박 졸았네."

재영인 연신 시계를 쳐다봤다. 너무 늦었다며 집에 가면 한 소리 듣겠다며 투덜댔다. 특호는 우선 음식값을 계산했다. 현숙은 전에 달아놓은 외상은 안받겠다고 했다. 그녀의 새로운 면을 느낄 수 있었다. 재영은 택시를 부른 뒤 서둘러 갔다. 재영의 뒷모습이 쓸쓸했다. 가정이 있으니 총각 때 자유롭던 면도 사라지는구나 생각이 들었다. 특호가 레스토랑에서 터벅터벅 나오는데 입간판에 센이라고 쓰여 있었다. 그런데 정신이 번쩍 드는 단어가 떠올랐다. 제9대 프랑스 대통령 아르망 팔리에르는 '파리 센 강변의 기적'을 만든 사람이 아닌가. 우연치고 너무 희한했다. 특호는 집에 올 때까지 머릿속에서 떠나지 않는 게 있었다. 사라진 직지 하권의 첫 장. 뻘랑시는 정말 직지 하권 첫 장을 아르망에게 선물로 준 것일까. 그렇다면 직지 첫 장은 프랑스 정부에서 계속 보관했던 것일까. 다음 대통령에게 물려준 것일까. 도서관 지하 서고에 있는 것일까 알 수 없었다. 아이러니한 꿈이었다.

너무도 역설적인

기자는 새벽까지 술을 마셔도 다음 날 정상적으로 출근하는 게 룰이었다. 양복에 넥타이는 아니더라도 멀쩡하게 앉아 있어야 했다. 퇴근은 유선상으로 해도 되지만 출근만큼은 지켜야 했다. 특호도 그랬다. 다음 날 아침 일찍 출근했는데 안 좋은 소식이 들려왔다. 프랑스도서관 쪽에서 인터뷰를 거부한 것이다. 출국 전부터 난항이었다. 도서관 측에서 인터뷰 응하기 어려운 3가지 이유. 첫째 직지심체요절이 인터뷰 과정에서 훼손될 수 있다는 것. 둘째 몇 년 전 이미 MBC 방송국에서 취재를 했기 때문에 무리하면서 인터뷰할 필요가 없다는 것. 셋째 방송사가 아닌 신문사는 홍보의 파급력이 없어 의미가 없다는 것이었다.

조금 황당했다. 특호는 전체적으로 작전을 바꿔야 했다. 도서관 측에 다시 메일을 썼다. 직지는 손으로 만지지 않고 눈으로만 보셨다고 했다. 또한 국내에서 직지에 대한 전문가를 본 신문사에서 찾았기 때문에 상권에 대한 정보를 최대한 제공하겠다고 했다.(도서관에서 소장하고 있는 책은 하권) K 신문사는 원래 방송국을 겸하고 있기 때문에 문제 될 게 없다고 했다. 특호는 건물에 솟아있는 대형 송수신기 사진을 찍어 보낼 파일에 첨부했다. 거짓말이 아니었다. 이후 도서관 측에서 다시 연락이 왔다. 취재를 허락하되 고위급 공무원의 추천서 3장을 써오라고 했다. 이들이 말하는 고위급이란 최소한 국무총리, 문화부장관 국회의원이었다. 그러면 인터뷰에 응하겠다고 했다.

특호는 평소 알고 지내던 문화관광부 임원과 몇몇 국회의원들의 추천서를 받아 팩스로 서류를 보냈다. 도서관 측으로부터 다시 연락이 왔다. 직지 반환운동의 방송분을 축소해준다면 취재를 허락하겠다고 했다. 도서관 측은 방송이 어떻게 나갈 것인지 미리 알고 있는 듯했다. 특히 도서관 측은 직지 반환운동에 대해 매우 민감했다. 한국정부가 돌려달라고 하면 이런저런 이유를 댈 수 있지만 한국 시민단체가 돌려달라 하면 딱히 거부할 명분이 없었다. 특호는 방송분에 대해서 최대한 축소하겠다고 했다. 도서관 측은 인터뷰는 2시간 안으로 끝내 달라고 했다. 도서관 측은 울며 겨자먹기식으로 잠정 OK를 했다. 특호의 간절한 바람대로 K 신문사 직지팀은 프랑스국립도서관에 가게 됐다.

한편 프랑스국립도서관 측은 한국의 직지 취재팀이 온다고 하자 대응에 나섰다. 취재 허락은 했지만 긴장을 늦출 수 없었다. 예상했던 대로 도서관이 무서워하는 건 신문사가 아니라 한국의 시민단체였다. 시민단체들은 10여 년 전부터 직지를 반환해달라고 서명운동을 하고 있었다. 대부분 선진국은 약탈한 문화재나 보물들이 있을 때 시민단체들이 서명운동을 하면 돌려주는 게 관례였다. 그래서 선진국인 프랑스에서는 시민단체의 서명운동이 달갑지 않았다. 그도 그럴 것이 직지를 한국에 돌려준다면 그간 프랑스가 약탈한 전 세계 문화재를 다 돌려줘야 하기 때문에 섣부르게 판단할 일이 아니었다.

지난 1998년 프랑스 미테랑 대통령이 떼제베 고속철 수출 관련, 한국이 고속철을 구입한다는 계약을 완료한 일이 있었다. 그때 현 정부에게 조선 의궤를 영구적으로 임대해준 일 있었다. 그때 거론됐던 것이 직지였다. 정부는 유럽의 선두주자인 프랑스는 문화 예술을 사랑하는 나라이기 때문에 한국의 문화재를 돌려주는 일이 어렵지 않을 것이라고 미테랑 대통령을 추켜세웠다. 그 역시 떼제베 고속철 계약을 코앞에 두고 있었기 때문에 한국정부에 온건한 정책을 펼칠 수밖에 없었다. 그는 직지에 대해 긍정적인 검토를 하겠다고 호언했다. 미테랑 대통령과 프랑스국립도서관 측과 입을 맞추지 않았는지 당시 도서관은 이틀간 업무를 중단하며 자국 정부의 결정을 강력하게 반발했다.

직지를 그냥 돌려줄 수 없다는 것이었다. 최종적으로 직지는 국내로 귀환하지 못했고 떼제베만 수입되었다. 직지의 한국행이 무산되자 미테란 대통령도 난감해했다. 국가 정상 간의 약속은 깨졌고 신뢰는 무너졌다. 그렇지만 전체적으로 볼 때 한국 1승, 프랑스 1승이었다. 한국정부는 2조가 넘는 떼제베 수입 계약서에 반토막 사인을 했다. 완전한 의미의 계약은 아니었다. 이후 조선의궤가 귀환했다. 의궤는 약탈문화재였지만 직지는 상황이 달랐다. 구한말 프랑스 공사 뿔랑시가 정식으로 돈을 주고 사왔기 때문에 한국에 돌려줘야 할 강제성은 없었다. 그럼에도 대한제국의 문화재를 돌려주지 않고 본국으로 가져간 것은 공사답지 못했다는 지적이 있었다.

이렇듯 직지심체요절은 한 권의 책이기 전에 아주 복잡한 정치색을 띠고 있었다. 이런 설왕설래의 시간이 있고 난 후 특호 일행은 대한항공 KE 742편으로 프랑스행 여정에 올랐다. 양국 간의 문화전쟁에 나선 것이다. 특호 일행은 취재를 통해 직지가 우리나라의 소중한 문화재임을 전세계에 알리고 가능하다면 찾아오는 게 목적이었다. 도서관 측에서 순순히 줄 리 만무였다. 그렇다고 맥놓고 있을 수 없었다. 특호 일행은 구한말 당시 프랑스 공사 뿔랑시가 도의적으로라도 문제가 있었다는 것을 도서관 측에 제시해야 했다.

당시 뿔랑시가 직지를 돈을 주고 샀더라도 장서각에 있는 문화재를 산다는 게 도리에 맞지 않고 또 그 책을 가져간 뒤 경매시장에 매각한 것도 문제삼아야 했다. 그렇지만 당시 고종이 쁠랑시에게 훈장과 함께 궁중무희 이화심까지 하사한 사실로 미루어 볼 때쉽지 않은 일이었다. 취재팀은 프랑스로 떠나기 전 대한항공 스카이라운지에서 최종 미팅을 했다. 회의 내용은 직지를 어떻게 촬영할 것인지, 복제 저작권 문제와 국내에서의 실물 전시는 어떻게 진행할 건지, 한국의 문화재인 직지를 프랑스로 가져간 쁠랑시의 판단을 어찌 보는지를 도서관 측에 물어보는 안이었다. 도의적 책임이 있다는 평가만 있어도 직지의 환수는 시간문제라고 생각했다. 취재팀은 총 6명을 3명씩 한국 측과 프랑스 측으로 나눠 난상 토론을 하기로 했다. 1팀이 한국 측 2팀과 발굴팀을 프랑스 측으로 정했다. 1팀과 2팀의 설전이 쏟아졌다.

1팀: 쁠랑시가 직지를 제 돈 주고 샀기에 아무 문제 없다고 보는데.

2팀: 쁠랑시 공사가 제 돈을 주고 사긴 했지만 문화재를 돈을 주고 산다는 게 말이 될까?

1팀: 당시 고종임금도 쁠랑시를 예뻐했고 은사금도 주고 일을 잘한다고 칭찬하지 않았나?

2팀: 우리나라 문화재를 전 세계에 알린 건 잘한 일이었지만 결국 직지를 본국으로 가져가지 않았나.

1팀: 쁠랑시가 특별히 잘못한 건 없다고 보는데?

2팀: 직지를 돈 주고 샀다 하더라도 장서각에 반환하고 본국으로 갔어야 옳았다. 공무원 아닌가. 또 그걸 경매에 내놓았다는 건 돈을 벌겠다는 심사가 아니고 무엇인가.

1팀: 경매에 내놓았다고 해도 직지 가격이 요즘 돈으로 20만 원도 안되는 돈이었다. 돈을 벌려고 한 게 아니었던 것 같다.

2팀: 백 번 천 번 양보해서 뻴랑시가 잘했다고 해도 한국의 문화재를 본국으로 가져간 건 문제가 있다. 만약 뻴랑시가 직지를 경매에 내놓지 않고 한국 정부에 반환했다면 일등공신이 되었을 것이다.

1팀: 뻴랑시는 죽기 전 우리나라 문화재를 많이 돌려준 것으로 아는데.

2팀: 뻴랑시의 우리나라 문화재 반환 목록에 직지만 빠졌다.

1팀: 그래도 뻴랑시는 한국 여성과 결혼도 하고 한국을 너무 사랑하지 않았나.

2팀: 우리의 문화재를 프랑스로 가져간 건 뻴랑시의 최대 실수다.

1팀의 결론, 뻴랑시가 우리나라를 위해 많이 노력하고 애쓴 건 사실이지만 직지 판매는 좀 경솔했던 것 같다.

2팀의 결론, 뻴랑시가 자신의 돈으로 직지를 산 건 인정하지만 당시 프랑스 공사로서 우리나라 문화재를 가져간 건 잘못한 일이다. 만약 우리나라의 어떤 공직자가 프랑스의 문화재를 돈 주고 산 후 한국으로 보냈다면? 그렇게 이해해보면 될 것 같다. 뻴랑시의 실수라고 본다. 의견을 취합해보니 뽈랑시의 실수가 우세했다. 직지에 대한 문제점은 어느 정도 결론이 났다. 뽈랑시가 돈을 주고 샀더라도 조선 정부에 주고 갔어야 바람직했다는 것. 뽈랑시의 실수인 것으로 잠정 결론을 내렸다.

치열했던 설전을 뒤로 한 채 프랑스행 비행기에 탑승했다. 특호는 승무원에게 미니어처 양주를 달라고 주문했다. 한잔하고 수면을 취할 생각이었다. 1팀인 재영은 구두를 벗고 일회용 슬리퍼로 갈아 신었다. 춘열도 선반에 여행용 가방을 올려 넣었다. 승무원들은 안전벨트 착용 유무와 탑승 인원을 체크하고 구명조끼 착용법과 유의사항을 온몸으로 전했다. 이후 비행기는 활주로에 진입한 후 드디어 하늘을 향해 날았다. 특호는 비행기 이륙 후 안전벨트 해제 사인이 나자마자 승무원에게 미니어처 양주를 서너 병 더 달라고 주문했다.

팀장 재영과 함께 다른 팀원들은 들떠 있었다. 대부분 해외 팸 투어는 신문사 다닌 지 오래된 선배부터 가게 되어있는데 그 순번이 빨리 찾아온 것이다. 한마디로 일도 하면서 여행도 하는 일석이조의 시간이었다. 막내인 승혜는 프랑스 현지에 가서 달팽이 요리와 뵈프 부르기뇽을 원 없이 먹어보겠다며 호기를 부렸다. 뵈프 부르기뇽은 레드와인에 절인 채소가 주재료. 오렌지 껍질에 소고기 양지를 깍두기처럼 썬 음식인데 승혜는 이 음식이 먹고 싶었던 모양이다.

특호는 비행기에 오르기 전, 수면유도제 한 알을 먹었다. 장시간 비행기를 타면 긴장감이 더해져 프랑스 현지에서 일을 못 할 불안감 때문이었다. 그의 이런 습관은 오래되었다. 술까지 마신 탓인지 등을 기대자마자 눈꺼풀이 내려왔다. 승무원들이 발끝을 모아 튀어나온 짐을 싣고 문을 닫는 모습이 어슴푸레 보였다. 잠은 깊게 빠져들었고 꿈속엔 고종임금을 알현하며 귓속말하는 쁠랑시 프랑스 공사가 보였다. 외규장각을 배회하는 궁중무희 이화심도 보였다. 특호는 구한말 조선의 파란만장하게 펼쳐지는 몰락의 시대로 빨려 들어갔다.

낙인의 구한말

　어찌보면 쁠랑시는 조선과 운명을 같이한 풍운아였다. 1886년 6월, 조불수호통상조약이 조인된 후 쁠랑시는 조약의 비준서 교환을 위해 1887년 4월에 1주일간 한성에 체류했다. 쁠랑시가 한성에 와서 느낀 첫인상은 거리에 시체가 너무 많았다는 것. 행상에게 물어보니 묏자리를 써야 하는데 풍수를 하는 사람이 바쁘게 불려 다니는 탓에 시체들이 길거리에 넘쳐났다. 또한 길거리 곳곳에 인분이 많았다.

　대부분 사람들은 급한 볼일이 있으면 후미진 곳에서 똥을 누고 뒷일을 지푸라기 정도로 덮어놓는 게 전부였다. 말이나 소의 분뇨 역시 다를 바 없었다.

　황토벽엔 지린내가 진동했고 청결하지 않았다. 그나마 사대문

안엔 공중변소가 몇 군데 있어 조금 나았지만 어디든 구한말의 한성은 불편했다. 그럼에도 뿔랑시는 한성이 좋았다. 한국인들의 춤과 책, 문화와 순박한 정서를 사랑했다. 그런 마음이 없고서는 한성 땅에 한시도 있을 수 없었다. 그리고 그해 11월, 프랑스 정부는 뿔랑시를 초대 주한 프랑스 대리공사로 임명했다. 1866년, 병인양요로 인한 조선과 프랑스와의 소원한 관계를 뿔랑시를 통해 풀고 싶었는지 모른다.

그는 다음 해 6월에 부임하여 약 3년간 한성에 주재했다. 뿔랑시는 고종임금을 알현하면서 프랑스의 신문물을 때때로 전했다.

고종은 뿔랑시와 커피를 마실 때가 가장 기분이 좋다고 말할 정도였다. 뿔랑시는 수세식 화장실의 좋은 점과 양치질 하는 법, 프랑스의 사교춤도 고종에게 가르쳤다. 고종이 그에게 듣는 서구 세계의 소식은 신세계였다. 고종임금은 그와 급속도로 친해졌다. 남자들끼리 여자 얘기를 하면 친해진다고 했던가. 그는 고종과 성에 대해서도 허물없이 얘기하는 사이가 됐다. 그러나 무엇보다 두 사람이 친하게 된 계기는 치약이었다. 느닷없이 웬 치약이냐 말할 수 있겠지만 고종과 그가 사적으로 대화하는 중엔 꼭 치약 얘기가 나왔다.

당시 고종은 토종 소금 외에도 일본인들이 쓰는 가루 치약인 치마분이나 라이온 치마, 스모카 치약 등을 쓰고 있었다. 그런데 명성황후 시해 이후엔 암살될까 봐 늘 두려워했다. 아침마다 석조전으로 진상하는 일본제 가루 치약이 찜찜하던 때, 그는 고종에게 프랑스제 치약을 선물했다. 고종은 몹시 좋아했다. 특히 고종은 어금니 충치로 무척 고생했었는데 뻘랑시가 주는 치약을 무척 아껴 썼다. 선물을 받은 고종은 뻘랑시를 만날 때마다 공관에 필요한 게 있으면 언제든지 말하라고 뻘랑시를 다독였다.

뻘랑시도 고종처럼 애로점이 많았다. 말도 통하지 않고 대부분 공관에서 혼자 지내다 보니 고향에 대한 향수병이 도질 때가 많았다. 때때로 여인의 품도 그리웠다. 프랑스를 대표한다 해도 근무가 끝나면 평범한 사람 아닌가. 뻘랑시는 공사이기 전에 한 남자였다. 1890년 어느 봄날, 고종의 명으로 돈덕전에서 전 세계 공사들을 위해 연회를 베푼다고 하자 뻘랑시는 기뻐했다. 조선의 음악과 춤을 구경하며 그간에 쌓인 적적한 마음을 풀고 싶었다. 궁중 연회장인 돈덕전은 대한제국의 외교적 만찬 행사나 각종 연회가 이뤄지는 곳이다.

연회는 3일간 이어졌다. 연회장은 아무나 들어갈 수 없었다. 공작새도 있고 연못이 있어 싱그러운 연꽃과 팔뚝만 한 비단잉어가 노닐었다. 그러나 경호는 삼엄했다. 담벼락 옆으로는 50여 명의 무장한 호위무사들이 신식장총과 검으로 무장한 채 고종의 안위를 지켰다. 연회가 시작되자 공사들에게 특별히 주는 커피가 나왔다. 귀한 음료였다. 활짝 핀 꽃들이 시샘하듯 자태를 뽐냈다. 돈덕전의 응달진 서늘함과 따스한 봄 햇살이 잘 어우러졌다. 산해진미의 기름진 음식이 쉴새 없이 날라졌다. 이같이 행복하고 평온한 일상 속에 하루하루 고종을 옥죄어오는 암살의 위협은 처참한 현실이었다.

틱시도에 보타이를 맨 공사들이 단상 옆으로 줄지어 서자 상선이 종종걸음으로 나와 연회 시작을 알렸다.

"귀빈 여러분, 주상전하께옵서 일성을 고하십니다. 담소를 잠시 멈추시고 단상 앞으로 모여주십시오."

사람들이 양쪽으로 자리하자 고종임금은 커피잔을 들고 나왔다. 왼손으로 받친 커피 접시가 약간 떨리긴 했지만 문제없었다. 고종의 목소리는 저음이면서도 몽글했다. 고종임금의 목소리가 돈덕전 뜨락에 퍼졌다.

"짐이 오늘 만국의 공사께 커피 한 잔씩 돌리노니 맛나게 들라. 수라간에서도 산해진미를 정성스레 만들었으니 마음껏 젓수시고 즐기기 바라노라."

고종이 잡수시고를 젓수시고라고 말한 건 제조상궁이 늘 그렇게 말했기에 입에 밴 것이다. 고종의 축사가 끝나자 여기저기서 박수소리가 터져 나왔다.

이윽고 연회 시작을 알리는 박拍 소리가 났다. 고혹한 춤과 수려한 흥이 시작된 것이다. 궁중에서 흥행한 무용은 향악무鄕樂舞와 당악무唐樂舞였다. 삼국 이래 각 왕조를 통해 무용은 음악의 일부로써 음악을 관장하는 부서에서 다루고 발전됐다. 일반적으로 삼국시대의 무용은 불교와 함께 이어온 서역西域류의 무용이 병용되었다.

통일신라가 고려高麗로 바뀐 후 당악唐樂이 궁중무용에 본격적으로 혼합됐다. 1073년(문종 27)에 들어온 왕모대무王母隊舞가 그러했다. 특히 조선은 건국 초부터 예악禮樂을 중시했다. 세종·세조의 두 왕은 무악舞樂의 정리와 제작에 힘썼다. 그런 증빙은 1493년(성종24) '악학궤범樂學軌範'을 봐도 알 수 있다. 악학궤범엔 무희들의 의상, 무용하는 곳(무대), 악기의 배열, 무용수들의 신발과 두발 스타일까지 기록해 놓았는데 이는 조선 궁중무용의 기간基幹을 이루는 것으로 의상衣裳·반주곡·의물儀物·순서를 적었다.

이 밖에 조선 궁중무용 문헌은 '시용무보時用舞譜'가 있었다. 또한 춘앵전春鶯囀은 익종翼宗의 작품으로 알려져 있다. 궁중무용의 무대는 궁전의 처마 맷돌을 잇달아 가설假設한 보계補階라는 마룻장이고 춤추는 사람은 대부분 기예를 하는 여기女妓였다. 일부 무희들은 춤과 노래 악기 연주 외에 시, 서, 화까지 능란하게 다뤘다. 또한 궁중무용은 공자의 육례六禮 중 예禮와 악樂이 중심이 됐다. 이 악론은 동양의 대표적인 음악 철학으로 발전됐다.

한국에서도 유학이 정치이념으로 굳어짐에 따라 정치관과 윤리관의 테두리 안에서, 특히 윤리관의 한 부분인 예와 결부하여 전통예술의 사상적 근거를 두게 된 것이다. 역사적으로 고구려는 대륙과 인접한 관계로 삼국 중 가장 먼저 불교를 수입하여 불교예술이 창조되었고 중국의 남북조문화를 수입하여 자기 것으로 소화·수용시킴으로써 독특한 예술을 창조했다. 지서무芝栖舞, 호선무胡旋舞, 고구려무가 그러했다.

백제는 6세기 초에 남중국 오吳나라의 기악무를 미마지味魔之가 일본에 전하기도 했는데 신라 초기엔 회소곡會蘇曲이라 해서 추석 때마다 집단가무로 추었다. 군무 같은 형태였다.

고려시대엔 당악정재가 수입·발전된 이후 후기 충렬왕·충선왕 때 유교철학과 성리학이 수입되면서 예악사상禮樂思想이 중시되었다. 무용도 무격의식과 불교행사에 영향을 받아 전통향악과 외래음악인 당악·아악의 3부악으로 분리되며 발전됐다. 특히 국가적인 행사인 연등회와 팔관회에서 많이 소개됐다.

영조부터 순조에 이르기까지 많은 무용이 창제되어 궁중무용의 꽃을 피웠다. 종류로는 당악무로 〈몽금척夢金尺〉〈수보록〉〈근천정覲天庭〉〈장생보연지무長生寶宴之舞〉 등이었다. 향악무로 〈문덕곡文德曲〉〈봉래의鳳來儀〉〈사선무四仙舞〉〈선유락船遊樂〉〈춘앵전〉〈헌천화獻天花〉〈심향춘沈香春〉 등이었다.

삼국시대와 조선 전후기를 지나 대한제국에 이르기까지 이런 전통이 이어지고 있다는 건 예술의 힘이었다. 궁중무의 꽃은 단연, 검무였다. 여러 춤들이 소개됐지만 세계 공사들은 검무를 보여 달라고 했다. 뽈랑시도 그 무리 중 한 명이었다. 그러나 검무는 임금이 행차하는 자리에서는 추지 않는 금기의 춤이었다. 혹여 임금의 생명을 노리는 첩자들이 있을 수 있기 때문이었다. 그런데 전 세계 공사들은 그 춤을 추게 해달라며 고종에게 간청했다. 그만큼 검무는 힘이 있고 매력적이며 시선을 끄는 힘이 있었다. 고종은 전 세계 공사들의 입김을 무시할 수 없었다. 국운은 쇠약해지고 세계 열강들이 조선을 어떻게 하면 집어삼킬 수 있을까 고민하던 때였다. 검무가 꺼림칙하니 추지 말라고 할 수 없었다. 고종이 머쓱한 표정을 짓더니 수석 무희에게 손짓을 했다. 춤을 추라는 어명이었다.

전악(典樂, 예술감독)이 무희들에게 검무를 준비하라는 눈짓을 보냈다. 칼을 준비하는 무표정의 무희, 가짜가 아닌 진짜 칼이었다. 진짜 칼이어야만 춤이 되는 것이었다. 긴장과 사선을 넘나드는 칼날의 위용, 간담을 서늘하게 하는 칼의 소리, 죽음과 환희가 섞여 지옥과 천당을 경험하듯 발돋움 소리. 들릴 듯 안 들릴 듯 재빠른 버선발 사위. 여차하면 왕의 심장에 비수를 겨눌 수 있는 무시무시한 것이었다. 삼국지나 초한지를 보면 연회장에서 칼춤을 추다가 군주를 살해하려는 시도가 많았다.

신라 때 화랑 황창랑이 신분을 속이고 백제 왕 앞에서 칼춤을 추다가 백제 왕을 죽인 일도 있었다. 왕이 허가했으므로 죽어도 어쩔 수 없었다. 그렇게 왕이 죽어 실려 나가면 검무를 춘 무희들은 공신이 되기도 했다. 그래선지 내관들은 궁중 무희를 무시하지 않았다. 상황이 어떻게 될지 몰랐기 때문이다. 예술이지만 검무는 서슬 퍼런 행위였다.

화심이 갖고 나온 것은 장칼이었다. 장칼은 단칼 이상으로 신비롭도록 무서웠다. 칼이 조금이라도 곤룡포에 스치기만 해도 역모죄로 목이 달아날 수 있었다. 화심은 색동의 치맛자락을 질끈 묶은 채 칼을 속곳 안에 숨겼다. 자락을 끈으로 동여맨 것은 발 걸림을 방지하기 위해서였다. 화심은 무희들 중 가장 가운데에 있었다. 수석이란 얘기다. 무희대장 여엽선이 그렇게 배치했다. 활동적인 동작으로 치맛자락의 날림과 칼의 위치로 어긋나며 칼의 빛은 봄 햇살의 싱그러움을 쪼았다.

춤사위는 연풍대였다. 풍대는 춤사위의 명칭. 허리를 앞으로 숙였다가 칼을 뒤로 젖히다가 앞으로 빼는 360도 회전 동작이다. 눈앞에서 칼이 하늘을 가르는 형국이니 그 앞에 있는 사람은 얼마나 놀라 자빠지겠는가. 칼이 부딪히며 나는 소리는 흡사 먹이를 앞에 두고 언제 독을 쏠까 때를 노리는 방울뱀의 혓소리 같았다. 의자에 앉은 공사들이 볼 때는 마치 무희들이 자신을 찌르는 듯한 느낌을 받을 수 있었다.

어떤 공사는 놀라 뒤로 자빠지는 경우도 있었다. 칼은 다시 허리를 숙이면서 한 손의 칼을 겨드랑이 사이에 넣고 나머지 다른 한 칼을 휘두르기 시작했다. 연풍대의 외칼사위. 오른쪽 칼을 휘두른 후 몸을 뒤로 젖히며 양팔을 들어 올린 후 내려치는 동작에선 공사들의 박수 소리가 터져 나왔다. 좌측에 있던 무희의 치맛자락이 쁠랑시의 뺨에 스쳤다.

속곳에서 야릇한 분내가 풍겼다. 성숙한 여인네의 몸내음이었다. 한 번의 연풍대가 끝나고 바로 다음 연풍대가 연결됐다. 360도 몸통이 회전하면서 속옷이 훤하게 드러났다. 고종도 숨죽이며 무희들의 현란한 동작을 보았다. 기교가 하늘을 찔렀다. 춤사위가 더욱 크게 움직이며 칼소리도 더욱 요란하게 울려 퍼졌다.

화심의 이마에서 땀 구슬이 흘렀다. 허리를 크게 돌려 칼을 안으로 숨길 때 또 한 번 속살이 보였다. 아니 일부러 보이는 동작일 수 있었다. 교태와 엄숙, 해학을 솎아내는 진지한 표정이 검무에 담겨 있었다. 검무는 이제 끝자락을 달렸다. 음악이 빨라지면서 휘둘러지는 장칼의 요동이 뿔랑시의 눈에 알알이 박혔다. 춤이 끝나자 전 세계 공사들이 환호했다. 무희들이 무대에서 퇴장했지만 박수 소리가 그치지 않았다. 무희들이 퇴장했다가 다시 입장했다. 접신이 들렸을 때의 신기 어린 모습은 온데간데없고 수줍고 앳된 얼굴이었다.

연회장은 한마디로 흥분의 도가니였다. 고종도 공사들의 반응이 뜨거운 걸 보며 흡족해했다. 이때 뿔랑시의 눈 속에 빨려오는 무희가 있었다. 17세쯤 되었을까. 아담한 키에 오목한 눈, 앵두같이 앙다문 입술에 바늘로 콕 찍은 듯한 조개 빛 보조개. 궁중 무희 화심이었다. 고향인 프랑스 대학에서 보던 친구나 여자 후배들과는 다른 모습이었다. 화심은 확실히 어른스럽고 신비로웠다. 뿔랑시가 어찌할 수 없을 만큼 화심은 예뻤다. 자신의 포켓 주머니에 있는 값비싼 회중시계를 줘도 아깝지 않을 것 같았다.

타국의 공관에서 홀로 술잔을 기울이며 지내던 시간들. 서른여섯 노총각 뿔랑시는 화심이 단비였다. 입속에서 언뜻언뜻 보이는 고른 치아. 보일 듯 말 듯 숨겨진 화심의 속살은 한겨울의 백설 같았다. 뿔랑시는 세상 살면서 저런 여성을 다시 만날 수는 없을 거라 생각했다. 조선이란 나라에 와서 운명처럼 만난 피앙새 같은 존재. 수식할 필요 없이 첫눈에 반해버린 것이다.

뿔랑시의 공관 침실. 뿔랑시는 소변이 마려워 잠시 깼다. 빠개질 듯 머리가 아팠다. 어제 과음을 한 것이다. 근무 시작 전이라 당번 나졸은 보이지 않았다.

"어제 너무 마신 탓이로구나…."

고종이 친히 내린 친평어환주가 화근이었다. 고량주에 환약 같은 것을 넣은 술이었는데 체질에 안 맞았다. 거기에 막걸리에 정종까지 섞어 마셨으니 몸이 성할 리 만무였다. 사람들도 많이 왔고 연회장에 오래 앉아 있다 보니 고뿔이 걸린 것 같았다. 뿔랑시는 옷을 걸친 후 보라색 벨벳 커튼을 열어젖혔다. 여명이 밝아오자 초막집이 빽빽한 고을이 한눈에 보였다. 1886년에 조선에 왔으니 벌써 만 3년이 흘렀다. 창틈으로 볏짚 타는 냄새가 스며들어왔다.

조선인들은 왜 아침마다 뭔가를 태우는 것일까. 공관 옆 대장간에서도 무언가 만드는 소리가 들렸다. 가을 추수 후 잘려나간 무청도 버리지 않고 외벽에 말렸다. 저걸 어떻게 먹을까 했지만 주막

집에서 무청된장국을 사 먹어보면 맛이 기막혔다. 겨우내 말린 곶
감도 엄청 달았다. 이렇듯 부지런하고 성실한 면을 본다면 조선인
을 이길 사람이 없을 것 같았다. 그런데 고종의 최측근이라 자처하
는 자들은 나라를 팔아먹으려 안달나 있지 않은가. 측은지심이 들
었다. 그렇지만 그가 나서서 수습할 상황이 아니었다.그는 거실로
나가 가볍게 팔굽혀펴기를 한 후 화장실로 들어갔다. 옷걸이에 어
제 입었던 옷이 걸려 있었다. 흘린 술과 흙이 잔뜩 묻어 있었다. 꾸
랑이나 당번 나졸이 갖다 놓은 것 같은데 여성의 분내와 연지 같은
게 묻어 있었다. 아마도 부어라 마셔라 하며 놀다가 궁중 무희들과
부딪힌 것 같았다.

그간 고종임금을 수없이 알현했지만 어제는 정말 흥겹게 놀았
다. 뻘랑시는 피식 웃었다. 특별히 궁중 무희인 화심을 만난 건 행
운이었다. 어찌 보면 주한 프랑스 공사는 허울일 수 있었다. 이 직
함이 뭐길래 남자의 성정을 누른 채 석남처럼 살아야 한단 말인가.
뻘랑시도 건강한 남자였으므로 가끔 일탈하고 싶었다. 그러나 주
한 프랑스 공사라는 직함은 프랑스를 대표하는 자리라서 저잣거
리에 나가지 못했다. 또 외국인이라 홍등가에 몰래 나간다 해도 눈
에 띌 건 뻔했다.

좁디좁은 조선에서 해괴한 소문이 나면 바로 본국 소환이었다.
그렇게 한번 실수하면 명예도 실추되고 그걸로 끝이었다. 공관 부
하들 중엔 가끔 매음굴로 나갔다가 몹쓸 병에 걸려 급히 본국으로

귀향하는 사례도 있었다. 뻘랑시로선 엄두도 못냈다. 그런데 희한하게도 이른 아침부터 계속 한 여자의 얼굴이 떠올랐다. 궁중 무희 화심이었다. 이런저런 생각을 하다가 면도를 하고 의복을 갖추는데 당번 나졸이 출근했다.

"나으리, 등청 안 하십니까?"

당번 나졸 김천서가 문안을 올렸다. 천서의 손엔 조선의 외규장각 문화재 목록이 쓰여 있는 서류가 들려 있었다.

"천서군 오셨나. 오늘은 일찍 문안 인사를 하시는구만."

천서가 아침마다 출근시간이 늦는 통에 문안 인사를 하신다고 비꼰 것이다.

"나으리. 너무 그러지 마십쇼. 나으리께서 어제 너무 과음하셔서 제가 아주 곤욕을 치렀습니다요. 공사님 개화경도 돌담 아래에서 겨우 찾았고요."

"그런데 혹시 천서, 어제 내가 전하 앞에서 실수라도 했나?"

뻘랑시는 면도한 거품을 떨어내며 어린애처럼 물었다.

"다행히 주상전하께옵선 일찍 들어가셨고요. 새벽에 움직일 가마가 없는 통에 제가 공사님을 둘러업고 공관까지 왔습니다요."

연회장에서 공관까지는 꽤 먼 거리였다. 좀 미안한 마음이 들었다.

"그랬구만…. 자네 볼 낯이 없군…. 아 하…. 이런."

나졸 천서는 그와 말할 때마다 두 손을 옷소매에 넣었다.

예전에 중국 사신을 몇 차례 보필한 적 있었는데 그때 생긴 습관 같았다.

"괜찮습니다요. 나으리. 그런데 주정하시면서 계속 리진~ 리진 ~ 하셨는데 리진이 누구인가요?"

"리진! 내가 정말 그랬단 말인가…. 허엇, 참."

리진은 이화심의 다른 이름이었다. 화심이란 단어가 익숙치 않아 발음하기 편하게 리진이라 불렀던 것이다. 리진은 왕립궁중무용단에서 부르는 예명이었다.

"내가 실성했던 게로군. 그건 그렇고 손에 든 건 뭔가?"

"네에. 나으리께서 전에 부탁하신 문화재 전적 목록입죠."

"전적…. 애쓰셨네. 따로 정리한 목록은 서기관 꾸랑에게 전해주게."

"네에, 나으리. 밖에서 대기하고 있겠습니다요."

전적은 오래된 책 이름을 뜻했다. 당시 조선은 출판기술이 발달해 고서들이 새롭게 포장되고 재편집되고 있었다. 천서에게 문화재급 서책 목록을 갖고 오라고 한 사람은 뻘랑시였다. 그의 부친은 출판업을 하며 골동품을 모으는 수집가였는데 뻘랑시 역시 고서와 고려청자, 불경과 골동품 등에 관심이 많았다. 모두 부친의 영향을 받은 것이다. 천서가 갖고 온 서류를 내밀자 뻘랑시는 서재 서랍에 넣은 뒤 자물쇠로 채웠다. 누군가 보면 안 되는 물건이었다. 괜한 오해를 살 수 있기 때문이었다. 그런 순간에도 뻘랑시는 화심이 보고 싶어졌다. 아무래도 고종과 면담을 헤야 할 것 같았다. 안달이 나기 시작했다.

"이보게, 이보시게~ 천서!"

뿔랑시는 밖에서 담배를 피우고 있는 천서를 다시 불렀다.

담뱃불을 급히 끈 천서가 뛰어 들어왔다.

"네에 나으리, 뭐, 시키실 일이라도? 가마는 뒷마당에 대령해 놓았습니다요."

"아니 그보다도 조만간 전하를 뵙고 싶으니 심 대감께 연통 좀 넣어주게. 속히 뵙고 싶다고….."

뿔랑시는 만년필로 '전하를 뵙고 싶다, 조선과 프랑스 간 아주 긴한 일이다'라고 종이에 간단하게 적어 천서에게 건넸다. 뿔랑시는 조선에 오기 전, 이미 중국에서 통역관으로 근무한 적이 있었기 때문에 한문을 척척 써 내려갔다. 그런 후 프랑스 본국에서 하던 식으로 피봉 입구에 밀랍을 부어 봉했다. 중세시대 때 프랑스 군주들이 쓰던 밀봉 방식이었다.

"심상운 대감님께요?"

천서는 밀봉된 봉투를 바라보며 대꾸했다.

"그렇네. 전하께 긴히 드릴 말씀이 있다고 전해주게."

"네에 나으리, 속히 전하겠습니다요."

심상운은 고종의 최측근 인사였다. 상운은 고종이 군자금과 별사금(정치 비자금)을 직접 맡길 만큼 돈독한 인물이었다. 그래서 고종을 알현하려면 반드시 심 대감을 거쳐야 했다. 이 룰을 지키지 않으면 평생 고종을 알현하지 못했다. 뻘랑시는 외국인이었지만 그런 룰을 잘 알고 있었다. 또한 규칙을 지켜주는 게 예의라고 생각했다. 하늘을 모시는 2인자 아니던가. 뻘랑시의 연통은 며칠 뒤 심상운 대감에게 전해졌다. 한편 돈덕전에서 연회가 있었던 후, 왕립궁중무용단에서는 난리가 났다.

무희 화심이 그들 사이에서 화젯거리가 됐다. 무용단의 처소는 별당 옆에 있는 작은 사랑방이었는데 크지 않았다. 처소 관리는 내명부에서 관장했는데 내명부에선 처소 공간을 크게 만들어주지 않았다. 이는 무희들이 방에만 있지 말라는 무언의 압박이었다. 무희들은 연습을 마치면 나인들과 같이 생활하며 수라간 일을 거들었다. 무희들은 궁녀와 달리 기예인(현재의 연예인)이라 고위급 사대부들에게 첩으로 간택되는 경우가 많았다. 그러나 임금의 허락이 있어야 했다. 궁녀나 무희들은 궁에 들어온 이상 임금의 여자였기 때문이다.

"화심 언니. 그 코 큰 외국인 말야. 술 취해서 언니한테 막 달려들던데…. 무섭지 않았어?"

무희 중 막내 선례가 겁 없는 질문을 던졌다.

"……."

"무섭지 않았던 거야?"

"무섭긴…. 귀엽던데"

"와!~~~ 대박이다. 귀여워? 공사님이 귀여워?"

여자들 사이에서 남자보고 귀엽다는 표현은 마음에 든다는 말과 같았다. 그런데 지금 화심이 큰오빠뻘 되는 뽈랑시를 보며 귀엽다고 말하고 있지 않은가. 호감을 느끼는 게 확실했다. 천지신명도 못 속일 연정이었다.

화심을 가운데 앉힌 채 무희들은 뽈랑시와의 첫 대면을 놀리고 있었다. 방 다른 한쪽에선 무표정한 얼굴로 화심의 동기 혜랑이 화장을 고치고 있었다. 자신이 프랑스 공사에게 낙점됐어야 했는데 화가 난 모양이었다. 혜랑의 심기가 드디어 폭발했다.

"야~ 이것들아 늬희들 진짜 연습 안 할 거야? 방장 큰언니한테 고한다! 얼른 화심이한테 떨어젓!"

혜랑은 모든 관심이 화심에게 쏠리는 게 심통 났다. 왜 그런 마음이 드는지 몰랐다. 열등감일 수 있고 경쟁심리일 수 있었다. 치졸한 행동이었다.

혜랑의 심통을 알아챈 단원들이 작은 소리로 말하기 시작했다. 계속 주인공은 화심이었다.

"쉿!~ 언니, 그 외국인 또 만날 거예요? 네?"

무용단 2년차 무희 차련이 소곤소곤 읊조렸다.

"아이 무슨 소리야…. 진짜 나 죽는 꼴 보려고 그러니. 참나?"

그녀는 검지로 입술에 일자로 세워 가려가며 조용히 하라고 했다.

화심의 말이 맞았다. 무희든 궁녀든 의녀든 모두 왕의 여자이기 때문에 다른 남자를 만나거나 연애를 하면 곤장 50대를 맞거나 외간남자를 몰래 만나 임신이라도 하면 즉결 재판으로 사형당할 수 있었다. 임신 여부는 새를 죽여 피가 어떻게 흐르냐에 따라 달라지는데 아주 주관적인 상궁의 판단이었다. 가끔 들어맞는 경우도 있었지만 죄 없이 죽은 궁녀도 많았다.

예쁜 궁녀라도 임금에게 바로 간택되는 경우는 거의 없었다. 그래서인지 동성애도 생기고 가끔씩 내관들과 스캔들도 터졌다. 내관 중엔 고환은 잘라내지만 음경은 그대로 남겨두는 경우가 많아 섹스를 하는 덴 문제가 없었다. 마제 없이 고환을 어떻게 자를까 궁금할 수 있지만 자르는 방법이 있었다. 우선 불알을 모아 밖으로 잡아당기면 불알이 한쪽으로 몰리게 되는데 무명실로 칭칭 감아놓았다. 그렇게 한 달을 묶어두면 불알이 검게 썩어가면서 자연스레 떨어져 나갔다.

내관이 되기 전 수술 후 죽어 나가는 경우는 많지 않았다. 칼로 자르면 파상풍이나 감염이 될 수 있지만 동여맨 후 분리하는 거라 사망률은 적었다. 단지 소변을 자주 못 보게 되어 그 통증과 고통은 이루 말할 수 없었다. 너무 통증이 심해 한 달 이상 잠을 이룰 수 없을 정도였다. 피고름이 나오는 경우도 많았다. 내관들은 모두 이 모진 고통의 과정을 겪었다.

그렇게 되면 내관들도 성관계를 할 수 있었다. 한마디로 발기는 되지만 씨(정자)만 없는 것이었다. 내관처럼 궁에 갇혀 평생 독신으로만 살다 죽는 궁녀로선 성을 해소할 길이 없었다. 누구와 하든 욕구를 풀어야 했다. 가끔씩 궁 밖 매파들이 나무 성기를 그럴싸하게 만들어 팔기도 했지만 사용하다가 질이 다쳐 문제도 많이 생겼다. 무희 동생들의 질문이 계속 쏟아졌다.

"언니 잘해봐요. 그 외국인 공사 털 많더라."

"개화경도 썼던데. 가슴도 넓고 상남자 같아."

"솔직히 언니도 좋아하죠?"

"외국인들은 코가 커서 남근도 크다던데…."

무희들 중 남근이라는 단어가 불쑥 나오자 다들 입을 막고 큭큭거렸다. 화심에게 던지는 부러운 질문은 계속됐다.

"친구야. 무희 하지 말고 팔자 한번 고쳐봐. 궁 밖으로 할아버지 몰래 도망가는 건 어때?"

할아버지는 고종을 뜻했다. 무희들은 은어로 임금을 할아버지라 불렀다. 나이를 볼 때 소녀 무희와는 40여 년 넘게 차이나는 경우도 있었다. 동생들이 계속 놀리자 화심이 골이 났다.

"너희들 진짜!~ 요것들아! 공사님이 과음하셔서 그냥 내 허리를 몇 번 감싸셨어. 그 뿐이라고."

"에이 아닌 것 같은데…. 언니도 좋아하니까 은근히 젖가슴 내민 것 아니우? 연지도 옷에 묻히고."

화심은 동료들에게 설명할수록 놀림을 받았다. 그래도 이렇게

나마 웃고 떠들 수 있는 게 행복했다. 무용연습이 시작되면 발에서 피가 나고 하루에도 수천 번씩 대북을 쳐야 하지 않는가.

"그래 팔자 한번 고쳐 보련다. 곱분이는 꼭 기억해. 언니가 그 프랑스 공사님이랑 만나게 되면 예쁜 거울 선물하마."

"아휴 좋아라, 화심이 언니 넘 예뻐. 멋져요."

곱분이가 무희들의 달거리 때 쓰던 무명천을 빨러 간 사이. 화심이는 밖으로 나왔다. 동생들의 입방아에 혼쭐이 난 화심이 바람이라도 쏘일 양 뒤뜰로 나갔다. 화심은 잠시 뻘랑시를 생각했다. 화심은 옷깃을 여미며 혼잣말을 했다.

"맞아 공사님의 눈빛이 예사롭지 않았어. 아무리 술에 취하셨다고는 하지만…. 나도 하루종일 마음이 콩닥거렸으니…. 언제 또 뵐 수 있을까. 너무 지체 높은 분이라…."

화심이 잠을 못 이루는 동안 봄밤을 노래하고 싶은지 어디선가 새소리가 들렸다. 머리 위엔 커다란 달빛이 나뭇가지에 걸렸다. 무척 탐스러웠다. 그리운 달밤이었다.

뻘랑시는 며칠 뒤 집옥재에서 고종임금을 알현했다. 집옥재는 고종의 서재로 창덕궁 함녕전 별당인데 1888년 고종의 거처를 창덕궁에서 경복궁으로 옮기면서 경복궁 내 건청궁 서편으로 옮겨졌다.

특히 집옥재는 천장 쪽을 꽃문양으로 음각해 통풍이 잘되게 하고 온 사방을 단청 무늬로 치장해 웅장하고 아름다웠다. 또한 사람

몸통 두 배 크기의 기둥이 여섯 개나 돼서 무척 튼튼했다. 정면 5 칸, 측면 4칸의 다포 맞배집 구조로 정면의 월대 중앙에 놓인 계단 엔 사악한 기운을 없애는 서수상이 새겨져 있었다.

고종을 알현할 땐 용안을 똑바로 보지 못했다. 고종이 앉은 자리 앞엔 늘 비단과 고운 청죽으로 만든 발이 처져 있었고 제조상궁과 나인들, 판내시부사인 상선이 서서 대기했다. 말을 받들어 얘기를 전했다.

고종이 직접 말하는 게 아니라 임금의 말을 받들어 다시 상선이 전달하는 식이었다.

뻘랑시가 집옥재에 대기하자 상선 박민구가 등청을 아뢰었다.

"주상전하, 콜 랭드 뻘랑시 주한 프랑스 공사가 대령해 있사옵니다."

구한말의 대신들은 고종을 향해 '폐하'라고 호칭했지만 상궁과 상선은 주상전하로 표현했다. 이는 폐하보다 더 높다는 암묵적인 호칭이었다. 고종 역시 이 호칭을 은근히 좋아했다.

"상궁과 상선은 모두 밖에서 대기하라."

"알겠사옵니다. 전하."

고종의 어명이 떨어지자 상궁과 상선이 뒷걸음질로 사라졌다. 집옥재 내부엔 역사를 기록하는 사관, 통역관, 뻘랑시와 고종만 남았다. 뻘랑시가 발 앞으로 다가가 큰절을 올리자 고종이 웃었다. 절하는 모습이 엉거주춤 우스꽝스러웠기 때문이다. 고종은 흐뭇

한 표정으로 가까이 오라는 손짓을 했다. 고종이 거하는 집옥재는 생각보다 단출했다. 오래된 금침 옆으로 벽에 부착되어있는 고비. 식탁 옆에 가지런히 정리되어있는 서양식 커피 찻잔 세트, 관모와 용포, 지필묵이 놓인 책상과 늘 수시로 마시는 식혜 그릇. 그 정도였다. 곰방대와 담배 재떨이도 바닥에 놓여 있었다(고종은 1907년 국채보상운동이 일어나면서 금연을 선언했다). 고종이 먼저 뿔랑시에게 말을 건넸다.

"공사 좀 더 가까이 오시오."

뿔랑시가 무릎을 꿇은 채 움직였다.

"좀 더 가까이… 우리 둘만 있을 땐 허물없이 지내기로 했잖소."

몸을 움직여 가까이 가자 고종은 뿔랑시의 손을 다사롭게 맞잡았다.

"네에 전하. 망극하옵니다."

고종은 뿔랑시의 소매를 다사롭게 끌었다. 평소의 인자한 성품을 알 수 있었다.

"그래 공사 요즘 지내시기 어떠한가?. 조선 음식이 안 맞을 텐데…."

"김치가 너무 매운 탓에 물에 씻어 먹고 있사옵니다."

"먼 타국에 와서 공사가 고생이 많소. 며칠 전 연회장에서 술을 많이 마셨는데 속은 괜찮소?"

"송구하옵니다, 전하. 제가 정종과 막걸리를 섞어 마시는 바람에….”

“그게 바로 비격진천뢰주 아니겠소. 허허 이후엔 기억이 안 나오?”

“대체 어인 말씀이신지….”

“정말 기억이 안 나는가 보오.”

“제가 혹여 주정이라도…?”

“아주 가관이었소. 검무하는 화심이란 여자의 허리를 잡고 춤을 추려 하는 통에 내관들이 엄청 뜯어말렸다오.”

“그런 일이 있었사옵니까? 제가 전하 앞에서 추태를 부렸습니다. 부끄럽사옵니다. 죽여주시옵소서 전하.”

“죽이기는 뭘 죽이오. 죽이는 건 공사의 카이젤 수염이지.”

고종은 그가 무안해할까 봐 가벼운 농담을 던졌다.

“주상전하….”

“자아, 입안도 텁텁한데 커피나 드십시다.”

뻴랑시가 몸 둘 바를 몰라 하자 고종은 상궁에게 커피를 내오게 했다.

커피가 나오자 고종은 입맛을 다셨다. 상궁이 커피를 은젓가락으로 휘저었다. 이후 상궁은 고개를 돌려 한잔을 찔끔 마셨다.

“전하 젓수셔도 되옵니다.”

상궁의 말이 떨어지기 무섭게 고종은 커피를 따랐다.

“그런데, 공사! 짐에게 무슨 할 말이라도?”

고종이 직접 커피잔을 뻘랑시에게 건넸다. 커피 향이 구수하게 퍼져나갔다.

뻘랑시는 머뭇거리더니 고종에게 다가가 귓속말을 했다.

"네에 전하. 서 있는 상궁을 좀 내보내 주시면 말씀드리겠나이다."

"알겠네."

고종은 작지만 힘 있게 말을 던졌다.

"밖의 상궁은 잠시 물러가라."

상궁들이 사라지자 뻘랑시는 몸을 깊이 숙여 인사했다. 뻘랑시는 현재의 심정을 그대로 말하기로 했다. 언제 또 임금을 알현할지 모르고 본국으로 돌아갈 날도 얼마 남지 않아서였다.

"혹시 전하 연회장에서 검무하던 이화심이란 예인을 아십니까?"

"아, 화심이…. 알다마다. 그 아이가 아마 예인청에선 춤을 제일 잘 출 거야. 연회 때 아마 무대 가운데 있었을게요. 그대가 술에 취해서 무대에 올라 화심이 허리를 팔로 감쌌지 않소."

"네에 전하 맞습니다. 이렇게 제 옷에 연지도 묻히고요."

뻘랑시가 옷에 묻은 연지를 보여주자 고종은 푸르스레 웃었다.

"그런데 그 아이는 왜요?"

고종은 마시던 커피잔을 내려놓고 뻘랑시에게 담배를 권했다. 신식 담배도 있었으나 고종은 늘 곰방대를 사용했다. 어떤 보이지 않는 철칙과 같았다. 뻘랑시가 보기에 일제 놈들이 아무리 좋은 담배를 만든다고 해도 나 고종은 곰방대를 쓴다. 그런 신념을 갖고 있는 것 같았다. 고종은 공사에겐 신식 여송연을 권했다.

"공사 한 대 태우시오."

"전하 저는 금연자이옵니다."

그는 실제로 금연자가 아니었다. 고종은 몇 번씩 담배를 권했다. 그때마다 뿔랑시는 완곡하게 사양했다. 아무리 고종과 격의 없다고 해도 임금과 맞담배를 피울 수는 없었다. 고종은 담뱃불을 붙여 몇 모금 빨더니 계속 뿔랑시의 얘기를 경청했다. 뿔랑시는 또 박또박한 어투로 고종에게 고했다.

"저어 전하…. 제 나이가 올해 서른하고도 여섯입니다. 본국에서 마음에 드는 여자가 없던 건 아니었지만 어찌어찌 헤어지고 혼기를 놓치고 말았습니다."

고종은 차분하게 뿔랑시의 말을 들었다.

"아~그러셨군. 탄회하게 말해보시오."

고종의 지근 거리에서 사관이 갸우뚱하는 인기척이 들렸다. 고종은 사관을 쳐다보지 않고 무심히 말을 뱉었다.

"사관!".

"네에 전하."

"너그러울 탄坦일세. 회는 품을 회懷이고…."

"네에 전하 망극하옵니다. 더 공부하겠사옵니다"

고종의 지근 거리에서 임금의 말을 모두 기록하는 것인데 사관이 '탄회'라는 한자를 잘 모르는 것을 알아채고 일러준 것이다.

뽈랑시는 고종의 예지력에 놀랐다.

"전하, 사관이 모르는 걸 어찌 아셨사옵니까?"

"사관의 붓이 안 움직이면…. 금세 아는 일이라오."

이제 고종과의 면담시간이 거의 끝나가고 있었다. 고종의 최측근 심 대감과 약속한 면담시간은 30분이었다. 뽈랑시는 결심한 듯 어금니를 문 뒤 말했다.

"저어~ 전하!~"

"허어, 뽈랑시 공사 말씀해보시래두…."

"저…. 무희 이화심을 제게 주시면 안 되겠사옵니까?"

"무희 화심이를?"

조선말 당시 노비제도가 있었기 때문에 사람의 육신을 달라는 문장이 잘못된 건 아니었다. 현대에도 가끔 신랑 될 남자가 신붓집에 가서 장인어른에게 '딸을 주십시오' 하지 않던가. 뽈랑시도 그런 마음으로 고종께 말한 것이다.

얘기를 하는데 상선이 뽈랑시에게 눈치를 줬다. 전하께서 저녁수라 뜨실 시간이니 그만 가보라는 눈치였다. 뽈랑시는 알았다며 상선을 향해 고개를 끄덕였다. 고종은 아무 표정을 짓지 않았다. 눈을 지그시 감으며 생각에 잠기는 듯했다. 용무늬 사각 베개 위에 주먹을 쥐더니 툭툭 건드리기도 했다. 고종은 결심이 선 듯 상선을 갑자기 불렀다. 뽈랑시는 순간 당황했다.

"밖에 박상선 있는가?"

고종의 목소리가 단호해 문밖에 있던 제조상궁과 나인들이 놀랄 정도였다. 상선 박민구가 다급히 종종걸음으로 들어왔다. 급히 들어왔어도 버선 소리는 들리지 않았다. 뻘랑시는 '이제 죽었구나' 생각했다. 왕의 여자를 탐한 죄로 머리가 서소문 밖에 걸리는 건 시간 문제였다.

"상선~"

"네에, 전하."

"궁중무용단장에게 일러 무희 화심을 목욕재계케 하고 몸단장하게 하여 뻘랑시 처소에 들게 하라."

"네에, 전하 분부대로 하겠나이다."

고종은 그제사 굳은 표정을 풀며 뻘랑시에게 엷은 미소를 지었다.

"공사, 궁녀는 다 내 것이 맞소만 화심이 만큼은 공사의 것이오."

뻘랑시의 눈가가 붉어졌다.

"전하, 성은이 망극하옵니다."

"가난하고 힘든 조선에 와서 얼마나 고생이 많소. 1866년 병인양요 이후 프랑스와 조선 간 앙금이 깊었지 않소. 보이지 않는 신을 믿으라 하고 갑자기 서양 천주학을 믿으라 하니 대명천지에 이를 받아들일 군주가 어디 있겠소. 공사가 앞으로도 많이 도와주시오. 조선은 프랑스의 원수가 아니오. 가교역할을 해달라는 의미로 화심이를 하사하는 것이니 잘 취하기 바라오. 어려운 일은 못 해주지만 짐이 할 수 있는 일이니 해주는 것이오. 마음 편히 가지시오. 공사는 혹시 전각 위에 걸린 현판은 누가 썼는 지 아시오?"

뻴랑시는 알 길이 없었다. 중국어는 통역관으로 일하면서 조금 알았지만 당대 서예가들은 잘 몰랐다.

"잘 모르겠습니다. 전하~ 한 수 가르쳐 주십시오."

"중국 북송, 서예의 대가 미불의 글씨라오. 미불은 서예가 수려했지만 남들에게 절대로 뽐내지 않았다오. 왜 그랬는지 아오?"

"잘 모르겠습니다."

"공격을 받을 수 있기 때문이지. 온갖 것들에 공격을 받을 수 있기 때문에 아주 조용한 삶을 살았다오. 성내지 않고, 성내는 일을 망각하고, 성내는 사람을 건드리지 않으면 아무 일도 벌어지지 않을 테니까. 지금 내 마음이 그러하오. 공사 내가 너무 나약해 보이지 않소?"

"전하 너무 약한 마음 잡숫지 마시옵소서. 각료 대신들이 대책을 강구하고 있지 않겠사옵니까?"

"음…. 대신들이라… 글쎄올시다. 나는 잘 모르겠소."

현재 품은 솔직한 심정이었다. 고종은 잠을 이루지 못할 때가 많았다. 암살 당할까 노심초사했다.개혁하고 싶었지만 마음처럼 되지 않았다. 전 세계 열강들의 모진 압박을 피하고만 싶었다. 프랑스, 일본, 중국, 러시아는 굶주린 사자처럼 조선땅을 접수하려

안달 나 있었다. 일본의 경우는 을사늑약 이전, 주선땅에서 조선인을 사형시키는 일도 서슴지 않았다.

1896년 뿔랑시가 3대 프랑스 공사로 재임할 당시의 1년 전, 고종의 부인인 명성황후마서 시해하는 만행을 저지르지 않았던가. 그만큼 국력이 없었던 것이다. 고종은 면담을 마친 그에게 피앙새 말고도 또다른 선물을 주고 싶었다. 이름이었다. 뿔랑시는 당시 카이젤 수염에다 온몸에 털이 많았다. 고종은 당시 홍범 14조의 서고문誓告文 조항을 만들고 순한문체, 순국문체, 국한문혼용체 등 3가지를 백성들에게 쓰게 했는데 그에게 한글 이름을 하사하고 싶었던 것이다. 고종의 덕담이 이어졌다.

"장가도 가야 하고 화관모도 써야 하니 조선의 이름을 만들어주겠소."

"조선의 이름이요? 전하, 영광이옵니다."

고종은 한쪽 눈을 찡그린 채 뿔랑시의 외모와 앉은 자세, 콧수염을 유심히 관찰하더니 제 무릎을 쳤다.

"옳거니!, '葛林德(갈림덕)'이 어떠오? 칡 갈 자에 수풀 림, 도덕 덕. 온몸에 칡처럼 털이 많으나 덕이 깊은 사람. 어떻소 공사?"

"갈림덕葛林德. 갈.림.덕. 이름이 개성 있고 좋습니다,"

"흡족하오?"

"아주 흡족하옵니다 전하."

그렇게 해서 1893년, 수줍은 고백이 사랑으로 채워지던 날, 프랑스 공사 갈림덕 뻘랑시는 화심과 화촉을 밝혔다. 조선에서 혼례를 치르고 고향으로 돌아가 다시 예식을 올리기로 했다. 장안에선 두 사람의 결혼이 화제거리였다. 직급 높은 프랑스 공사와 노비 출신인 화심의 결혼은 세기의 결혼이라 칭할 만했다. 뻘랑시와 화심의 첫날밤. 뻘랑시는 감격에 겨웠다.

인사동 근처 뻘랑시 부부의 신접 살림집은 사랑의 기운으로 충만했다. 건강한 남녀가 한 방에서 지낸다는 건 신비한 일이었다. 화심은 무용과 기예로 단련된 몸매였다. 30대인 뻘랑시 역시 다부진 체격의 소유자였다. 조선 팔도에서 어떤 부부든 화촉을 밝히면 치러야할 일. 첫날밤이다. 월하의 밤이 시작된 것이다. 뻘랑시는 몸에 털이 너무 많아 면도를 했다. 화심은 달님께 만삭의 꿈을 빌며 날짜를 맞췄다.

"공사님, 송구한데 그냥 딱 한 번 '여보'라고 불러도 돼요?"

화심은 홍조 빛 얼굴로 간청했다.

"화심, 당신은 나의 아내요. 당연한 말 아니겠소."

혼례를 마친 둘은 전통방식으로 예복을 입고 신방에 들어섰다. 밖에서 지켜보는 사람들은 스무 명이 넘었다. 그러나 구멍을 뚫은 문이 작았으므로 성애 장면을 제대로 볼 사람은 예닐곱 명 정도였다. 화심은 술 한잔을 따르고 고개를 숙인 채 신랑의 애무가 시작되길 기다렸다. 뻘랑시는 마을 주민들의 애간장을 녹였다. 장가를 가지 않은 더벅머리 남정네들에겐 놓칠 수 없는 장면이었다. 원래는 화심의 옷고름을 풀 무렵 호롱불을 끄는 게 순서였다. 그러나 뻘랑시는 뜸을 들인 채 불을 끄지 않았다. 성에서만큼은 외설도 예술로 둔갑시키는 프랑스인 아니던가.

화심의 옷고름이 풀어 헤쳐지자 탐스러운 젖가슴이 여실히 드러났다. 백옥이라 표현해도 무방했다. 화심은 분홍빛 젖꼭지가 일반 여성의 것보다 다소 컸다. 집안 내력일 수 있었다. 뻘랑시는 화심의 가슴을 감싸던 앞가리개를 야멸차게 벗겼다. 원래 족두리를 먼저 벗기는 게 조선인들의 방식이었지만 그냥 놔뒀다.

관계를 할 때 스타킹이나 구두를 신게 하는 것과 같았다. 앞가리개가 풀어지자 밖에 있던 댕기 딴 마을 청년들의 탄성이 들렸다. 땅이 꺼질 듯한 한숨도 들렸다. 심장을 뛰게 한 건 화심의 젖가슴뿐만 아니었다. 뻘랑시는 외국인지라 조선여자 입장에선 그의 몸매도 궁금했다. 제일 호기심스러운 건 남근이었다. 도대체 얼마만 할까? 차마 잴 수 없을 정도로 컸다. 화심이 윗도리를 보인 채 동쪽으로 몸을 뉘었다. 뻘랑시가 다음에 할 일은 치마를 벗기는 것이었다. 그녀는 무희였기에 하체가 탄탄했다. 사타구니와 종아리에 근육이 보였다. 영광의 상처도 있었다. 무용을 하며 발끝을 자주 사용하다 보니 발가락 사이는 뒤틀리고 검게 그을려 있었다. 그러나 문제 될 것 없었다.

조선여성의 치마는 속곳까지 합하면 네 겹이 넘었다. 뻘랑시는 짜증이 났다. 벗겨도 벗겨도 속살이 드러나지 않았다. 보다 못한 화심이 제 스스로 속곳 끈을 풀었다. 마지막 속곳을 풀자 뻘랑시가 그토록 마시고 싶던 계곡이 나왔다. 계곡은 좁고 습했다. 뻘랑시가 터치할 때마다 습한 곳은 기름진 땅이 되었다. 꿀이 흐른다는 표현이 맞았다. 서양으로 치면 주스였을까. 뻘랑시는 마지막 속옷을 벗기고는 화심의 머리부터 발끝까지 목욕을 시키기 시작했다. 비누나 수건이 아니었다. 혀였다. 카이젤 수염이 옥문에 닿을 때마다 화심은 신음소리를 냈다. 마을 청년들은 탄성을 내질렀다. 어슴푸레 피어나는 달빛이 고혹했다. 달은 풍만한 젖을 먹었다. 할퀼 때마다 미끈거렸다. 달은 다시 둘에서 하나로 포개지며 온몸을 부볐다.

달을 최대한 가까이 바라보면 분화구가 보였다. 분화구에서 불을 뿜기 시작했다. 수많은 공기와 호흡과 살과 땀이 뒤섞여 작은 우주를 잉태하고 있었다. 달이 다리를 번쩍 들자 처음 가보는 땅이 나왔다. 땅은 더욱 은밀하게 새싹을 심고 있었다. 새싹은 다시 몸을 세워 달 속으로 파고들었다. 쪼개진 분화구에서 작은 수풀이 나왔다.

뻘랑시가 수풀을 헤치고 들어가면 갈수록 달은 더욱 몸을 열었다. 분화구가 절정을 향해 치달았다. 뻘랑시는 화심을 달 속으로 데리고 갔다. 모든 것을 다 따줄 태세였다. 절정이 달아오르자 마을 주민들은 숨을 죽였다. 이제 달빛을 다 쏟아낼 일만 남았다. 남녀 간의 어른스러운 밤꽃 냄새가 피어나기 시작했다. 달은 이제 받아들일 준비가 끝났다. 뿔랑시 역시 수억만 볼트익 에너지기 충만했다. 땅과 하늘의 힘이 합하는 시간. 뿔랑시는 마지막 장면만큼은 오로지 화심의 궁궐 속에 쏟고 싶었다.

대부분 혼인해서 애들 서넛씩 낳고 사는 어른들이 대체 무엇이 궁금하단 말인가. 가가호호 반닫이 함엔 중국판 춘화 몇 권씩은 다 숨겨놓고 꺼내 보지 않던가. 신방의 호롱불이 꺼지자 마을 주민들은 한둘씩 제집으로 귀가했다. 그렇게 해주는 것이 뿔랑시와 화심에 대한 예의였다. 성인 남녀가 밤에 할 일은 두 사람에게 맡겨두는 것. 두 사람의 일은 이른 아침까지 계속됐다. 혼례를 마친 사람들에겐 소중하고 애정 어린 시간이었다.

조선에서 혼례를 마친 뿔랑시와 화심은 1893년 5월, 프랑스로 떠났다. 화심은 조선여자로서, 공사부인으로서, 역할을 다한 최초의 신여성이었다. 화심은 남편인 뿔랑시를 따라 서아프리카 대륙 모로코, 일본 등을 다녔다. 프랑스에 도착한 뿔랑시는 아내인 화심에게 프랑스어를 배울 수 있도록 공부를 가르쳤다. 개인교습을 할 수 있게 한 것. 그러나 언어는 쉽게 습득되지 않았고 공사부인들 간 모임에서도 그녀는 섞이지 못했다.

"노비 출신이라며?"

"화심이가 공사에게 꼬리를 쳤다지, 색기 있는 여자 같으니라구."

"아래 옥궁의 힘이 좋으니까 공사가 껌벅 넘어갔나 봐요."

"고종이 애첩처럼 아끼던 무희라지!"

"화심에게 껄떡대던 대신들이 궁내에 많았데요."

꼬리를 무는 소문은 화심을 힘들게 했다.

조선에서 온 노비라는 꼬리표가 쉽게 떨어지지 않았다. 그럴수록 뻘랑시는 그녀에게 온갖 정성을 들였다. 그렇지만 화심은 날로 수척해갔다. 어느 날 화심은 뻘랑시에게 고백을 했다. 놀림당하는 건 어떻게 견뎌보겠지만 무엇보다 고향에 대한 향수병은 지울 수 없다고 했다. 사무쳤다는 표현이 맞았다. 고향에 두고 온 부모 형제, 무희 친구들, 일가친척들. 보리 아재, 아껴주던 내관 할애비, 보고 싶고 그리웠다. 화심은 몸이 아플 때마다 남편 뻘랑시에게 고백했다.

"여보, 프랑스에 온 건 너무 신나고 들뜬 일이었어요. 작은 나라 조선에 살다가 프랑스에 오니까 정말 천국에 온 느낌이었어요, 그런데 이곳에 살기가 너무 힘들어요. 부모도 만날 수 없고, 형제도 만날 수 없고 친구도 만날 수 없고 말도 통하지 않고 음식도 맞지 않아요. 갈 수만 있다면 조선에서 정착하고 싶어요. 다시 친구들과 함께 무용하고 싶어요."

뻘랑시 입장에선 말도 안 되는 얘기였다. 무용을 하고 싶어 조선으로 간다는 건 다시 노비 생활로 돌아가겠다는 말과 같았다. 당시 조선에서 기예와 무용, 악기 다루는 일을 하는 사람 대부분은 천민이자 기생이었기 때문이다. 뻘랑시는 화심을 이해시키려 했지만 소용없었다. 이대로 두다간 우울증으로 죽을 것 같았다. 뻘랑시는 결심했다. 아내의 소원을 들어주기로 했다. 뽈랑시가 다시 조선으로 가기 위해서는 고종의 허락이 있어야 했다. 본국인 프랑스에도 재가를 받아야 했다. 뽈랑시는 고종임금은 물론 프랑스 정부에 공식 서한을 보냈다.

주한 프랑스 초대공사 빅토르 꼴 랜드 뽈랑시입니다. 저는 프랑스 파리대학 법학과를 졸업하고 중국 북경주재 프랑스 공사관에서 10년간 통역관으로 근무했습니다. 그 경력을 인정받아 1886년 조불수호통상조약의 비준서 교환을 위해 1887년 조선을 방문했다가 그해 11월 주한 프랑스 공사로 임명되었습니다. 이후 4년 뒤 저는 조선의 무용가 이화심을 만나 결혼했습니다. 프랑스로 돌아와 본업에 충실했습니다만 아내가 이곳 생활보다는 조선에 가서 살고 싶다고 합니다. 형제, 부모라면 이해를 시켜 보겠지만 평생 살을 맞대고 살아야 할 부인인데 헤어질 수는 없습니다. 이를 어쩌겠습니까. 저희 부부를 조선에 보내 주신다면 조선과 프랑스의 가교역할은 물론 조선의 발전과 원활한 외교를 위해 몸을 바치겠습니다. 폐하께서 하해와 같은 아량으로 저희를 조선에서 살 수 있도록 선처해 주신다면 해동성국 조선을 위해 분골쇄신하겠습니다. 부디 조선 공관에서 일할 수 있도록 선처해 주십시오. 헤아려주시길 앙망하나이다.

　　－파리 남동부 트르아에서 빅트로 꼴 랜드 뽈랑시－

서한을 받은 고종은 뽈랑시의 간절한 부탁을 재가했다. 그렇게 해서 뽈랑시는 1896년 4월 27일, 3대 주한 프랑스 공사로 재취임했다. 뽈랑시 부부는 너무 기뻤다. 특히 화심은 조국인 조선으로 돌아와 친구와 무희 동료들을 만나며 점차 안정세를 찾아갔다. 부모 형제를 보고 함께 일했던 친구들을 보는 자체가 행복이었다. 그러나 액운이 화심의 행복을 시샘한 걸까. 화심의 궁중무용단 출입에 문제가 발생했다. 특히 화심은 조선에 입국한 직후부터 다시 무용단으로 돌어가야 했다. 뽈랑시와 혼인을 했어도 화심의 몸은 나라의 것이었기 때문이다.

화심이 궁중무용단에서 동료들과 연습할 무렵, 고관대작 사대부들이 무용단의 숙소를 찾았다. 마침 화심이 궁중무용단을 찾은 날, 술잔치가 벌어졌다. 화심은 아무 생각 없이 예전에 했던 것처럼 사대부들 앞에서 춤을 췄다. 그런데 하필, 공관에서 퇴근하는 뽈랑시의 눈에 띄고 말았다. 그는 머리 끝까지 화가 났다.

"당신이 원한 게 이것이었소? 남정네들 앞에서 웃으면서 춤추고 술 마시는 게 소원이었단 말이오? 그런 게요?"

뽈랑시는 화심의 얘기를 듣지 않고 자신이 할 말만 쏟아냈다. 퍼부었다는 표현이 맞았다. 화심의 동료들은 안타까워했다. 틀어진 뽈랑시의 마음을 돌이킬 방법이 없었다. 화심은 큰 잘못을 하지 않았어도 그저 빌어야 했다. 그녀가 뽈랑시에게 빌면 빌수록 두 사람 간의 관계는 악화됐다.

"여보, 내 사랑 쁠랑시. 정말 오해예요. 그냥 저는 옛 동료를 만나 춤 연습을 하고 있었는데 사대부 분들이 오신 거예요. 그래서 잠깐 합석만 했을 뿐입니다. 그분들이 하도 춤사위를 보고 싶다기에 잠깐 춤을 춘 것뿐인데…. 당신이 그걸 본 겁니다. 정말 아무일 없었어요, 여보."

그런데 엎친 데 덮친 격일까. 술잔치 사건 이후, 사대부 중에 조민석이란 자가 화심을 만나기 위해 꽃을 들고 기다린 것이다. 그는 장안에 소문난 난봉꾼이었다. 재력도 있어서 그에게 걸린 여성은 처녀든, 유부녀든 꼬임에 빠지고 농락당했다. 공관 2층에 오르락내리락하는 이 남자를 보며 쁠랑시는 화가 났다. 쁠랑시는 부엌에서 음식을 만드는 화심에게 쏘아붙였다.

"당신이 얼마나 꼬리치고 다녔으면 저런 난봉꾼이 내 공관을 휘젓고 다닌단 말이오? 내가 그렇게 만만해 보이오?"

"여보, 난 저분 술자리에서 딱 한 번 인사했을 뿐이에요. 그냥 저 사람이 혼자서 저러는 겁니다. 저하곤 아무 상관없어요."

"당신이 살살 웃으며 잘해 주니까 넘보는 것이오. 틈을 주니까 저런 이상한 놈이 당신 주변에 꼬이는 거란 말이오. 왜 그런 걸 모르시오. 남자들이 착각하는 속성을…."

"제가 일부러 웃은 적 없어요. 꼬드긴 적도 없고요. 그냥 저는 동료들과 같이 있는 게 좋아서 궁중무용단 숙소에 몇 번 간 게 전

부예요. 그 자리에 사대부 사람들을 우연히 본 거고요. 여보 믿어
줘요."

"그럼 폐하가 아끼는 김선균은 왜 만난 것이오?"

"그건 전하께서 연결을 해주셔서…. 그리고 김선균 대감은 저
혼자 만난 것도 아니고 당신과 함께 만났잖아요!"

오해가 오해를 낳았다. 별 일 아닌 것 가지고도 트집을 잡았다.
그녀는 남편에게 알아듣게 설명했지만 말할수록 더 화를 냈다. 술
잔치 사건 이후 장안엔 이상한 소문이 퍼졌다. 프랑스에서 온 여자
노비 한 명이 고귀한 조선의 사대부들을 홀리고 다닌다는 것이었
다. 누구라고 지칭은 안 했지만 공관에서 알만한 사람은 다 알 수
있는 내용이었다. 화심이 고국을 그리워해서 귀국한 마음과 달리
소문은 더욱 이상하게 퍼져나갔다. 소문은 공사인 쁠랑시에게 큰
악재로 작용했다. 엄연한 프랑스 정부의 공무원이었기에 품행 문
제에 있어 깨끗해야 하는데 소문은 그와 화심을 가만두지 않았다.

아름답고 좋았었는데, 노비의 신분을 이해해주고 보듬어준 사
람이 쁠랑시였는데, 왜 금이 간 것일까. 화심의 우울증은 나날이
깊어갔다. 마음의 병을 얻은 건 쁠랑시 때문만은 아니었다. 사대
부들의 놀림은 하늘을 찔렀다. 사대부들은 화심을 향해 노비가 갑
자기 용을 만나 용녀가 되었다며 공사들의 친목 모임이 있을 때마
다 나타나 농담을 던졌다. 용녀란 단어는 다시 옹녀雍女로 둔갑했
다. 남자를 호리고 다니는 음탕한 여자로 탈바꿈된 것이다. 옹녀

라는 단어가 화심에게 따라다니자 뒤늦게 이 단어의 뜻을 안 뻘렁시는 아내를 더 능멸했다. 그녀의 마음의 병은 더욱 깊어갔다. 음식을 전폐한 채 하루종일 방에서 나오지 않았다.

그녀가 평소 좋아하는 사탕과 약과를 먹여보려 해도 소용없었다. 이렇게 하다가는 안 될 것 같았다. 뻘랑시는 아내에게 진심어린 사과를 했다. 잘못했노라고, 남자가 너무 소심했노라고. 너무 몰아세워 미안했다고. 화심은 남편 뻘랑시의 마음을 받아들이고 화해했다. 화심은 뻘랑시의 사과를 받으며 혹여 우리의 인연이 끊어지거든 평생 싱글로 살라는 농담도 했다. 그러나 때가 늦은 것일까. 운명의 신은 끝내 두 사람을 갈라놓았다. 그녀는 우울증을 견디지 못하고 목숨을 끊었다. 화심의 식도 부근에서 가늘게 자른 금실이 수십 가닥 나왔다. 금실을 삼킨다는 건 액운을 다 가져간다는 뜻. 남편에게 좋은 일만 생기길 바란다는 의미였을까. 뻘랑시는 대성통곡했다. 후회해도 소용없었다.

그는 아내에게 용서를 비는 마음으로 평생 독신으로 살겠다고 다짐했다. 뻘랑시는 아내가 사망한 후 이상한 습관이 생겼다. 주말만 되면 공관이 아닌 아주 허름한 민박집에 들어간 뒤 하루종일 밖에 나오지 않았다. 간간이 울기도 했다. 또 어떤 때는 동묘 근처에 있는 골동품점을 모조리 뒤져 물건을 구입했다. 그런 행동은 더욱 심해졌다. 누군가 좋은 물건이 있다고 하면 근처에 방을 잡고선 흥정하고 물건을 샀다. 뻘랑시의 그런 급한 성격을 아는 사람들은 물건을 팔듯, 안 팔듯 안달 나게 해서 비싸게 팔기도 했다.

특히 그가 관심을 가진 건 고서. 신라와 고려 조선 전적(책)이었다. 뻴랑시가 좋아하는 전적은 불경 서적이었다. 서적에 담긴 뜻을 적고는 며칠이고 외우기도 했다. 또 자신이 구입한 책 앞장엔 뻴랑시의 조선식 이름인 갈림덕의 '갈' 자를 꼭 썼다. 그만큼 책에 대한 애착이 강했다. 뻴랑시는 정부에서 급여가 들어오면 월급 중 3분의 1가량을 고서를 사 모으는 데 썼다. 어느 땐 아예 저잣거리 주막집 기둥에 고서를 살 테니 연락을 달라는 방까지 붙였다. 그걸 본 사람들은 수단과 방법을 가리지 않고 책을 구해줬다. 예를 들어 어떤 사람이 1냥을 주고 책을 샀다면 그 책을 뻴랑시에게 2냥을 받고 되팔았다.

아내가 죽은 후 마음 둘 곳을 찾지 못한 그는 고서를 모으면서 슬픔을 달랬다. 당번 나졸의 주말 업무는 고서를 가진 사람을 그에게 소개하는 일이었다. 그렇게 해서 그가 모은 조선의 문화재는 2천 500여 점이 넘었다. 보물급이든 아니든 상관없었다. 닥치는 대로 사 모았다. 좋은 고서를 찾을수록 그의 주변엔 장물아비가 들끓었다. 그가 고서를 모은다는 소문은 고종의 귀까지 들어갔다.

그때마다 고종은 부인도 죽었는데 무슨 낙이 있겠는가. 그냥 놔두라는 지시를 내렸다. 뻴랑시가 조선의 문화재를 양심의 가책 없이 돈 주고 사는 게 당시로선 자연스러운 일이기도 했다. 국운이 다할 때여서 대대로 내려오는 가보나 책, 도자기 할 것 없이 다 내

다파는 시기였다. 허약하고 슬픈 시대였다. 국력이 없던 구한말 조선의 현주소였다. 뻴랑시가 정상적으로 구입한 책도 있었지만 대부분의 고서는 장서각이나 외규장각 등 나온 경로를 알 수 없이 나온 물품이 많았다. 도대체 국가의 도서관인 외규장각에 있는 보물급 서적이 어떻게 저잣거리에 나올 수 있단 말인가. 그걸 누가 빼돌리는 것인가. 알 수 없는 일이었다.

저잣거리에 나오는 전적이란 복각본이나 방각본, 필사본이 대부분이었을 텐데 뻴랑시가 구입한 책들은 조선 이전의 책들도 상당수 있었다. 진품이 많았다는 얘기다. 비가 추적추적 내리는 8월, 저잣거리 주막집에 두 명의 남자가 나타났다. 몸은 날렵했고 허리엔 작은 단도를 차고 있었다. 그 시간과 때를 같이해 당번 나졸이 두리번거리더니 주막집 문간방으로 들어갔다. 겉옷을 풀어헤친 뻴랑시가 부채를 부치고 있었다.

"그래, 사람은 만나 보았느냐?"

"아, 그게 아니굽쇼⋯. 만나려던 사람이 내뺐습니다요."

"허허 이런⋯. 내가 잡아가는 것도 아닌데⋯."

"그건 그렇고 지금 밖에 어떤 남자분들이 나으리를 뵙고 싶어하십니다."

"나를? 어떤 분들이라더냐?"

"저도 잘 모르겠습니다요. 그냥 조용히 뵙고 싶답니다. 고서 문제로⋯."

"아 책? 그래 일단 안채로 모셔라."

빨랑시는 예전보다 많이 변해 있었다. 정 많고 다감한 목소리는 간 곳 없고 귀한 책이 있는 곳이라면 어디든 달려갔다. 아내가 죽고 없는 빈자리를 전적 구입에 온 신경을 쓰는 것 같았다. 안타깝고 가슴 아픈 일이었다. 당번 나졸이 밖에서 남자들과 한참을 말하더니 공사가 있는 쪽으로 안내했다. 남자 두 사람이 성큼 안채로 들어왔다. 덩치는 컸지만 사람을 해칠 사람처럼 보이진 않았다. 어찌 보면 깔끔한 한성 양반 같달까. 빨랑시를 본 두 남자가 가볍게 목례를 했다. 그런데 무례하게도 안채에 신발을 신고 들어왔다. 두 남자는 양반다리를 하며 앉았다. 왜 신발을 신고 방에 들어오냐 말하기 힘들 정도로 분위기가 험악했다. 두 사람 중 턱이 강인해 보이는 남자가 빨랑시에게 말을 걸었다.

"공사님 불쑥 인사드려 죄송합니다."

남자의 목소리는 건조했다. 영혼이 없는 듯 짧게 말을 이었다.

"뉘신데 이렇게 신발도 안 벗고 불쑥?"

빨랑시가 다소 화가 난 듯 퉁명스레 물었다.

"대체 어디서 오신 분들이오? 책을 소개하려는 분들이오?"

"말 돌리지 않고 바로 고하겠습니다. 저희는…. 의금부 특감반 종사관입니다."

남자는 빨간색 '통부'를 보였다. 통부는 범인을 잡을 때 검문하는 기창 증표였다. 1푼쯤 되는 둥그런 나뭇조각 중간에 의금부 대장의 수결이 보였다. 구한말이라 의금부 세력은 약화됐지만 고종의 어명에 따라 명맥을 유지하고 있었다.

뽈랑시는 통부를 봤지만 두려워하지 않았다. 오히려 기개 있게 대했다.

"오신 건⋯. 뭐 수고하셨소만⋯. 저는 댁들에게 잘못한 일이 없습니다. 그리고 나는 프랑스인이라 설령 죄를 지었다 해도 조선에서 옥살이 안 합니다. 주상전하와도 막역한 사이입니다. 잘 아시지 않습니까?"

뽈랑시의 말이 맞았다. 당시 조선은 외국공사가 죄를 지었어도 현장에서 바로 잡을 수 없었다. 의금부에서 정확한 증거를 들이밀어야 겨우 소견서 정도만 제출하는 식이었다. 당번 나졸은 이들이 의금부 소속이라 하니 금세 기가 죽었다.

뽈랑시는 눈 하나 꿈쩍하지 않았다. 아끼고 사랑하던 화심을 속절없이 저승으로 보낸 사람이 아니던가. 뽈랑시는 세상천지에 두려울 게 없었다. 귀한 책을 갖고 있는 사람 외엔 고개를 굽힐 일이 없었다. 또 공사 생활만 10년이라 조선의 법도를 잘 알고 있었다. 또한 파리대학에서 법학을 전공하지 않았던가. 종사관이 다시 운을 뗐다.

"압니다. 공사님을 타박하려고 찾아온 게 아닙니다. 다만⋯."

"다만 뭡니까?"

뽈랑시는 상대의 기세에 눌리지 않았다.

"조선의 가보를 돈 주고 사시면 안 된다는 말씀을 드리러 온 겁니다."

"그게 무슨 말이오?"

"며칠 전 공사님께서 구입하신 책 말입니다."

"너무 많아서요. 제중신편, 국조보감, 맹자언해를 말씀하시는 겁니까?"

"아니요."

"알려줘야 얘기할 것 아닙니까?"

"백운화상 경한스님이 지은 직지심체요절입니다."

"아…. 직지 말인가요?"

"네에, 직지심체요절."

뻘랑시는 잘 모르는 투로 얼버무리려 했지만 종사관은 잘 알고 있었다.

"네에, 아신다니 말씀드리겠습니다. 제가 적법하게 산 겁니다."

"그 책은 외규장각에만 있는 조선의 보물급 문화재인데 어떻게 공사께서 적법하게 사셨다는 말인지…?"

캐물은 종사관이 말끝을 흐렸다. 의금부 사람들의 전형적인 말투였다. 상대에게 반말하는 것은 범인들을 주눅 들게 하기 위한 수사 기법 중 하나였다. 뻘랑시는 반말을 하는 것에 대해 짚고 넘어갔다.

"그런데 지금 제게 반말하신 건가요?"

"아닙니다. 한성 말씨는 말끝이 흐리기도 합니더. 불편하셨나면 죄송합니다."

실제로 한성사람들은 말끝을 흐려 반말하는 경우도 있었다. 뻘랑시는 또 다른 종사관의 얘기를 들어보고 싶었다. 뻘랑시는 고개를 빳빳하게 세우며 말했다.

"그럼 제가 어떻게 하면 됩니까? 저보고 자수라도 하라는 말입니까?"

"아닙니다. 그런 일은 없습니다, 다만 공사님이 유념하셔야 할 일이기에 말씀드리러 온 겁니다."

다른 종사관이 대화에 끼어들며 말했다.

"저희가 다시 올 일은 없을 겁니다. 솔직히 말씀드리면 저희가할 일이 이제 많이 없어집니다. 많이 도와주십사 하는 마음입니다."

"그러니까 말씀해보세요."

뻘랑시는 조금씩 짜증이 나기 시작했다. 주막집 주인도 밖에서 몰래 엿듣는 느낌이었다. 술객, 국밥 먹으러 온 손님들도 조용한 걸로 봐서 종사관들이 다 보낸 것 같았다. 정신유 종사관이 입을 열었다.

"계속해서 공사님께서 책을 사주십시오. 문화재를 산다는 것 자체가 불법이긴 하지만 현재 저희 나라가 힘이 없는 때라 구입 자체를 막을 방법이 없습니다. 그러니까 공사님이 가능한 한 많이 사주십시오. 그리고 본국으로 가져가셔도 좋습니다."

"제가 왜 그렇게 해야 합니까?"

"······."

종사관들은 한동안 말을 잇지 못했다. 강신철 종사관이 통부를 안주머니에 넣으며 말했다.

"앞으로 일본이 조선의 문화재를 많이 약탈해갈 겁니다. 국운이 심상치 않습니다. 차라리 그럴 바엔 공사님이 문화재를 사주시고 프랑스로 가져가시는 게 더 나을 것 같다는 생각입니다."

뻴랑시는 종사관의 말에 답하지 못하다가 결심한 듯 말했다.

"장담은 못 하지만 앞으로 제가 구입하는 문화재가 있다면 언젠가 다시 조선에 돌려드리도록 하겠습니다."

"그렇게만 해주신다면 각골난망입니다. 공사님."

삼엄했던 분위기가 다소 누그러졌다.

"아 참 그리고···."

정신유 종사관이 마지막 말을 던졌다.

"직지 말입니다."

뻴랑시는 종사관의 말을 끊고 단호하게 말했다.

"네에, 제가 잘 간직할 테니 너무 걱정 마세요. 왜인들이 제 공관까지는 못 뒤집니다."

"그 말씀이 아니고요···. 그런데 공사님께서 구입하신 직지는 실은 교정본입니다."

"그럼 제가 잘못 구입했다는 얘기인가요?"

"잘못 구입하셨다기 보다…. 직지의 원본은 따로 있을 수 있다는 말씀입니다. 직지를 공사님께 판 사람이 교정본인지 모르고 줬을 수도 있고요. 일부러 줬을 수도 있고요."

"교정본인지 아닌지 그걸 어떻게 판단하시는지?"

뿔랑시가 다소 아쉬운 목소리를 내자 강신철 종사관이 말을 받아쳤다.

"직지를 자세히 보면 아실 겁니다. 그럼 이만."

그렇다면 갖고 있는 직지는 틀린 게 많은 책이란 말인가. 뿔랑시의 책을 보는 안목이 틀렸다는 말인가. 종사관들은 뿔랑시에게 목례를 한 후 급히 사라졌다. 당번 나졸도 별말 없이 그들의 뒷모습을 바라봤다. 이후 뿔랑시는 계속해서 조선의 문화재급 책을 구입하고 사 모았다. 그가 구입한 보물급 유물 중엔 회화, 지도, 불화, 도자기, 가구, 전적이 많았다. 수국사현왕도, 광박신여래, 화각 이층농, 흑칠함, 국청사감로탱, 신중도, 곤여전도 등이 있었다.

종사관 말대로 얼마 뒤 일제의 침탈은 노골적으로 진행됐다. 가야, 신라, 백제 고구려의 왕릉은 무참히 도륙되었고 곡식 수탈로 백성들의 고혈을 빨았다. 풍전등화에 선 조선을 더욱 조여왔다. 1896년 10월, 명성황후가 일본 낭인들에 의해 경복궁 건청궁 인유문 밖에서 화형되는 패악이 벌어졌다. 뿔랑시는 평소대로 퇴근 후 남촌 지역(지금의 명동)의 한 주막집의 뒷방을 잡고 그곳에서 하루종일 화심을 생각했다. 눈에 넣어도 아프지 않을 사랑이었다.

타국인 조선에 와서 처음으로 만나 연정을 느꼈던 여인. 뻴랑시에게 있어 화심은 아내이기 전에 조선에서 가졌던 희망이었다. 말도 통하지 않고 누구와도 말할 수 없고 모두가 적처럼 느껴지던 때 유일하게 속을 터 놓고 말할 수 있는 짝이었다. 뻴랑시는 방 아랫목에 앉자마자 곡을 하기 시작했다. 공관에서 공사가 우는 모습을 보이고 싶지 않았기 때문이다. 얼마나 울었는지 몰랐다.

탐사의 시작

자다가 깨기를 반복할 즈음, 한참 울고 있는데 누군가 어깨를 툭툭 치는 소리에 놀라 깼다. 비행기 안이었다. 시간이 타임머신을 탄 것처럼 쏜살 같이 지나간 느낌이었다.

"특호, 일어났나? 뭔 잠을 그렇게 많이 자? 여기가 어딘지는 알아? 허헛 참, 별일일세…."

1팀 재영이 특호를 흔들어 깨웠다. 특호의 눈가엔 눈물이 젖어 있었다.

막내 기자인 승혜도 말을 거들었다.

"선배, 일어나셨어요. 양주에 수면제를 섞어 드셨지요? 시체처럼 주무신 것 같아요. 자그마치 8시간을 주무셨어요."

"아~ 이 모든 게 꿈이었구나."

특호는 비행기 안에서 웅성대는 소리를 들었다. 상체를 일으켜 세우니 음식 냄새가 났다. 승객들은 안전벨트를 풀었다. 3시간만 있으면 Charles De Gaulle 샤를 드골 공항에 도착한다는 말에 들뜬 표정이었다. 기내식이 나왔다. 메뉴는 오믈렛이었다. 매시드 포테이토와 계란, 고기가 들어있는 요리 에그타르트도 있었는데 모닝빵을 갈라서 샐러드 채소와 곁들이니 맛났다.

역시 감자는 전세계인이 좋아하는 음식이라고 생각했다. 화장실에서 간단하게 양치질을 했다. 기지개를 켜고 밖을 보니 구름이 비행기 아래 있었다. 기내식을 급히 먹었던지 다시 노곤해졌다. 잠깐 눈을 붙였는데 얼마 뒤 기장의 멘트가 스피커를 통해 전해졌다. 현재 프랑스 날씨는 아주 좋다고 했다. 일행은 여권을 챙겼다. 통관이 끝나면 드골공항 내에서 간단한 회의를 하자고 했다. 팀원들에게 비행기에서 꿨던 꿈 얘기는 해야 할까 말아야 할까. 그냥 꿈일 뿐이라고 생각하고 싶었는데 머리속에서 복기가 되고 있었다. 이제 뺄랑시가 가져간 직지심체요절의 경로를 추적할 시간이다. 특호는 볼펜과 취재수첩을 야무지게 챙겼다. 비행기는 무사히 파리 드골공항(CDG)에 도착했다. 3터미널로 향했다.

해외여행 때마다 느끼지만 인천공항이 제일 낫다는 생각이 들었다. 입국 수속 통관에서 IO(출입국관리원)가 프랑스에 어떤 자격으로 왔냐고 물었다. 자격은 무슨, 여행 왔는데 자격이 필요한가? 외모를 보며 넘겨 짚는 느낌이었다. 한국에서 출발할 당시 무조건 학자라고 말하라는 충고가 떠올랐다. 기자ㅏ 방송 리포디라고 말했다간 일이 복잡해질 수 있었다.

"학자입니다!~"

긴 말을 할 필요가 없어 간단하게 답했다.

"교수입니까?"

"교수는 아니지만 대학에서 시간강사로 일하고 있습니다."

"방문 목적은 뭔가요?"

"에펠탑도 보고 도서관도 가고요. 관광입니다."

맞는 말이었다. 취재를 할지 말지는 가서 판단할 일이었다. 여권에 스탬프가 쾅 찍혔다. 팀원 전원이 통과됐다. 원래의 취재목적이 촬영이 아니었기에 방송장비도 별로 없었다. 사진기자가 고성능 카메라를 몇 대 갖고 왔지만 요즘 관광객들도 좋은 카메라를 쓰지 않는가. 예전엔 고성능 카메라만 가져가도 공항직원들이 긴장했지만 요즘은 휴대폰 자체가 화소가 너무 좋기 때문에 DSLR 카메라를 가져가도 태클을 걸지 않았다. 세상이 그만큼 좋아진 것이다. 휴대폰 만으로도 독립영화를 찍는 세상이 왔으니 말이다. 숙소는 102 bd. La Tour-Maubourg, 7구 - 투르 에펠탑 앵발리드, 파리, 프랑스 76008. CDG T3 터미널에서 숙소까지 한번에 가는 공항리무진이 없기 때문에 발굴팀인 특호와 1, 2팀은 현지 가이드를 찾아 가이드가 타고 온 RV차로 이동했다.

가이드 정창식은 호텔로 가는 길에 있는 '몽파르나스 타워'를 보지 않겠냐 했지만 사양했다. 너무 피곤했다. 가이드 창식은 운전 내내 몽파르나스 공동묘지, 카타콤베 퐁피두센터와 스트라빈스키 분수 세인트 메리성당 얘기를 쉴새 없이 말했지만 팀원들은 배낭에 의지해 졸린 눈을 감았다. 파리에서의 둘째 날, 아침이 밝았다. 10월의 하늘은 흐렸지만 비는 내리지 않았다. 비가 오면 카메라 장비가 젖을 수 있기 때문에 각별히 신경을 써야 했다.

특히 프랑스의 가을은 온도 차가 심했다. 대체로 저온 다습한데 가이드 말로는 밤에는 방한용 점퍼를 꼭 챙겨야 한다고 했다. 아무래도 습기가 많아선지 춥게 느껴졌다. 프랑스는 가을에 비가 자주 오기에 비옷이나 우산은 꼭 챙겨야 했다. 비가 안올 것 같더니 오전 10시경부터 비가 내리기 시작했다. 팀들은 호텔 푸드 라운지에서 식사를 마친 후 곧바로 회의를 시작했다.

상대는 프랑스국립도서관이고 직지에 대한 자료는 너무 방대해 업무 분담을 해야 했다. 외국에 와서도 단정하게 머릿결을 쓸어올린 재영이 먼저 말을 꺼냈다. 슬리퍼에 T셔츠 하나만 입고 있는 특호와는 대조적이었다. 재영은 1팀장답게 큰 그림을 그리며 가자고 했다.

"특호가 발굴 탐사팀을 맡았으니까 특호는 구텐베르크의 인쇄물 관련 역사를 좀 캐내 줘. 직지와 구텐베르크와의 관계도 같이…. 그리고 무엇보다 도서관이 협조를 해 줘야 하는데 그러려면 공문이 필요해. 공문은 불어를 잘하는 승혜가 맡아줘. 프랑스 정부나 교황청 쪽에 팩스나 이메일을 보내야 하니까….”

듣고 있던 특호가 질문을 던졌다.

“선배 그런데 교황청이 개인의 이메일을 다 받아주진 않을 텐데
요….”

“아 그건…. 현지 카톨리즘프레스 편집장을 내가 한두 다리 건
너 알거든. 그쪽 편집장 전화번호를 줄 테니까 공문을 전달하면 좋
을 것 같아. 지금 생각해보니 이메일보다는 일반 서신이 나을 것
같기도 해.”

듣고 있던 2팀 윤호가 커피를 타왔다. 프랑스에서 처음 마셔보
는 원두라면서 푸드라운지에 얘기했더니 5명분의 커피를 줬다며
좋아했다. 윤호가 타온 커피는 다소 썼지만 깊은 향이 났다. 역시
커피는 아침에 마시는 게 좋았다. 정신이 좀 맑아지는 느낌이랄
까. 회의는 1시간 가까이 계속됐다. 윤호는 1팀 재영보다 2년 후배
였다. 나이는 두 살 가까이 어렸지만 생각하는 것이나 행동이 무척
어른스러웠다. 머릿결이 곱슬머리라 편집국에서는 모두 윤호를
보며 ‘곱슬윤’이라고 불렀다. 커피잔을 내려놓으며 윤호가 말을 꺼
냈다.

“근데 우리 중에 직지라는 단어의 뜻을 아는 사람 있어요?”

허를 찌르는 질문이었다. 지금껏 우리는 이 논제에 대해 아무도
말한 적이 없었기 때문이다.

“어느 한 곳을 손으로 가리킨다, 그런 뜻 아닌가?”

특호가 말하자 윤호는 고개를 절레절레 저었다.

"그건 표면적인 얘기고요. 아마도 제 생각엔 '직지'는 마음인 것 같아요. 좀 피상적일 수 있는데 직지심체 직지인심 견성성불이라는 선종의 불도를 깨닫는 실체를 말하는데 참선을 통해 사람의 마음이 곧 부처의 마음임을 깨닫게 된다는 뜻. 그게 아닌가 싶어요."

프랑스까지 와서 참선에 대한 골 아픈 얘기를 하고 싶진 않았지만 특호는 윤호에게 지기 싫었다. 자존심이 발동했다.

"알지. 직지의 원론적인 뜻은 어느 곳을 가리킨다지만 그 속의 내용은 좀 더 심오하겠지. 사람이 마음을 바르게 가졌을 때 그 심성이 곧 부처님의 마음임을 깨닫게 된다는 것, 그 정도는 알아. 그 정도도 모른다고 생각했나?"

"제 말씀은 직지를 취재하려면 직지의 기본 뜻과 의미를 먼저 되새기고 시작해야 한다는 걸 말씀드린 겁니다. 역사적으로만 파고들고 동·서양의 인쇄술 년도만 비교하려는 것 같아 마음이 불편해요."

맞는 말이었지만 특호는 기분이 나빴다. 윤호는 2년 선배인 특호에게 한마디도 지지 않았다.

"그래서 우리가 이 먼 곳까지 온 거잖아!~~ 너에게 원론적인 직지 강의 들으러 온 건 아니라고 생각하는데…."

특호의 언성이 높아졌다. 여독이 풀리지 않아 신경이 예민해진 탓이었다. 막내 승혜가 난처한 표정을 지었다.

듣고 있던 재영이 분위기가 험악해지는 걸 느꼈던지 중재에 나섰다.

"자아…. 워워워…. 우리가 말다툼하러 프랑스에 온 건 아니고…. 아까 말했다시피 각자 맡은 일을 충실히 하면서 사건의 실마리를 찾아가 보자, OK?"

재영이 특호와 윤호의 눈을 번갈아 가며 OK를 외쳤다. 윤호는 다소 빈정이 상했는지 먼저 자리에서 일어났다. 사진기자인 춘열이가 따라 나갔다.

"담배 한대만 피우고 올게요."

춘열이는 특호에게 담배를 내보였다. 윤호가 화가 나서 나간 게 아니라 담배를 피우러 간 거니 오해 말라는 표정을 지었다. 춘열과 윤호는 신문사 입사 동기인데 춘열이는 늘 윤호를 챙겼다. 두 사람이 자리를 비우자 특호가 재영에게 말을 던졌다.

"뭐 싸우려 한 건 아니고…. 윤호의 말도 일리가 있긴 해. 직지를 취재하기 전에 직지를 바로 아는 게 중요하다고 봐."

재영이 특호의 말을 맞받아쳤다.

"그럼 특호는 직지에 대해 좀 더 아는 게 있어?"

시간은 어느덧 오후 2시를 가리키고 있었다. 에펠탑 근처 1900년 당시 한국관이 있었던 곳을 답사해야 하는데 회의 때문에 늦어진 것이다. 특호는 재영과의 얘기를 끝내고 팀을 꾸려 에펠탑 근처로 가기로 했다.

"그래서 내가 프랑스로 오기 전에 직지 전문가인 스님과 약속을 잡아놨어. 직지를 좀 더 심도 있게 알고 싶어서…. 면담 스케줄은 한국에 도착하면 알려줄게. 솔직히 내가 직지에 대해 알면 얼마나 알겠어. 불자도 아닌 기독교인인데…. 취재를 시작하며 확고하게 생각하는 건 있어. 직지 상, 하권을 찾아야 한다는 것. 그리고 그 속에 담긴 뜻을 많은 사람에게 알리고 싶은 게 내 나름의 미션이야."

특호가 말을 마치자 가이드와 같이 있던 2팀의 백성준이 1층 로비로 내려오라고 했다. 1층 로비 앞에 차를 정차시켜 놓았는데 벨보이들이 차를 빨리 빼라고 한 것. 외국 호텔의 경우는 주, 정차 지시에 불응하면 아예 차를 압류하기에 가능한 빨리 탑승해야 했다. 일행은 대략 짐을 챙겨 1층으로 내려갔다, 일행을 보자 성준은 가슴을 쓸어내리며 식은땀을 닦았다. 성준이 일행을 향해 다급한 손짓을 했다.

"자아 빨리 가자고요. 벨보이들이 엄청 화났어요. 허어, 고놈들 어련히 차를 안 뺄까 봐. 발레파킹할 땐 온갖 팁을 다 받아 먹으면서…."

성준은 회사에서 단기간 고용한 영상전문가였다. 막내인 승혜와 나이가 비슷했다. 재영과 특호, 윤호와 춘열, 승혜와 성준은 각자 맡은 업무를 수행하면서 다음 날 진행된 내용을 취합하자고 한 뒤 길을 나섰다. 프랑스에 여행 온 게 아니기 때문에 속히 작전에 돌입해야 했다. 프랑스국립노서관과 교황청. 두 곳을 먼저 취재하기로 했다. 우선 프랑스국립도서관부터 가기로 했다. 일행이 준비할 무렵 승혜로부터 연락이 왔다. 인근 카페에서 도서관을 검색하고 있는데 프랑스국립도서관이 두 개라는 것이었다. 특호는 승혜에게 직지가 있는 도서관을 찾으라고 했다.

다시 승혜로부터 연락이 왔다. 직지심체요절이 보관되어있는 곳은 (신)프랑스국립도서관이 아니라 (구)프랑스국립도서관이라고 했다. 책의 양이 워낙 많다보니 16세기까지의 서적은 (구)프랑스국립도서관, 근대와 현대의 서적은 (신)프랑스국립도서관에서 관리하는 듯했다. (구)프랑스국립도서관으로 향했다. 특호는 최대한 학자처럼 복장을 한 후 책임자를 찾았다. 1팀 재영이가 담당자에게 1377년 만들어진 고려시대 '직지'를 취재하러 왔다고 말했다. 한국에서 공문을 띄운 얘기까지 하며 정중한 태도를 보였다. 담당자는 16세기까지의 서적과 고문서 관리자였다. 호의적이지 않았다. 웬 동양인들이 大 프랑스국립도서관에 떼 지어 왔지?라는 표정이었다.

도서관 담당자는 안경테를 추켜 올려 특호와 재영의 신분증을 보더니 어디론가 전화를 했다. 특호는 불안했다. 도서관에서 출입을 막고 직지를 보여주지 않는다면 프랑스 현지 취재는 별 의미가 없었다. 현물을 보지 못하면 취재하는 데 동력을 갖기 힘들다는 판단이었다. 담당자가 전화를 끊더니 도서관 응접실로 따로 일행을

불렀다. 담당자는 일행 중 대표되는 사람과 얘기를 나누고 싶다고
했다. 재영이 특호의 소매를 끌었다. 특호는 휴대폰으로 녹음하려
했으나 담당자는 녹음은 불허라고 했다. 담당자의 말은 이랬다.

그간 한국의 많은 방송, 언론사에서 직지를 취재하려고
했다. 한국의 문화재니까 개인적으로 이해는 가지만 도서관
의 입장에서는 직지가 오래된 책이기 때문에 훼손을 우려하
지 않을 수 없다. 도서관은 책의 열람도 중요하지만 보존하
고 보호할 의무도 있다. 이미 몇 년 전 한국의 MBC라는 방송
국에서 취재를 했으며 당시 도서관은 최대한 협조를 했었다.
그렇기에 그 방송사의 자료를 참고하면 좋을 것 같다.
　특히 직지는 그동안 한국의 시민단체들이 끊임없이 반환
운동을 해왔기 때문에 이번 취재가 어떤 정치적 배후가 있는
것이 아닌가 의심도 든다. 도서관은 앞으로 한국 방송 언론
사에 더 이상 취재에 응할 수 없음을 알린다. 단 직지에 대한
자료는 도서관에서 공개할 의무가 있으므로 인터넷에 저장
된 파일이나 디지털 자료를 요청하면 성실하게 공개할 수 있
음을 알린다.

－프랑스국립도서관 동양 아시아권 고서 담당자－

담당자로부터 얘기를 들은 특호는 도서관을 상대로 취재를 강
행하는 건 무리라고 판단했다. 양국 간 갈등으로 번질 수 있기 때

문이었다. 이제 직지를 사이드부터 치고 들어가야겠다고 마음먹었다. 재영은 직지가 구텐베르크 인쇄물보다 78년 앞섰다는 근거를 찾아보겠다고 했다. 승혜는 교황청과 프레스 카톨리즘프레스 편집장과 계속 연락하면서 직지에 대한 단서를 캐보겠다고 했다. 특호로선 막막했지만 그렇다고 호텔에서 계속 캔맥주만 마시고 있을 수는 없었다. 부지런히 움직여야 했다. 그나마 다행스러운 건 뽈랑시가 생전에 수집한 조선의 민속품과 작품을 뽈랑시의 인척 버웅컴이 프랑스 현지에서 전시한다고 해서 A갤러리를 방문하기로 했다.

하루 뒤 A갤러리를 찾아갔지만 버웅컴을 만날 수는 없었다. A 갤러리에서 본 우리나라 조선의 작품과 도자기, 책을 보며 상념에 젖었다. 우리나라의 보물급 문화재가 왜 이 머나먼 프랑스에 와 있는 것일까. 찬찬히 살펴보는데 우리 일행을 알아보는 사람이 있었다. 역사학자 남기천 교수였다. 프랑스에 여행 왔다가 우연히 A갤러리를 들렀는데 우리 일행을 입장할 때부터 봤다고 했다. 도서관 얘기를 했더니 아마도 직지 실물을 보여주지 않을 거라고 말했다.

"한국에서 취재를 나오신 모양인데…. 많이 못 건지셔서 어쩝니까?"

재영은 남 교수의 친절한 응대에 고마운 마음을 전했다. 인근 레스토랑에서 저녁을 대접할 테니 직지에 대한 얘기를 좀 해주실 수 있냐고 물었다. 남 교수는 흔쾌히 수락했다. 지면에 담는 것도 허락했다. 작품을 둘러본 후 일행은 남 교수와 함께 레스토랑으로 갔다. 프랑스의 밤은 다소 추웠다. 옷이 비에 젖은 듯 축축한 느낌이 들었다. 다행히 점퍼와 바람막이 옷을 챙겨와 추위를 면할 수 있었다. 포크를 들기 전부터 남 교수는 목소리를 높였다.

"프랑스에서 한국분을 만나니 반갑습니다. 방송국에 계신다고요?"

"방송국은 아니고 K 신문사입니다."

"원래 K 신문사가 천주교재단 아니었나요?"

"아주 오래전 그랬지요. 그건 그렇고 혹시 직지에 대한 정보를 알 수 있을까요?"

"여러분도 다 아시는 얘기지요. 정보랄 건 없습니다. 다만 제가 의문이 생기는 부분은 있습니다."

"어떤 게 의문이 드시는지요?"

"당시 조선에 주한 공사로 있던 쁠랑시 얘깁니다."

남 교수는 스테이크가 나왔음에도 먹을 생각을 않고 열을 올렸다. 정말 하고 싶은 말이 많은 모양이었다. 음식을 드시면서 얘기하라 해도 남 교수는 몇 점 먹지 않고 다시 목청을 돋웠다.

"당시 쁠랑시는 고종의 총애…. 총애까진 아니어도 고종에게 훈장을 받을 만큼 사이가 돈독했지요. 특히 여러분이 보셔서 알겠지만 1900년 에펠탑 근처에 한국관을 설치해 조선의 문화를 알리지 않았습니까?"

"그랬지요. 뽈랑시가 아니었다면 만국박람회에서 조선이란 나라를 알리기 힘들었다고 봅니다."

특호가 수긍하자 남 교수 역시 맞장구를 쳤다. 남 교수가 고기 한 점을 먹고는 냅킨을 든 채 말했다. 입에 문은 걸 냅킨으로 닦을 시간조차 아까운 듯했다. 우리 일행이 너무 시끄럽게 얘기하자 다른 테이블에서 항의가 들어왔다. 음식 먹는 곳이니 조금만 조용하라는 주문이 카운터로부터 왔다. 우리 일행은 다시 작은 목소리로 말을 이어갔다. 남 교수는 크게 신경 쓰지 말라는 시늉을 하며 다시 말을 꺼냈다.

"그런데 제가 궁금한 건 왜 뽈랑시가 조선의 문화재를 돈 주고 샀느냐는 겁니다. 프랑스 공사라면 공무원 아닙니까. 공무원이 국가 소유의 물건을 돈 주고 사는 걸 보셨나요. 아주 간단한 예를 들어 문화관광부에 있는 컴퓨터를 사고팔 수 있습니까?"

"당연히 안 되지요."

"그 컴퓨터에 정보가 수두룩 담겨 있다면?"

"더더욱 안 되지요."

"제 말씀이 그겁니다. 그것도 외규장각(조선시대 궁중도서관)에 있는 조선의 국보급 문화재를 엽전 몇 닢에 살 수 있답디까?. 백번, 천 번 양보해서 저잣거리에 책이 나돌아서 구매했다고 쳐요. 고위급 공무원이라면 외규장각에 갖다 줘야 하는 게 맞지 않을까요?"

157

남 교수의 얘기를 들으면서 직지에 대한 동선이 선명해지기 시작했다. 잠자코 듣고 있던 춘열이 사진을 좀 찍으면 안 되겠냐고 남 교수에게 물었다. 그는 지금은 여행을 온거니까 한국에 가서 정식 인터뷰 요청할 때 찍겠다고 했다. 얘기는 계속 이어졌다. 재영인 좀 다른 각도에서 물었다.

"교수님, 쁠랑시가 우리 문화재를 정말 아끼는 마음에 본국으로 가져간 것 아닐까요?"

"저도 그렇게 생각해보고 싶어요. 그런데…. 좀 모호한 부분이 있어요."

"어떤 부분이 그렇습니까?"

"쁠랑시가 본국으로 간 후 직지를 경매로 팔았다는 거죠. 그것도 180프랑(한화 20여만 원) 정도에…."

이해가 안 가는 부분이었다. 애지중지하고 책에 자신의 조선식 성인 칡 갈 자를 직지 앞장에 써놓을 정도였는데…. 이 책은 세계에서 가장 오래된 금속활자본이라며 직지 표지에 썼는데…. 그 귀한 책을 단돈 180프랑에 팔았다는 게 이해되지 않았다.

듣고 있던 승혜가 한마디 거들었다.

"책을 경매에 내놓은 건 쁠랑시가 아니었을 수도 있지 않을까요?"

쁠랑시는 이미 이 세상에 없으니 답답했다. 한 가지 확실한 건 쁠랑시가 직지를 한국에 돌려주지 않았다는 점이다. 다행히 레스토랑두 사람들이 많이 빠저니긴 싱태로 자유롭게 얘기할 수 있었다. 두세 시간 정도가 지나면 레스토랑도 문을 닫을 시간이라 여차하면 호텔 로비로 가야 했다. 인상을 쓰며 얘기를 듣던 특호가 남 교수에게 다시 물었다.

"그렇다면 뻘랑시가 직지를 어떻게 구입하게 됐을까요? 물론 추론이지만 한문도 잘 몰랐을 텐데…."

"아…. 뻘랑시는 중국어를 알았습니다. 실제로 북경에서 통역관으로 근무 했고요."

"구입했다고 하니까 개인 소유가 맞긴 한데…. 저잣거리에서 샀다는 건 좀 납득이 가지 않아요. 당시 문맹률이 높았기 때문에…. 그러니까 백성들 대부분이 한문을 잘 몰랐을 수도 있고요…."

"고려시대나 조선 초까지만 해도 문맹률이 높았지만 구한 말이었으니까 직지를 가진 누군가가 뻘랑시에게 접근해 팔았을 수도 있겠네요."

카메라를 매만지던 춘열이 남 교수에게 물었다.

"외규장각에 보관되어있는 직지를 뻘랑시가 형식적으로 돈을 주고 샀다면요?"

"왜 형식적으로?"

"훔친 게 아니라 공식적으로 돈 주고 샀다라는…."

"만약 그랬다면…. 뻘랑시 입장에선 개인 소장품으로…."

남 교수는 말을 잇지 못했다.

"당시 조선의 위상은 떨어질 대로 떨어진 상태라 누군가가 문화재를 구하려고 마음만 먹었다면 어렵진 않았을 거라 봐요."

뽈랑시가 구입해 본국으로 가져갔다는 직지는 안타깝고 아쉬운 점이 많았다. 그런데 남 교수는 일행과 헤어지며 의미심장한 말을 남겼다.

"뽈랑시가 돈을 주고 구입했다고 하니 자본주의 사회에서 어쩔 수 없는 노릇이지만 만약 뽈랑시가 직지를 구입하지 않았어도 직지는 우리 손에 있기 힘들었을 겁니다. 일제가 직지를, 아니 외규장각 자체를 가만두지 않았을 테니까요. 일본의 국보 1호가 뭔지 아십니까?"

승혜가 고개를 갸우뚱하자 남 교수는 아쉬운 목소리로 말했다.

"우리나라의 반가사유상입니다."

"반가사유상요?"

"네에 아마 일본의 신사나 개인 박물관, 국립문화재보관소에 가면 우리나라의 진귀한 보물들이 수북하게 쌓여있을 겁니다."

"그게 사실인가요?"

"사실입니다. 우리나라 가야시대 때 금관이 일본 문화재로 등록되어 있지요. 어찌 보면 정말 무서운 일입니다. 우리나라 4세기 때의 역사를 통째로 없애버리는…."

남 교수의 말은 일리가 있었다. 뽈랑시가 우리나라 문화재를 본국으로 가져가지 않았어도 당시 문화재가 남아 있진 못했을 거라 생각했다. 재영은 직지 본문에 대한 애기를 들어봐야 했다.

"그럼 교수님, 프랑스도서관에 있는 직지는 정말 인쇄물로서 가치가 있는 것입니까?"

"글쎄요. 저는 장담 못 해요. 혹시 직지를 디지털 파일이라도 보신 일 있습니까?"

"잠시 보긴 했습니다."

"직지는 솔직히 많이 낡아 있어요. 배열도 고르지 않고요. 잘못 찍힌 글자도 있고 거꾸로 찍은 글자도 있고 또 본문을 잘 보면 빨간 글자가 섞여 있어요. 동그라미도 처져 있고 낙서도 되어있고 그래요. 이건 뭘 의미하는 걸까요?"

특호는 순간 자신이 K 신문사에 입사 후 교열부와 싸운 일이 생각났다. 본문은 온통 빨간 글자로 가득하지 않았던가.

"혹시 글씨를 수정하는…?"

"그렇지요. 교열도 하고요"

"그렇다면 교정본?"

남 교수는 포크를 내려놓은 뒤 오른손으로 식탁을 가볍게 쳤다.

"말씀 잘하셨어요. 그럴 확률이 아주 높아요. 교열본. 완성본은 따로 있을 수 있고요."

"그렇다면 결국 뻘랑시의 안목은 틀렸다는 건가요?"

재영은 남 교수의 말에 동조하는 눈빛으로 말을 건넸다. 남 교수는 답을 묻는 재영에게 힘주어 말했다.

"아마도 뻴랑시는 외국인이라 책이 귀하다는 건 알았겠지만 교열본이라는 건 상상하기 힘들었을 겁니다. 그렇다고 책이 볼품없다는 얘긴 아닙니다."

특호는 예전에 한 활자 장인이 상권을 재현한 직지 활자본을 본 일이 있었다.

그 활자본은 하권과 마찬가지로 삐뚤삐뚤해 있었다. 글자의 크기가 각각 달랐다. 그의 제자가 만든 매끈한 활자본과는 사뭇 달랐다. 직지는 그런 것이었다. 예수의 만찬에서 제자들이 들었던 잔이 금잔이 아닌 목잔이었던 것처럼, 직지의 활자는 매끈한 것이 아닌 아주 인간적인 활자였던 것이다. 특호는 남 교수를 계속 붙잡고 있을 수 없어 마무리해야 했다.

"교수님 바쁘신데 시간 내주셔서 감사합니다. 추후에 저희가 신문에 보도할 예정인데 마지막으로 하실 말씀 없으신지요?"

"직지가 문화재든 아니든 뻴랑시가 돈을 주고 샀다면 어쩔 도리가 없어요. 돌려주고 안 주고는 개인의 판단이니까요. 그렇게 아끼던 직지를 왜 경매 시장에 한화로 20만원 정도에 팔았을까 의문이 들어요. 정말 뻴랑시가 경매시장에 내놓은 걸까 그런 생각도 들고요. 그렇지만 그가 사망하기 전, 좋은 일도 많이 했습니다. 조선의 민속품을 많이 기증했잖습니까? 그렇게 위로를 삼았으면 좋겠습니다. 그렇지만 만약 제가 뻴랑시였다면 경매에 넘기지 않고 한국 정부에 기증했을 겁니다. 베베르에게 20만 원에 팔았지만 한국의 입장에서 돈으로 환산할 수 없는 보물급 문화새니까요. 마지막으로 개인적으로 바랄 게 있다면 직지심체요절이 한국으로 돌아왔으면 좋겠어요. 지난 문민 정부 때 미테란 대통령의 결단으로 조선의궤가 돌아온 것처럼 말이지요."

K 신문사 일행은 프랑스에서 남 교수를 만난 게 큰 수확이었다. 뽈랑시에 대한 얘기와 직지에 대한 히스토리를 사실에 가깝게 들어본 것이다. 직지에 대한 궁금점은 어느 정도 풀렸고 이제 직지와 구텐베르크 인쇄물과의 전후 관계만 풀면 될 일이었다. 국내 학계에서는 직지가 1377년 제작됐고 구텐베르크의 인쇄물이 1455년 제작되어 78년 앞섰다고 했지만 일행은 인과관계를 직접 확인하고 싶었다. 일행은 일단 프랑스국립도서관에서는 나올 게 없다고 판단하고 프랑스에서의 취재를 접기로 했다. 다음날 짐을 꾸린 후 독일 라인란트팔츠주州 마인츠에 있는 구텐베르크박물관으로 떠났다.

최고를 찾는 여정

박물관은 마인츠 대성당과 성모광장 사이에 자리 잡고 있었다. 우리나라보다는 약 200년이 늦었지만, 현재 세계 최초로 금속활자를 개발했다고 전해지는 구텐베르크를 기념해 1900년에 만들어진 곳. 세계 2대 인쇄 박물관의 하나이며 사람들이 직접 체험할 수 있게 만들어 아이들부터 어른까지 즐기는 박물관이라 정감이 갔다. 내부는 생존 당시의 구텐베르크의 작업장을 그대로 재현했고 인쇄 도구들이 보존되어 있는데 지금도 그 기구를 이용해 시범을 보인다고 했다.

또한 이곳엔 구텐베르크의 초기 작품뿐만 아니라 우리나라를 비롯한 중국, 일본의 고대 자료들도 있었다. 독일에서 우리의 국보인 대동여지도와 직지심경 복사본이 소장되어 있다니 놀라웠다.

막내 승혜가 박물관 측 담당자와 미리 전화와 이메일을 해둔 덕에 담당자와의 인터뷰는 쉽게 이루어졌다. 구텐베르크박물관 아시아권 담당자 K는 유쾌한 사람이었다. 열린 마음이 맘에 들었다.

그간 학계에선 직지와 구텐베르크의 인쇄물 역사에 대한 설왕설래가 있었다. 누가 앞섰냐는 것. 담당자는 구텐베르크의 인쇄물이 뛰어나지만, 직지 또한 대단한 책이라고 말했다. 담당자 K는 구텐베르크가 인쇄물을 찍었다는 사실 증명이 어렵다고 했다. 실제 구텐베르크가 인쇄했다는 증거는 찾기 힘들었다. 직지가 구텐베르크의 인쇄물보다 78년 앞선 건 확실했다. 이미 몇 년 전 타임즈 라이프매거진은 금속활자는 구텐베르크가 아닌 고려인들이 발명했다는 내용이 실리기도 했다.

선진국의 일부 지식인들 사이에서는 직지의 우수성을 인정한 것이다. 그렇지만 역사적 사실과 달리 유럽 사람 중 직지를 아는 사람은 드물었다. 학계에 발표되고 국내에서도 직지에 대한 우수성을 알렸지만 쉽지 않았다. K는 본인이나 박물관 입장은 전 세계 인쇄술과 관련 '구텐베르크만이 최고다'라고 말하는 건 아니라고 했다.

"구텐베르크가 책과 관련 돈을 썼다는 공중서가 남아 있긴 합니다. 헬마스퍼거라는 당시 공중서인데 인쇄 동업자인 푸스트와 구텐베르크 간 법정공방 기록이죠. 몇 가지가 더 있어요. 구텐베르크가 거울의 틀을 만들었다는 기록, 1455년엔 마켓에서 낱장의 성경 180장을 팔고 있었다. 그런 것인데요. 애석하게도 구텐베르크가 인쇄했다는 내용은 그 어디에도 없어요. 그런 면에선 참 아쉬운 부분이 있습니다."

"그렇다면 어떻게 해서 구텐베르크가 독일의 최고 인쇄가가 되었나요?"

재영이 묻자 K는 인쇄업 쪽에 있는 전문가들이 동의를 하면서 선택됐지 않았겠냐는 말을 꺼냈다.

"독일엔 구텐베르크 외에도 멘텔린이라는 프랑스의 스트라스부르, 아비뇽의 인쇄업자 왈드포겔이 있었는데 최종적으로 구텐베르크가 최초 인쇄가로 등재된 것 같습니다."

그런데 구텐베르크와 달리 증거와 기록이 남은 인쇄업자는 왈드포겔이었다. 아비뇽 문서기록보관소엔 27개 히브리어 글자를 쇠로 만들었다는 증거가 있기 때문이다. 왈드포겔 입장에서는 참 억울한 일일 것이라고 생각했다. 아무튼 구텐베르크가 전 세계 최고의 인쇄가라는 걸 유럽인들은 알았지만, 성경에 구텐베르크가 인쇄했다는 발행 기록이 없고 도구와 인쇄기를 사용한 기록이 없고 하물며 독일에 있는 그의 동상도 독일 정부가 세운 게 아니라는 말을 들었다. 참으로 아이러니한 일이었다.

한편 드로니옹(고인쇄연구가, 스트라스무르 조형예술대) 교수는 우리의 직지 탐구에 충격적인 화두를 던진 적 있었다. 구텐베르크 인쇄물이 한국의 주물사 형식을 따랐다는 것. 그 내용이 사실이라면 구텐베르크가 어떤 경로를 통히든 우리나라에 왔다는 얘기가 된다. 특호와 재영은 이런 설들이 점점 흥미로웠다. 정말로 떠도는 설일까. 드로니웅에 따르면 구텐베르크의 인쇄물 표면은 아주 거칠게 나타나는데 그 이유는 모래를 이용했기 때문이라고 했다.

우리나라의 주물기법은 모래를 사용하기 때문에 표면이 거칠 수밖에 없다. 드로니웅은 과학적인 실험을 통해 밝혀냈다. 실험결과는 놀라웠다. 구텐베르크의 인쇄물인 성경 42행 표면이 정말 거칠었다. 이제 역사적인 끈을 다시 이어야 했다. 그렇게 되면 작은 실마리를 찾을 수 있었다. 구텐베르크박물관 담당자 K를 만나고 온 일행은 숙소를 잡고 다음 일정을 점검했다. 이제 한국으로 돌아갈 날이 얼마 남지 않았다. 구텐베르크가 우리나라를 찾았다는 증거가 없다면 그 증거를 교황청 수장고에서 찾아보기로 했다. 그런 연결고리가 있어야 최소한 유럽이 한국의 영향을 받았다는 걸 입증할 수 있어서였다.

일행은 다음 날 아침 식사를 간단히 마치고 호텔 근처 카페에서 회의를 시작했다. 날씨는 이제 두툼한 옷을 입지 않으면 다소 추웠다. 한국에서 떠나올 때 예비로 갖고 온 방한용 점퍼가 효자 노릇을 했다.

춘열이 그간 찍었던 사진을 정리하고 영준이 카메라 장비를 매만질 무렵. 막내 승혜가 기쁜 소식을 갖고 왔다. 막내 승혜는 카페에 들어서자마자 브라보를 외쳤다.

"선배님들 제가 한 건 했습니다. 드디어 바티칸에서 연락이 왔어요. 인쇄에 대한 얘기와 쓰인 증거를 얘기할 수 있다고 하네요. 교황과 고려왕에 대해서도 심도있게 알 수 있을 것 같아요."

쓰인 증거. 그리고 교황과 고려왕에 대한 얘기라니 완전 대박이었다. 공문을 전달하긴 했지만 이렇게 답신이 올지 몰랐다. 몇 년 전 스위스 바젤종이박물관 추천 박사는 몇 년 전 구텐베르크가 한국 인쇄술의 영향을 받은 것 같다고 했다. 그러나 몇 년 뒤 번복했다. 한국이 아닌 중국이라는 것. 중국의 인쇄가 비셩이 11세기, 목활자를 발명한 건 맞지만 금속활자는 아니었는데, 갑갑할 노릇이었다. 이렇게 되면 세계의 최초 인쇄 기술이 한국에서 중국으로 굳어질 터. 특호와 일행은 미팅을 끝내고 서둘러 교황청에 가기로 했다. 짐 꾸리는데 이골났지만 어쩔 수 없었다. 그런 여정으로 떠나온 것 아닌가. 입국 날짜가 정해지면서 마무리를 해야 했다.

교황이 고려왕에게 서신을 보낸 내용이 있으니 올 수 있다면 날짜에 맞춰 오라는 내용이었다. 특호와 재영 일행은 무척 설레는 마음으로 이탈리아 로마로 떠났다. 어쩌면 교황이 사는 궁전 방문이 취재의 마지막 여정일 수 있었다. 이탈리아는 카메라를 들이댈 때마다 멋진 풍광을 자랑했지만 눈에 들어오지 않았다. 오로지 교황의 서신만 중요했다. 일행이 바티칸으로 들어서자 고서 담당 직원이 반갑게 맞이했다. 서고에서 라틴어로 된 책을 갖고 나왔다. 직원이 읽는 내용은 충격적이었다. 특호는 수첩에 직을 생각조차 못하고 얼이 빠져 있었다. 정신을 차리고 얘기를 들어야 했다. 재영이 촬영이 가능하냐는 질문에 직원은 가능하다고 말했다. 교황이 고려왕에게 보낸 서신 내용은 이랬다.

> "레지 꼬룸 데움 고려인들의 국왕 키지스타의 소쿠스 전하께
> 왕께서 그곳의 그리스도인들을 잘 대해주신다는 소식을 듣고 매우 기뻤습니다."

편지의 수신인을 고려왕으로 추정하는 근거는 'Rex Corum(렉스 코룸)'이라는 두 단어. 라틴어로 렉스는 왕을 뜻하고, 코룸은 왕이 다스리는 왕국의 명칭을 나타내는 소유격 형용사로 볼 수 있다. 코룸이라는 단어가 고려를 뜻하는 코레아(Corea)와 발음이 유사해서 렉스 코룸은 고려의 왕으로 번역할 수 있다는 것이다. 그러나 라틴어의 격 변화를 정확히 지켰다면 렉스 코룸이 아니라 렉스코리아나 렉스 코레아노룸이 맞지 않을까. 라틴어 문법을 봐도 좀 어색하다. 이미 14세기에 몽고 말인 '솔랑기'나 또는 '카울레'가 고려의 명칭으로 통용됐기 때문이다.

결론적으로 편지의 레지 코룸은 '고려인들의 왕'이라고 읽을 수 없는 것. 또한 코레아라는 명칭은 16세기에 처음으로 등장했다. 교황의 편지는 1333년에 쓰인 것이니 연관성이 없다. Corum은 당

시 교황청이 있던 아비뇽에서 칸발리크로 가는 중간에 위치한 중앙아시아 지역 키탄인들의 왕일 수 있었다. 그러나 전혀 희망이 없는 것도 아니었다. 소코스라는 이름이 어디 있느냐 반문할 수 있지만 소룽구스는 고려를 뜻하는 몽골의 말이었다. 또한 당시 충숙왕의 몽골식 이름은 '아라트나시리'. 그의 어머니 역시 몽골 여자였다. 그렇게 본다면 키지스타의 소쿠스니, 코룸 데움이니 해도 이 모든 단어를 종합해 볼 때 고려인들의 왕이라 부를 수도 있는 것이다.

특호와 일행은 이탈리아에서의 마지막 취재를 마치고 귀국했다. 어언 한 달여 기간이었다. 큰 성과는 없었지만 이미 유럽과 몽골, 한국 사이에서 인쇄술의 상호 보완, 종교적, 문화적 교류가 있었다는 것은 사실로 밝혀졌다. 특호는 해외 TF팀을 해산했다. 영상을 맡았던 성준이 가장 아쉬워했다. 더 찍을 수 있었는데 도서관 측에서 취재에 응하지 않으면서 성준의 역할이 줄어든 것이다. 역할로 치면 춘열도 마찬가지였다. 많이 찍긴 했지만 여러 가지로 부족한 면이 많았다. 재영이 해산 소감을 밝혔다. 동행한 사람들이 후배들이었지만 공식적인 자리인지라 존대어를 썼다.

"장장 한 달간의 대장정 수고 많았습니다. 잃은 것도 있지만 얻은 것도 많다고 봅니다. 아마도 우리가 젊은 날 우리의 문화재이자 역사인 직지를 탐구하고 여정을 따라간 건 오래도록 기억에 남으리라 봅니다. 다들 애쓰셨고 귀가하셔서 각자 쉬고 며칠 휴가원 내고 보고서 쓴 후 다시 얼굴 봅시다. 며칠 쉬면 여독이 풀리리라 봅니다. 고생하셨습니다."

재영은 특호에게 한마디 하라고 했지만 사양했다. 공항 안내데스크 앞에서 서로의 손등을 얹어 해산퍼레이드를 하려는데 막내 승혜가 살짝 귀여운 제안을 했다.

"선배님들 정말 찐하게 개고생하셨고요. 그동안 프랑스에서 피자만 먹었더니 속이 느글거려요. 아…, 읔…. 아무래도 전 조선여자인가 봐요. 공항에서 김치찌개라도 먹고 가요."

특호와 일행은 공항 근처에 있는 '명가뜰'이란 곳에 가서 한식을 먹고 귀가했다. 이제 재영과 특호는 청주로 내려가 '직지심체요절'의 상권을 마저 취재하기로 했다. 처음 출간 당시, 직지는 상. 하권이 있었지만 뿔랑시에 의해 하권만 프랑스에 가게 되었고 상권은 오리무중이었다. 하권 첫 장도 어느 때부턴가 사라졌다. 그래서 특호는 그 상. 하권의 출처와 직지의 위상을 청주에서 찾고 싶었다. 춘열과 성준이 사진을 고르고 편집할 무렵, 특호와 재영은 출장 신청서를 내고 청주행 고속버스에 몸을 실었다. 하권은 프랑스국립도서관에 있으니 이제 행방이 묘연한 상권을 다시 찾아보고 싶었다. 다행히 청주로 가기 전 편집국장이 직지를 복원하고 명맥을 잇는 활자장 전화번호를 줬다. 천군만마를 얻은 기분이었다. 국장은 의미심장한 표정을 남기며 특호를 다독였다.

"이번에 해외 출장말야. 수고가 참 많았는데…. 음,… 미안하지만 알맹이가 없어. 좀 섹시한 게 있어야 해. 이번에 이 분 만나면서 단서 좀 찾아봐."

"국장님과 잘 아는 사이세요?"

"잘 알진 않아. 국내에서는 어쨌든 이 사람을 능가할 사람이 없으니까."

"제자는 있지 않을까요?"

"음, 내가 알기로는 제자들과 갈등이 있던 것 같아. 강 활자장은 옛날 방식을 그대로 고수해야 한다는 주의고 제자들 중엔 현대식으로 세련된 활자를 만들어야 한다는 세력들이 있나 봐. 잘 모르지만 두개의 파로 나뉜 듯해."

"국장님은 어떻게 보세요? 활자를 만드는 방법에 대해서요."

"난 진보 쪽이라 현대식으로 개량해야 한다는 주의야. 옛것을 고수하는 건 좋은 일이지만 글자가 삐뚤삐뚤하고 인쇄 똥도 묻어 있고 글자 자간도 안 맞고 그러면 읽는 데 불편하니까."

"저는 국장님과 조금 다른 생각입니다."

특호는 자신의 생각이나 신념에 대해서는 누굴 막론하고 굽히지 않았다.

"다른 생각이라면 구체적으로?"

"옛것을 고수하는 사람도 있어야 현대가 더 발전한다고 봐요. 모든 활자장이 현대적으로만 활자를 만든다면 글자체나 폰트가 다 똑같아질 것 아니겠어요. 그러면 정말 재미없는 인쇄물이 되겠지요."

"그래 그 말도 일리 있네. 아무튼 강 활자장 잘 찾아서 인터뷰해봐. 연락처도 어렵게 알아낸 거니까."

"네에, 국장님. 잘 다녀오겠습니다."

미로 속으로

메모지에 적힌 이름은 강명진. 전화번호는 휴대폰 번호가 아닌 일반 유선번호였다. 국장은 특호와 재영의 20년 위 선배였다. 무뚝뚝하고 평소에 말이 없었다. 정치부부터 발을 들여놓았는데 판단력과 추진력이 좋아 고속으로 승진한 케이스였다. 재영인 이번에 확실한 걸 잡아보겠다며 입술을 잘근댔다. 특호와 재영은 국장의 메모지를 받고 들떴다.

여기저기서 파이팅 좀 해줬으면 좋겠건만 편집국은 저마다의 일로 조용했다. 자판 두드리는 소리밖에 들리지 않았다. 예전 같으면 특종이 코앞에 있다면 너도나도 도움을 주고 응원했지만 특종이란 개념이 없어지고 나서는 독려하는 마음이 줄었다. 특종이란 단어보다는 단독이라는 말을 많이 썼다. 인터넷 정보 홍수의 시

대에 살면서 특종이란 개념이 없어진 깃이다. 재영이 커피를 빼 오
며 특호에게 물었다. 예산과 관련된 얘기였다.

"이번 출장 때 돈을 많이 썼다고 총무팀에서 난리야. 제대로 물
어야 면피할 텐데 말이야."

"그러게 프랑스, 독일, 이탈리아까지 다녀왔는데…. 현재 건진
건 교황의 편지뿐이라…. 일단 청주 고인쇄박물관부터 다녀오자."

"그러자. 박물관에서 나머지 자료를 찾아보자고. 일단 활자장
을 만나면 어떤 얘기가 있겠지."

특호와 재영이 만나려는 활자장은 직지를 이해하는 데 도움을
줄 사람이었다. 평생 직지 상·하권의 모양새와 배열을 연구해 직
지 활자본을 재현한 장인이기 때문이다. 특호와 재영은 청주터미
널에 도착하자마자 국장이 준 메모 속 번호로 전화를 걸었다. 어떤
여자가 전화를 받았다.

"여보세요?"

"네~"

"혹시 강명진 장인 계신가요?"

"누구시죠?"

"아, 네에 저는 K 신문사 장특호 기자라고 하는데요. 직지에 대
해서 좀 문의드리고 싶어 연락드렸습니다."

"……."

신분을 밝혔지만 수화기 너머 여자는 답변이 없었다. 특호는 다

시 말을 이었다.

"여보세요? 전화 받고 계신가요?"

상대 여자의 목소리가 다시 들렸다. 목소리는 여린 듯 작았지만 꼿꼿한 힘이 있었다.

"아…. 네에…. 그럼 어디서 뵐까요?"

"저희가 청주 시내를 잘 몰라서요."

"네에. 그러면 제가 약도와 주소를 알려드릴 테니 청주터미널에서 택시 타고 오심 될 것 같아요. 얼마 안 나올 겁니다."

여자의 목소리는 처음 때보다 차분했다.

"네에, 알겠습니다. 그쪽으로 가겠습니다."

특호와 재영은 터미널에서 간단히 음료 한잔을 마신 후 택시를 타고 알려준 주소로 달렸다. 청주는 몇 년 전, 명암동에 있는 '계유명전씨아미타불' 불상 취재 건으로 들렀었다. 통일신라 초기, 연질 납석으로 만든 불상인데 국보 106호를 국보 105호로 적는 바람에 곤욕을 치렀었다. 다 아는 얘기라도 끝까지 정확한 팩트로 두 번 세 번 확인하자는 뼈저린 교훈으로 삼았었다. 이후 특호는 아무리 쉬운 취재라도 진중하게 대했다. 특호는 청주 봉명사거리를 지나면서 불상 얘기를 슬쩍 꺼냈다. 재영은 그때 시절이 기억났던지 택시 안에서 농담을 했다.

"그때 국보를 잘못 표기해서 참…. 서울 국립중앙박물관에 있던 통일신라 범학리 3층 석탑이 무너져 내릴 뻔했지,"

"아, 그때 정말 아찔했다. 박물관장끼지 진화 오고…. 신문은 이미 인쇄돼서 가판대에 나갔고…. 아주 난리가 아니었지."

이런저런 얘기를 하는 사이, 일러준 곳에 도착했다. 운천동이었다. 청주는 천안과 세종시 대전과 인접한 중도로 도시 규모는 크지 않지만, 세계유산으로 등재된 금속활자본 직지와 지난 1999년부터 개최된 청주 공예비엔날레의 호재로 문화도시로 각광 받고 있었다. 특히 율량동 쪽은 청주시청, 청주대, 국립현대미술관 청주관, 옛 연초제조창 등이 군락을 이루고 있고 운천동 일대엔 여러 공방과 흥덕사지, 고인쇄박물관 등이 있어 명실상부한 인쇄 역사의 고장으로 자리 잡았다. 여자가 오라는 곳은 '활자숲'이라는 이름의 인쇄공방이었다. 10월 초순이라 낮에는 햇살이 따사로웠지만, 저녁 6시가 넘어가자 쌀쌀했다. 공방 안으로 들어서자 어린잎으로 차를 만든 세작차 향이 났다. 공방엔 한겨울 고적한 별장처럼 아늑했다.

"먼 곳으로 오시게 해서 죄송해요."

여자는 차를 끓이다 말고 인사를 했다. 공방 벽면엔 활자로 찍은 전통 한지부터 각종 인쇄물, 인쇄판, 해머와 모루, 주조사에 들어가는 모래함, 금속활자들이 군데군데 흩어져 있었다. 여자는 대충 손을 씻은 뒤 명함을 내밀었다. 강민영. 이름 위엔 활자조형연구소 활자장 전수자라고 씌어 있었다.

"아…. 세기에 한두 명 나올까 말까 한다는 장인? 활자장이시군요?"

재영이 민영의 직업군을 높여주자 민영은 부끄러워했다.

"그냥 천직이라 생각하고 일하고 있어요."

"그런데 강명진이란 분과는 어떤 사이신지?"

특호가 의아스럽게 묻자 그녀는 녹차 잔을 들고 창가로 가더니 짧게 말했다.

"제 아버지세요."

그녀는 빙긋이 웃었다.

"네? 아버지요…? 아, 그럼 아버지에게 활자 기술을?"

특호와 재영은 동시에 환호성을 질렀다.

"네에, 어렸을 때부터 아버지에게 활자 인쇄하는 법을 배웠어요. 지금은 그럭저럭하는데 어렸을 때는 참 힘들었어요. 도망가고 싶었고요."

"아…. 그러셨군요."

공방의 창문은 어슴푸레 저녁을 알리고 있었다. 공방이 약간 외진 곳이라 차량도 드문드문 다녔다. 버스터미널에서 캔 음료 한 잔만 마시고 와선지 좀 출출했다. 특호가 배를 문지르며 배고프다는 신호를 재영에게 했다. 재영은 한쪽 눈을 끔뻑였다. 재영이 창가에 서 있는 민영에게 말을 던졌다.

"강 선생님, 저녁도 됐는데 어디 가서 식사라도 하면서 말씀 나누시면 어떨까요?"

재영의 제안을 들은 민영은 작업복을 벗더니 상냥하게 답했다.

"아…. 출출하지요? 제가 눈치가 없어서…. 예전에 아버지가 잘 가시던 식당이 있는데…. 그리로 갈까요?"

"네에, 그러시죠. 직지에 대한 인쇄 얘기인데 장소가 식당이면 어떻겠습니까. 식사하면서 얘기 나누죠."

셋은 공방에서 나와 차를 북문로 쪽으로 몰았다. 북문로 청소년광장 쪽에 있는 족발집이었는데 국밥류도 다양하게 팔고 있었다. 테이블에 앉은 후 순대국밥과 족발 3인분, 소주를 시켰다. 가격대비 음식이 푸짐하게 나왔다. 서울에서도 이 금액으로 이렇게 먹어봤으면 좋겠다는 생각을 했다. 술잔이 세 번 이상 돌아갔다. 소주를 3잔 이상 원샷으로 마셨다는 얘기다. 민영은 재영이 건네는 잔을 사양하지 않고 곧바로 들이켰다. 안주가 없음에도 술이 돌아가자 한 병이 금방 없어졌다. 식당 안은 생각보다 조용했다.

"술 잘하시네요."

특호가 소주 한 병을 더 시키며 말하자 민영은 씩씩한 어투로 답했다.

"모두 아버지께 배웠어요. 안 좋은 것만 배운 듯해요. 성질머리도…. 술을 너무 좋아하셔서 돌아가셨지만…."

"부친이 작고하셨다고요?"

"네에, 간이 좀 많이 안 좋으셨어요."

"아……."

분위기가 좀 가라앉은 것 같아 재영이 직지로 화제를 돌렸다.

"혹시 뺄랑시라고 들어보셨나요?"

재영이 호기심스레 묻자 민영은 지그시 눈을 감았다 뜨며 말했다.

"알다마다요…. 직지의 불꽃이 거기서부터 일었는데…. 제가 왜 모르겠어요."

셋이 모인 자리에서 각각 한 병씩 마시자 취기가 올랐다. 민영은 재미있는 말투로 특호와 재영의 귀를 쫑긋하게 만들었다.

"자, 여러분들 제가 하는 말씀 잘 새겨들으세요. 기사에 쓰는 건 제게 컨폼 맡으시고요. 알겠지요? 한잔 더 주세요."

잔을 비운 민영은 손으로 입을 쓰윽 닦은 뒤 한차례 화장실에 다녀왔다. 자리에 앉은 민영은 휴대폰을 한두 번 확인하고 간단하게 답장을 한 뒤 말을 다시 이었다. 취한 척 한 건지, 정말 취했는지는 모르지만 민영이 들려주는 얘기는 흥미로웠다. 재영은 거의 다섯 잔을 연거푸 마셨는지 앉은 채 졸았다. 특호와 민영은 핑퐁식으로 대화를 주거니 받거니 했다.

"사람들은 저의 아버지가 활자 장인이니 국내 최고의 활자장이니 그렇게 칭송했지만 실제 아버지는 활자부터 시작한 분이 아니셨어요. 한학자셨고 목각을 하셨는데 취미로 판각을 하시다가 목활자에 눈을 뜨신 거죠."

"목각을 하시다가 목활자를 시작하셨네요. 그렇게 전향하기도 힘들었을 텐데 금속활자끼지 영역을 넓히셨잖아요. 다른 이유가 있었나요?"

"아버지에게 금속활자를 가르쳐준 진성갑이란 분이 계신데 어느 날 작업을 하시다가 눈을 심하게 다치셨어요. 쇳물을 붓다가 쇳물이 눈에 그만….'

"아…. 그런 일이 있었군요."

"진 선생님이 일을 접으며 그분의 공방을 저희 아버지가 인수하게 되셨어요. 그 공간이 아까 계셨던 그곳이에요."

"그렇게 된 거였군요. 그런데 항간의 소문엔 강명진 선생님이 주변 활자업계에서 아집이 센 분으로 평가하는 분들이 많던데요?'

"소문이 아니고 맞는 말입니다."

"아집이 세셨다고요?"

"네에, 아집이란 단어는 말하기 좋아하는 사람들이 갖다 붙인 거고 주관이 뚜렷하셨어요."

"좀 자세하게 말씀해 주실 수 있습니까?"

"활자업계엔 옛 전통방식으로 활자를 만드시는 분이 있고 현대적인 감각으로 새롭게 만드는 분이 계셨는데 부친께서는 옛 전통방식을 고수하는 파였습니다."

"예를 든다면요?"

"직지가 그랬어요."

"직지요?"

민영은 시계를 슬쩍 보며 말을 이었다.

"네에. 직지는 하권을 보셔서 알겠지만, 글자나 자간이 매끈하지 않아요. 울퉁불퉁하고 글자 똥도 있고."

특호는 민영의 말 중에서 글자 똥이라는 말이 궁금했다.

"그런데 글자 똥이란 말이⋯. 글자도 똥을 누나요?"

민영은 살짝 웃더니 답을 했다. 웃을 때 살짝 보이는 덧니가 앙증맞았다.

"글자 똥이 뭐냐면 인쇄될 때 점이나 획처럼 글자 주변에 찍히는 것들을 말해요. 현대방식을 고수하는 분들은 있을 수 없는 일이지요. 쉽게 말하면 디지털 USB나 CD로 음악을 듣는 사람이 있으면 LP판으로 듣는 사람들이 있잖아요. 그런 차이라고 보시면 돼요."

민영은 얘기하며 또 시계를 봤다. 특호가 이유를 물었다.

"그런데 지금 바쁘세요? 시계를 계속 보시는 것 같아서⋯."

"제가 선물 드리려고 뭘 좀 챙겼는데 공방에 두고 와서요⋯."

공방이 다소 외진 곳에 있는 데다가 밤이 야심해진 탓도 있었다. 특호는 몇 가지만 더 질문할 테니 간단하게 말하고 시간이 괜찮다면 공방에서 다시 얘기를 나누자고 제안했다. 민영은 좋다고 했다. 특호가 궁금했던 건 부친이 어떻게 해서 직지 하권의 첫 장을 만들게 된 것인가였다.

"결과적으로 직지 하권 재현품은 부친께서 만드셨어요. 제가 알기로는 고인쇄박물관에 전시되어 있는 거로 아는데…. 맞나요?"

"네에, 맞아요. 청주에는 고인쇄박물관과 국립현대인쇄관 두 곳이 있는데 부친의 작품은 고인쇄박물관에 영구 전시됐지요."

"국립현대인쇄관에 전시하고 싶어 하진 않으셨던가요?"

"아마도 부친께서 활자를 옛 전통방식으로 만드셨기에 고인쇄박물관으로 작품이 간 것 같아요."

"그런데 부친께서 옛 전통방식을 고수하신 궁극적인 이유가?"

"옛 조상들의 방식이 맞다고 생각하신 거죠. 직지를 자세히 보면 알겠지만, 글자가 가지런하지 않아요. 큰 글자도 있고 작은 글자도 있고 행간도 넓었다가 좁아졌다가 그래요."

"전통방식으로 하는 게 좋지 않을까요?"

"장단점이 있을 수 있는데 현대활자를 하시는 분들은 부친의 활자 기술은 진부하다, 새로운 각도에서 활자를 접해야 인쇄술도 발달하는 거다, 그렇게 주장한 거죠."

특호는 순간 혼란스러웠다. 옛 전통방식 편을 들었다간 진부해질 것이고 현대적인 활자법을 고수한다면 옛 전통을 무시한다고 여겨질 수 있기 때문이다.

특호는 좀 더 깊이 있게 얘기를 했다. 활자에 대해 알고 있어야 나중에 기사 한 줄이라도 제대로 쓸 수 있지 않을까 판단했다.

"보시기에 부친의 기술력이 낮다고 보시나요?"

민영의 답은 명확했다. 전통이 우선시 돼야 한다는 거였다.

"저는 전통을 고수해야 한다고 생각해요. 그래야 그 토양에서 현대적인 작품이 나올 수 있다고 봅니다."

"그럼 부친은 현대 활자계와 갈등 관계를 어떻게 푸셨나요?"

"부친은 갈등을 회피하지 않으셨어요. 타협도 안 했고요. 조금 전 부친의 직지 재현품이 어떻게 고인쇄박물관에 들어갈 수 있었냐고 물어봤지요?"

"그랬지요."

"전통방식을 고수하면서 그 활자본에 혼을 넣으셨기 때문입니다."

"혼이요?"

"네에, 영혼."

알 듯 모를 듯했다. 그러나 확실한 것은 민영의 부친은 장인이고 옛 전통방식을 고수했고 현대 활자계와 타협하지 않았다는 것. 그것만큼은 머릿속에서 지워지지 않았다. 특호는 한두 가지만 더 얘기하고 일어나자고 말했다. 민영은 더 얘기해도 괜찮다고 했다.

"혹시 부친에게 제자들이 있었나요?"

특호의 질문에 민영은 한동안 말을 안 하다가 겨우 입을 뗐다.

"있었다면 좋았겠지만…. 제자는 없었어요."

특호는 잠시 놀랐다. 고명하고 실력 있는 강 활자장에게 제자가 없었다니 믿어지지 않았다. 더 들어봐야 했다.

"왜 제자가 없었을까요?"

"세사들은 대부분 현대 활자계로 옮겨갔어요. 옛날 활자방식은 투박하고 글자도 예쁘게 안 나와서 수강하는 사람도 거의 없었고요."

"아…. 주로 어떤 방식인데요?"

"주조사라고 모래로 하는 방식인데 글자를 아주 잘 만들어도 표면이 거칠고 울퉁불퉁해요. 주물로 하는 과정에서 그렇게 되는 거죠."

"그렇군요."

"그럼 부친의 인쇄기술은 그냥 대가 끊기는 건가요?"

민영은 소주 한잔을 마시더니 입술을 일자로 했다. 앙다물었다는 표현이 맞았다.

"제자들이 다 떠나갔다면…. 그래도 누군가는 해야 하지 않을까요?"

민영은 말을 하려다가 끝을 흐렸다.

"그래서 제가 하기로 했어요."

"대를 이으시기로?"

"네에. 부친의 일을 제가 잇기로 했어요"

자리에서 슬슬 일어나 겉옷을 입으려는데 졸던 재영이 깨어났다.

"좀 많이 얘기했어? 졸면서 간간이 듣긴 했는데…. 음냐, 난 좀 지루해지는데 어쩌냐."

특호는 재영에게 민영의 공방에 같이 가자고 했지만, 재영은 그냥 숙소로 먼저 가겠다고 했다. 과음한 것 같았다. 그래서 특호는 재영을 숙소로 먼저 보내고 민영과 함께 공방으로 왔다. 처음 왔을 때보다 공방이 아늑했다. 공간이 크지도 작지도 않았다. 여러 가지 이름을 알 수 없는 공구들. 모래 포대. 여기저기 널려 있는 금속활자들이 눈에 띄었다. 인터뷰는 계속 이어졌다. 특호는 벽면에 걸려있는 액자를 보며 민영에게 말을 걸었다. 예사롭지 않은 작품이었다.

"이게 누구 작품인가요?"

민영은 커피를 타다 말고 티스푼으로 작품을 가리켰다.

"아, 저거요? 저 작품, 아버지가 만드신 거예요."

"이게 직지 하권 첫 장 재현품인가요?"

"네에, 하권 첫 장. 정확히 보셨어요."

작품을 자세히 보니 누렇게 바랜 종이가 책처럼 반으로 접혀 있었다. 인쇄된 활자는 삐뚤삐뚤 모난 곳이 많았다. 글자가 크기도 하고 작기도 하고 어떤 글자는 거꾸로 되어 있는 것도 있었다. 접힌 부분을 보니 직지 하, 그리고 한 일 자가 새겨 있었다. 일은 첫 장 1이란 뜻이었다. 보면 볼수록 묘한 끌림과 함께 정감이 갔다. 특호는 재현품이라지만 가격이 알고 싶었다.

"그런데 저 작품값이 얼마인지 아세요?"

"가격요? 아버지께서는 값을 매길 수 없다고 하셨어요."

"그냥 재현품인텐데…. 왜 그렇죠?"

특호는 갸우뚱하며 의심 선 듯 말했다. 민영의 답은 지체 없었다.

"왜냐면 재현품이라 해도 모델로 삼을 진품 직지 하권 첫 장이 국내는 물론 외국에도 없거든요."

"아하…."

더 궁금해졌다. 모델로 삼을 진품이 없는데 강명진 활자장은 어떻게 직지 하권 활자본을 만든 것일까.

"보고 베낄 진품이 없는데 부친께서는 어떻게 만드셨을까요?"

특호의 질문에 민영은 끝내 답하지 않았다. 민영은 일상적인 얘기만 했다.

"저도 그게 참 이상하기도 하고 궁금한데…. 끝내 말씀 안 하시고 돌아가셨어요. 그냥 저 벽에 걸린 작품 잘 보관하라고만 하셨어요."

"지금 제가 보고 있는 이 작품이요?"

"네에, 부친께서 유독 아끼던 작품이지요."

"부친이 유독 아낀다는 건 어떻게 아셨나요?"

특호가 형사처럼 묻자 민영은 작품 쪽으로 다가가더니 손가락으로 작품의 왼쪽 하단을 가리켰다.

"바로 이거예요. 부친의 서명과 낙관."

"서명과 낙관이 왜요?"

민영은 팔짱을 낀 채 책장 쪽으로 걸어갔다. 그리고는 서랍 속에서 부친의 낙관 한 개를 꺼냈다. 옥돌로 만들어진 인장이었다. 그런 후 특호에게 부친의 낙관을 보였다.

"보통 인쇄물엔 활자장이 서명과 낙관을 하지 않아요. 이름을 넣을 수는 있지만, 도장을 찍진 않아요. 극히 이례적이지요."

"그건 왜 그렇지요? 작품이면 낙관을 찍을 수도 있을 텐데."

특호는 궁금했다. 특호가 알기에도 복각한 활자본에 낙관을 찍었다는 말은 들은 적이 없었기 때문이다.

"직지의 경우 백운스님이 만드신 책이라 굳이 아버지께서 낙관을 찍을 이유가 없는 거죠."

"듣고 보니 일리 있는 말씀이네요. 백운스님이 저작자인데 활자장이 자신의 도장을 찍는다는 건 민망한 일이죠."

"잘 지적하셨어요. 직지 말고도 부친께서는 그동안 훈민정음, 용비어천가, 무구정광다라니경, 대동여지도 등 수많은 활자 인쇄본을 재현하셨는데 그 재현품엔 낙관을 찍지 않으셨어요."

"그러고 보니 정말 직지는 예외네요."

"네에."

"그럼 부친께서 직지 하권 재현품을 만드셨는데 몇 장이나 찍으셨나요?"

특호는 낙관까지 찍은 재현품을 몇 장이나 만들었는지 궁금했다.

"활자틀은 고인쇄박물관에 밀봉, 영구 전시되어 있으니까 다시 꺼낼 수는 없고 당시 아버지께서 말씀하시길 손수 찍은 게 10장 미만이라고 하셨어요."

"판본 제작 기간은요?"

"제가 알기로는 짧았던 걸로 알고 있어요."

"그럼 재현품은 누가 더 갖고 있나요?"

"지금 저 벽에 걸린 작품, 제가 한 장 갖고 있고 아주 친한 지인들에게 몇 장 나눠 주셨고요. 고인쇄박물관에 1장 있고요. 그 정도예요. 많이 안 찍으신 거죠."

진검 승부

특호는 벽면에 걸린 직지 하권 첫 장을 자세히 봤다. 민영은 현대기술로 만든 직지를 보라며 노트북을 내가 앉은 쪽으로 디밀었다. 확연히 차이가 났다. 강명진 활자장이 찍은 활자본은 어딘지 모르게 인간적인 느낌이 들었다. 글씨가 따뜻했다. 반면 현대 활자계에서 소개한 활자본을 보니 글자가 매끈했다. 티 하나 없이 너무도 잘 찍혀 있어 흠잡을 곳이 없었다. 두 활자본 모두 훌륭했지만, 특호의 취향은 강명진 활자장의 작품이었다.

"부친의 작품이 더 돋보이는데요."

특호가 칭찬하자 그녀는 어린애처럼 좋아했다.

"정말 그래요? 글자의 느낌이 다르죠? 하늘에 계신 부친께서 기뻐하시겠네요."

민영은 특호에게 그 말을 들은 후 숨죽여 흐느끼기 시작했다. 회한과 서러움이 섞여 있었다. 그녀는 특호 앞에서 민망하도록 울었다. 그 울음은 여러 색깔이었다. 아무도 알아주지 않는 전통방식을 고수하며 해나가야 하는 책임감, 고독, 고통스러움, 현대 활자계를 어떻게 이해하며 옛 방식을 알려가야 하는가 하는 고민이 담겨 있었다.

민영의 상황과는 다르지만, 특호도 비슷한 고민이 있었다. 기초 문법과 작문을 할 줄 몰라 입사 초기에 교열부에 수모당했던 일이 떠올랐다. 어찌보면 공부하지 않은 자신에게 탓을 돌리는 게 맞았다. 특호의 선배인 강성숙은 잘못이 없었다. 그녀의 일은 잘못된 걸 고치는 게 주된 업무였기 때문이다. 이제 특호는 숙소로 돌아가야 했다. 시간도 오래됐고 민영을 달랜 뒤 귀가해야 했다.

"자아~ 민영 씨. 그만 눈물 닦고요. 직지에 대한 에피소드 잘 들었습니다. 나중에 기사를 쓰게 되면 전화 드리겠습니다."

특호가 공방에서 일어서려 하자 민영은 벽에 걸린 재현품을 조심스럽게 포장했다. 민영은 밋밋하게 쳐다보는 특호에게 재현품을 디밀었다.

"저어…, 이거…."

민영이 아까 족발집에서 한 말은 빈말이 아니었다. 특호에게 직지 하권 재현품을 선물한 것이다.

"정말 귀한 거예요. 직지에 대해 알고 싶다 하시니 제가 선물로 드릴게요."

"정말 주시는 겁니까? 이거 그냥 받아도 될지…?"

"대신, 직지의 우수성을 많은 독자들에게 알려주세요. 가능하시면 저희 부친 얘기도 잘 써주시고요."

"그야 당연하지요. 활자로 직지를 이어가는 주인공인데…."

특호는 민영에게 앞으로의 계획이나 소원이 뭐냐고 물었다. 그녀는 옛 방식의 기술을 가르치는 학교를 만드는 게 꿈이라고 했다. 배우려는 사람은 거의 없겠지만 특호는 그녀의 꿈이 이루어지기를 기도했다. 특호는 재영과 청주에 다녀온 후 회사에 출장보고서를 제출했다. 보고서엔 민영이 선물한 직지 하권 재현품에 대해선 기재하지 않았다. 재영에게도 말하지 않았다. 흡사 직지를 목록에서 뺐던 뻘랑시와 같은 마음이었다. 개인적으로 받은 거라 굳이 회사에 알리고 싶지 않았다. 나중에 이 사실을 알게된 재영은 특호를 부러워했다. 시샘하는 눈치였다. 회사에서는 특호에게 직지에 대한 내용을 10회에 걸쳐 신문에 연재할 예정이니까 기사를 준비하라고 했다. 10회는 내용이 너무 방대해서 5회까지는 특호가 하고 나머지 부분은 재영이 맡기로 했다. 이제 기사를 마무리할 때가 왔다. 특호는 강화 덕교천 근처에서 포교활동을 하는 문봉스님을 찾아 인사를 드린 후 모든 일정을 마치기로 했다.

문봉스님은 지난 20년간 백당사, 대원사를 오가며 중광스님의 선을 설파한 분으로 사진에도 일가견이 있는 승려였다. 특히 문봉스님은 속세에 있을 때 대학 시절, 사진을 전공한 넉분에 아트 프린트물, 판화, 복각, 실크 인쇄 등 인쇄 관련 전문가였다. 주말이 되어 문봉스님께 전화를 하니 언제라도 좋으니 연락하고 오라고 했다. 특호는 혹시 몰라 민영이 선물한 직지 하권 재현품을 갖고 가기로 했다.

길을 가리키다

문봉스님의 포교원은 생각보다 멀었다. 운전을 잘 하지 않은 탓
도 있었다. 포교원 입구에 들어서자 누군가 그려놓은 벽화가 한눈
에 들어왔다. 길에 오가는 주민들의 얘기를 들어보니 강화 쪽도 문
화의 거리를 만든다고 해서 미술대학 학생들이 와서 벽화를 그리
고 간 것 같다고 했다. 문화 취약지구나 외진 곳에 벽화가 그려진
다는 건 고무적인 일이었다. 동네가 삭막하지 않고 친근한 느낌이
들어서 좋았다. 포교원 내부는 정갈하고 단정했다. 문을 열고 들
어서자 문봉스님이 젊었을 때 필봉을 휘둘러 썼다는 반야심경이
긴 폭으로 걸려 있었다. 농묵이 아닌 담묵으로 쓴 걸로 봐서 먹을
제대로 아는 것 같았다. 노크를 몇 번 해도 인기척이 없었다. 아마
도 텃밭에 나가신 듯했다. 포교원을 한 번 더 둘러보았다. 문봉스

님이 한참 중광을 모실 때 인화했던 사진, 수묵화, 서예 작품들이 서고 2층에 전시되어 있었다.

그가 문봉스님을 알게 된 건 중광스님 취재 때문이었다. 당시 특호는 프리랜서였다. 프리랜서는 직함도 없고 신문사에 소속되어 있지 않기에 취재원들이 인터뷰에 잘 응하지 않았다. 그런 프리랜서가 불교계 큰스님 격인 중광을 인터뷰하려 했으니 얼마나 무모했던가. 그때 특호에게 중광을 다이렉트로 연결해 준 사람이 문봉이었다. 특호는 당시 문봉스님에게 왜 이름 없고 빽 없고 힘없는 일개 프리랜서에게 중광을 소개했냐고 물어본 적 있다. 그때마다 그는 특호란 사람이 인복이 있었을 뿐이다라고 둘러대었다. 특호는 오늘 문봉을 만나 왜 이름 없는 프리랜서에게 큰스님 중광을 소개했냐고 정식으로 물어보고 싶었다. 특호가 스님에게 전화를 하려는 순간 멀리 텃밭 쪽에서 손 흔드는 사람이 있었다. 문봉이었다.

"어이~ 장 선생~!"

문봉스님은 나이가 한창 어린 특호에게 선생이란 호칭을 썼다. 비음 섞인 목소리는 여전했다. 스님 입장에서는 한 인격체로 인정한다는 의미였다. 특호도 문봉스님을 오랜만에 찾았다. 먹고살다 보니라는 말도 일리 있는 말이지만 기자란 모름지기 한 취재원의 인터뷰가 끝나면 다른 취재원을 찾고 수소문하지 않는가. 기자에게 인연이란 잠시 만났다가 끊어졌다가 다시 만나게 되고 그러는 것이었다. 만남과 헤어짐을 아주 자연스럽게 받아들이는 직업. 그게 바로 기자였다. 특호는 기독교인이었지만 문봉스님께는 합장하며 인사했다. 그것 역시 스님에 대한 예의였다.

"문봉스님, 잘 계셨습니까?"

문봉스님은 수건으로 옷섶을 털며 특호를 맞았다. 안 본 사이 스님의 머릿결이 많이 자라 있었다. 워낙 파격적인 성격이라 이해 못 할 건 없지만 머리칼을 기른 게 의아했다.

"스님 머릿결이 많이 자라셨습니다. 야한 생각 너무 많이 하신 것 아닙니까?"

특호가 농담 반 진담 반으로 말하자 스님은 그제서야 연장통에 호미를 담으며 너털웃음을 지었다.

"에고, 내가 장 선생에게 못볼 꼴을 보였구만. 스님이 정진은 안 하고 멋만 부리고 앉았으니…. 쯧."

"그렇게 생각지는 마시고요. 편한 복장까진 이해가 가는데 긴 머리를 하고 계셔서 깜짝 놀랐습니다."

"맞아, 보이는 것도 중요하지. 자, 안으로 들어감세. 우리집에 맛있는 차하고 고구마가 있는데 좀 내옴세."

머릿결을 기른 이유가 있다는 듯 말을 해서 특호는 그 이유를 꼭 알고 싶었다. 허투루 얘기하면 쐐기도 한번 박기로 했다. 이럴 때 스님께 큰소리치며 스트레스를 날려볼 요량이었다. 이런 생각을 하는 게 시건방질 수 있겠지만 실제 특호와 문봉스님은 막역한 사이였다. 특호가 불량 주식에 투자했다가 휴짓소삭이 된 뒤 자살을 생각할 때 마음을 고쳐먹게 해준 이가 문봉이었다. 그는 물냉면을 무척 좋아했는데, 전주 대원사에서 불공을 마치고 마실로 내려올 때마다 문봉의 용돈과 냉면값을 댄 게 특호였다. 특호가 문단에 족보 없이 다니고 있을 때 올곧게 시를 쓰는 문단의 거목 박인홍을 소개한 이가 문봉이었다.

문봉은 특호에게 매실차와 찐 고구마를 내왔다. 모두 그가 직접 가꾸고 수확한 것이었다.

"그래, 모두 두루 안녕하시고?"

스님은 특호가 2년 전 이혼하고 혼자된 걸 모르는 것 같았다.

"실은 스님…."

"응, 그래 제수씨는 잘 계시는가?"

"저어…. 실은 저 2년 전에 이혼했습니다."

"이혼? 왜? 제수씨 살갑고 이뻤었는데?"

"네에, 스님 그렇게 됐습니다."

"무슨 일이 있었는가?"

"제가 몇 년 전에 테크노피아라는 IT 기업 주식을 몽땅 산 일이 있었는데…. 그게 그만 휴짓조각이 되고 말았어요."

"저런… 몹쓸 일이 있었구면."

"은행 대출받고, 있는 돈 없는 돈 다 끌어서 투자했지요. 그런데 투자한 돈이 전부 휴짓조각이 돼버리니까 채권추심 들어오고 급

기야 와이프 통장까지 압류하겠다는 거예요. 그래서 이혼하고 별 거를 했는데⋯. 원위치가 안 되더라고요. 서울에 있는 아파트 반 떼어주고 합의이혼 했습니다."

"아이고 어쩌면 좋아, 그런 일이 있었구만⋯. 돈 문제로 정략이 혼한다는 말은 들어 봤네만 괜한 걸 물었네 그려."

"아니에요, 스님. 언젠가 말씀드리려고 했습니다."

"그래, 어쨌든 그건 그거고. 오늘은 무슨 일로 달려오셨는가?"

문봉은 매실차를 내 쪽으로 들이밀며 찐 고구마 한 개를 집어 특호에게 건넸다.

황금색 가득한 호박고구마였다. 특호는 한입 베어 물고 매실차를 한잔 마신 뒤 문봉에게 직지 활자본 하권 재현품을 내놨다. 액자를 갖고 움직이기는 다소 무거워 틀을 빼고 종이만 가져왔다. 문봉은 직지심체요절 하권 첫 장을 유심히 살펴보았다. 문봉은 서랍에서 돋보기를 꺼냈다. 문봉은 활자본을 유심히 보더니 말문을 천천히 열었다.

"이게 재현품인가?"

"네에, 스님 활자 장인의 딸에게 선물 받았어요. 재현품이라고 들었습니다."

"그래?"

문봉은 특유의 입술을 삐죽이며 고개를 저었다. 미간이 일그러졌다. 뭔가 좀 이상하다는 눈치였다. 그의 질문이 이어졌다.

"그런데 활자 인쇄를 할 때 말야. 이렇게 종이를 접어서 찍나?"

"저도 그게 좀 궁금했어요. 접힌 건 예전부터 알았는데 낮에 보니 더 선명하네요."

한참 스님과 얘기를 나누는데 특호의 휴대폰 벨이 울렸다. 직지를 취재하며 프랑스에서 잠시 인사를 나누던 남 교수였다. 남 교수는 안부차 전화를 걸었다며 다음 주에 한국에 나가는데 시간 나면 보자고 했다. 특호는 전화를 끊으려다 궁금한 점 한가지를 물었다.

"교수님, 잠시 여쭤볼 게 있는데 괜찮으세요?"

남 교수는 국제통화료 톡톡히 받아야 겠다며 농담 섞어 말했다. 남 교수는 편하게 물어보라고 했다.

"교수님 직지 말입니다."

"응, 얘기하게."

남 교수는 그에게 반말을 했다. 프랑스에서 한국으로 오기 전, 통성명을 다시 하며 특호가 남 교수에게 말을 놓으라 했기 때문이다. 특호는 단도직입적으로 물었다.

"활자 인쇄를 할 때 종이를 접어서 하는 경우가 있나요?"

남 교수에게 이런 질문을 던진 건 남 교수도 인쇄 쪽에 해박한 지식을 갖고 있었기 때문이다. 전화기에서 들려오는 남 교수는 별일 아닌 것처럼 가볍게 응수했다.

"아니 활자를 찍을 때 무슨 종이를 접어서 인쇄를 해. 그냥 통째로 인쇄하지."

"그렇죠? 그럼 종이가 반으로 접혀 있다는 건 뭘 의미하나요?"

남 교수의 목소리가 10여 초 끊겼다가 다시 들렸다. 잠시 생각한 것 같았다.

"음…. 개인 생각이지만 이미 인쇄되었던 책을 뜯거나 분철했을 확률이 높아."

"그니까 책을 분철한 후 그걸 액자에 넣었을 때 화면에 줄이 생기는 거군요?"

"그렇지. 아주 쉽게 설명하면 책을 뜯어서 인쇄본을 액자에 넣었다고 보면 돼."

"왜 그렇게 했을까요?"

"그거야 나도 모르지. 왜 책을 뜯어 액자에 넣었는지…."

"재현품에 서명하고 낙관을 찍은 건요?"

"그건 더 모르겠네. 내 전문이 아니라서…."

"아, 네에~ 잘 알겠습니다. 교수님 서울 오시면 연락 주세요."

"알았네, 잘 지내시게."

전화를 끊은 특호는 스님과 눈이 마주쳤다. 인쇄물에 대해 나누던 얘기를 더 해야했다. 특호는 호기심 섞인 말투로 문봉에게 다시 물었다.

"스님 그렇다면 이 인쇄물이 책일 수도 있다는 건가요?"

"나야 잘 모르지. 장 선생이 선물 받았다니까…. 그런데 보통 인쇄를 할 때는 빳빳한 종이에다 활자를 찍는 게 일반적인 것 아닌가. 왜 굳이 종이를 접겠나."

"그렇지요. 정말 아이러니한 일이네요."

"활자본 인쇄를 할 때 이렇게 종이를 접을 이유가 없다는 거지. 책을 만드는 것도 아니고."

민영이 준 인쇄본을 자세히 보니 책에서 분철(떼어낸 것)한 느낌이 들었다. 특호는 잠깐 화장실에 다녀온다고 한 뒤 민영에게 전화를 했다. 액자를 하기 전의 직지의 상태를 묻고 싶었다. 마침 전화를 받았다.

"민영 씨, 혹시 부친께서 직지 재현품 만드실 때 인쇄 종이를 반으로 접은 일 있나요?"

직지를 활자로 인쇄할 당시 한지의 상태를 묻고 싶었다. 민영은 잠시 골똘하게 생각하더니 천천히 답했다.

"부친께서는 활자본을 액자로 만들 때 종이를 접지 않으신 걸로 알아요. 그런데 그게 왜 중요하죠?"

"그럼 민영 씨 내게 준 직지 액자 말입니다. 혹시 액자 틀에서 종이만 빼서 본 일은 없습니까?"

"그런 적 없어요. 부친이 직접 주신 거라 굳이 액자를 분리해서 종이를 살펴볼 이유가 없었어요."

"그래요? 알았어요. 지금 제가 스님 만나고 있으니 조금 있다가 전화할게요."

전화를 끊은 특호는 다시 문봉이 있는 방으로 갔다. 문봉은 계속해서 종이를 이리저리 살펴보고 있었다. 특호가 자리에 와 앉자 그는 뜬금없이 지질 탄소특정연대연구소 얘기를 꺼냈다.

"장 선생, 혹시 말야…."

문봉은 뜸을 들이다가 말했다.

"내가 볼 땐 이거…. 지질 탄소측정연대 한번 받아 봤으면 좋겠어. 내가 알고 지내는 김인철 교수라고 이쪽 방면에 아주 해박한 분이 계시는데…. 장 선생 한번 만나볼 텐가?"

농으로 하는 말인지, 진담인지 헷갈렸다. 특호 역시 종이를 만져보며 말했다

"스님 실은 저도 좀 이해가 안 가는 게 있는데요. 보통 활자본에 이렇게 서명하고 낙관을 안 찍잖아요. 그런데 이 활자본엔 서명과 낙관이 찍혀 있어요. 이건 뭘 뜻하는 걸까요. 그분 성격에 아무렇게나 도장을 찍을 사람도 아니고요. 아주 깐깐한 분이시거든요."

특호의 말에 문봉도 맞장구를 쳤다.

"나도 방금 그런 생각을 했어. 활자본에 활자장 본인이 서명하고 낙관을 찍는 경우는 거의 없거든. 활자장은 그냥 활자로 평가받는 것이지. 무슨 서화가도 아니고. 그리고 종이 말일세…."

"네에, 종이가 좀 다른가요?"

"응. 요즘 종이가 아니야."

"그걸 어떻게 아세요?"

"난 사진 프린트만 30년 넘게 한 사람이야. 그리고 서예와 그림을 하기 때문에 한지도 많이 쓰고…."

"어떤 면에서 오래됐다고 생각하시지요?"

"보통 한지는 새하얀 색인데 이 종이를 보면 거의 고동색에 가깝거든. 그리고 자세히 보니까 한지 속에 아주 미세한 실들이 섞여 있어. 옛 전통방식으로 만들어졌다는 증거지."

"그렇다면 스님…. 이 종이가…?"

"단정 지을 수는 없지만 현대에 만들어진 종이는 아니라는 거야. 내가 탄소측정연대 전문가인 김인철 교수 전화번호를 줄 테니까 한번 연락해봐."

문봉스님은 안채로 들어가 수첩을 뒤져 메모지에 전화번호를 적었다.

탄소의 이름으로

특호는 강화에 다녀온 후 회사에 6일간 연차휴가를 냈다. 좀 쉬면서 느긋하게 취재하고 싶었다. 회사로부터 휴가가 결정 났다. 대부분 연차휴가는 3일 정도를 쓰는 게 관례였지만 회사에서는 직지 취재하는 걸 알고 배려를 했다. 다른 동료들도 이해했다. 해야할 일을 일단 두 가지로 압축했다. 첫째로 강명진 활자장의 동선을 더 캐보고 둘째로 탄소측정연대 전문가인 김인철 교수를 만나기로 했다.

그는 일단 강명진 활자장에 대한 신문기사와 방송기사를 모두 찾았다. 3일간 꼬박 밤샘작업을 하며 신문기사를 모두 검색했다. 그런데 강명진 활자장에 대한 특별한 신문기사가 한가지 있었다. 중앙청사에서 전국 활자장을 만찬에 초대했다는 기사가 있었다.

더 찾아보았더니 만찬장 구석에 앉아 있는 강명진 활자장을 볼 수 있었다. 대략 10여 명 정도 되었는데 프로필을 보니 현대식 활자장들이 대부분이었고 강명진 활자장만 전통활자장이었다.

이후엔 미테란 대통령이 조선의궤를 한국에 영구 임대했다는 기사가 많았다. 영구 임대란 기증과도 같은 형식이었다. 그런데 눈에 띄는 사진 한 장이 혁신일보 1면에 소개되어 있었다. 미테란 대통령이 대통령 전용비행기에서 내리는데 그의 손에 종이봉투 한 장이 들려 있었다. 당시 취재기자들은 이 종이봉투에 대해 그 누구도 방송하거나 취재한 적이 없었다. 비행기 안에서 적은 메모지 정도로 봤다.

미테란 대통령의 손에 쥐어져 있던 건 뭐였을까. 다른 신문을 보니 그가 프랑스국립도서관장과 심하게 다퉜다는 기사가 있었다. 본문 내용은 이랬다. 프랑스 미테란 대통령이 당시 한국정부에 떼제베 고속철 수입을 요구했는데 그 요구 조건으로 한국에 돌려주겠다고 했던 것이 조선의궤와 직지심체요절이었다. 정상 간의 물릴 수 없는 약속이었다. 작은 약속이라도 지켜야 다음 프로젝트에 서명하는 것이었다.

결국 떼제베(TGV) 고속철은 일부 수입되었고 고속철 관련 정보도 프랑스 측에서 넘긴 것으로 보도되었다. 이후 미테란 대통령이 약속한 조선의궤가 한국으로 돌아왔다. 그런데 직지만 빠져 있었던 것이다. 여기서 눈여겨볼 게 있었다. 프랑스국립도서관이 미테란 대통령과 한국의 문화재를 돌려주는 일로 심각하게 싸웠고 이후 도서관 측과 미테란 대통령과 모종의 협의가 있었다는 것이다. 협의란 도서관도 만족하고 미테란 대통령도 만족했다는 뜻이었다.

프랑스국립도서관이 전 세계에서 노획한 문화재를 반환하지 않는 이유는 이거였다. 그동안 프랑스는 약소국가를 정복하면서 각종 보물과 문화재를 약탈했는데 한국에 문화재를 돌려주면 전 세계 약소국가들이 자국의 약탈 당한 문화재를 돌려달라는 소송이 뒤따른다는 것. 그래서 이번 미테란의 행동에 크게 성토했다는 것이다. 그렇다면 미테란 대통령이 한국에 입국할 당시 손에 들렸던 종이는 무엇이었을까? 혹시 미테란 대통령의 손에 쥐어져 있던 종이는 영원히 잃어버린 직지심체요절 하권의 첫 장은 아니었을까?. 삘랑시가 아르망에게 직지 하권 첫 장을 선물했고 아르망이 퇴임하면서 프랑스국립도서관에 비밀리 건넸다면…. 퍼즐이 대략 맞춰졌다. 특호는 신문에 난 내용들을 스크랩한 뒤 문봉스님이 소개한 김인철 교수를 찾았다. 김 교수는 문봉스님과의 인연을 말하면서 지질 테스트용 시약도 구해놓을 테니 가능한 한 빨리 오라고 했다. 특호는 민영이 준 직지 활자본을 들고 길을 나섰다.

김인철 교수의 연구실은 태릉선수촌 뒤편에 자리한 호젓한 고급빌라였다. 김 교수는 특호를 아주 반갑게 맞이했다. 김 교수는 특호를 응접실에서 잠시만 기다리라고 했는데 알고 보니 시약을 준비히고 있었다. 집 안을 둘러보니 문봉스님의 작품이 거실 벽에 걸려 있었다. 친분이 각별하구나 생각했다. 교수 집이라 책이 많을 줄 알았는데 책은 별로 없고 골동품, 도자기, 오래된 호신불 등이 진열되어 있었다. 순간 갖고 싶은 충동이 들었으나 꾹 참았다. 아무리 갖고 싶어도 남의 집 물건이니 눈독조차 들이면 안 되었다. 일제도 처음엔 동방의 나라 조선을 흠모하고 지켜만 봤을 것이다. 그렇지만 국운이 기울고 매국노가 생기면서 점차 욕심이 생겼을 것이다. 그런 생각이 불현듯 들었다. 특호의 이런 생각을 아는지 모르는지 김 교수는 바빴다. 인철은 곧바로 특호가 가져온 한지 귀퉁이에 약품을 바르기 시작했다. 지질 탄소측정을 하기에 앞서 간단하게 하는 시약검사라고 했다.

김 교수는 습관적으로 문봉스님의 안부를 재차 되묻곤 했는데 아마도 어색한 분위기를 떨치려는 말투 같았다. 시약검사하는 일에 몰두해서인지 특호에게 던진 질문을 이후 기억 못 할 수도 있었다. 인철의 목소리는 사뭇 떨렸다.

"자아~ 너무 불편하게 여기지 말고 편하게 생각하자고~"

특호에게 편하게 생각하라 했지만 정작 마음이 급하고 떨리는 건 인철이었다. 인철은 특호가 한참 나이가 어리다고 판단했던지 존댓말보다 반말을 섞어 얘기했다. 김 교수 나이가 지긋했으므로 특호는 개의치 않았다. 한국엔 어쨌든 장유유서, 사회가 인정하는 연공서열이란 게 있지 않은가. 김 교수의 아내 정숙이 따뜻한 녹차를 내왔다. 정숙은 녹차만 내놓고 별 얘기 없이 안방으로 들어갔다. 특호가 같이 차 한잔하셔도 좋다 했지만 김 교수는 신경 쓰지 말라고 했다.

"내 안사람이 말이 별로 없지? 너무 신경 쓰지 말게. 내 연구실에 워낙 많은 사람들이 방문해서 안사람이 좀 시큰둥하게 대하는 것뿐일세."

김인철 교수는 어떤 말을 한 뒤엔 꼭 사실상 미안허이~ 사실상 미안허이라는 말을 붙였다. 무엇이 사실상이라는 건지…. 입에 배어버린 습관적인 배려 같았다. 김 교수가 시약검사 시간이 다 끝났다며 약품을 묻힌 한지를 보러 서재로 들어갔다. 얼마 뒤 김 교수는 다소 흥분된 목소리로 특호를 불렀다.

"어이 장 기자!~~ 장 기자!~~"

특호는 나이 지긋한 교수가 호들갑을 떠는 장면은 처음 보았다. 김 교수는 몹시 경악스러워했다.

"네에, 교수님. 뭐라도 발견하셨습니까?"

특호는 서재로 급히 들어갔다. 김 교수는 시약에 묻은 활자본 종이를 하늘에 높이 쳐들고 있었다. 김 교수는 여전히 반말을 섞으며 말했다. 그렇다고 악의가 있는 말투는 아니었다.

"이보게 장 기자. 시약 색깔이 노란색으로 변한 거 보이나?"

"네에, 아까는 색깔이 하얀색이었는데 지금은 노란색이네요."

"하얀 시약이 노란색으로 변했다는 건 말일세…."

"연대가 좀 나온디는 말씀인가요?"

"음…. 최소 500년 이상 된 종이라는 얘길세."

500년 이상 됐다는 인철의 말에 특호는 뒤로 자빠질 뻔했다.

"아…, 그래요? 500년 이상이라면…엄청난 세월을 보낸거네요."

직지는 1377년에 만들어진 책. 연대가 다소 차이 있지만 오래된 종이라는 건 확실했다. 불가능한 추론도 아니었다. 충분히 합리적으로 유추해볼 수 있었다. 인철은 흥분을 감추지 못했다.

"근데 자네 이 활자본은 어디서 났나?"

그러나 특호는 처음 만난 교수에게 종이의 출처를 말할 수 없었다. 민영도 연결되어 있었고 일을 크게 만들고 싶지 않았다.

"네에, 어쩌다 제 손에 들어온 건데 이렇게 연대가 나올 줄 꿈에도 몰랐어요."

"아! 이건 대략적인 연대만 나오게 한 거고 정교하게 연대를 알려면 탄소측정을 해야 해. 혹시 자네 측정할 돈은 있나?"

김 교수는 은근히 측정을 권유하고 있었다. 정확히 말하면 인철은 이렇게 탄소측정을 하게 되면 이 건도 측정하는 한편 자신이 갖고 있는 골동품도 측정할 요량이었다. 그러면 특호의 돈으로 자신의 골동품도 공짜로 측정하게 되는 것이었다. 한마디로 어부지리였다. 인철은 탄소로 측정하게 되면 대략 1200만 원 정도 든다고 했다. 어느 정도 지질 연대를 알았으니 이제 다시 청주에 사는 민영을 만나야겠다고 생각했다. 직지가 가짜든, 진짜든 진실을 알고 싶었다. 김인철 교수에겐 돈을 마련해 올 테니 기다려 달라고 한 뒤 그곳을 빠져나왔다. 김 교수에겐 학회나 학계엔 당분간 비밀로 해 달라고 당부했다. 다행히 김 교수는 화를 내거나 재촉하지 않고 알 았다고 했다.

새싹을 이기는
노목은 없다

민영을 다시 만난 건 휴가가 끝나기 이틀 전이었다. 신문사가 최근 노조 파업을 종료한 때라 할 일이 쌓여 있었다. 노조파업을 한 건 급여 인상 문제도 있었지만, 그동안 사장단에서 대기업으로 부터 암암리에 후원금을 받은 게 탄로났다. 노조는 이를 묵인하지 않았다. 노조는 사장단에서 골프 접대를 받고 광고비 조로 5억 이상 받은 것도 알아냈다. 노조가 가만있을 리 만무했다. 다행히 노조는 사장단으로부터 다시는 검은돈을 받지 않겠다는 확약서도 받아냈다. 그런데 노조보다 더 강성인 부류는 젊은 신입기자들이었다. 신입기자들은 혈기도 왕성하지만, 의협심도 강해서 그간 부당하게 받은 광고비와 골프 접대비 내역을 밝히고 기업에게 돌려주라고 했다.

결국, 사장단은 내역을 밝히고 사장이 사퇴하는 걸로 마무리 지었다. 1900년대 천주교 재단 때부터 이어온 올곧고 강경한 노선이 발현되는 순간이었다. 특호는 신입기자단의 결단을 응원했다. 어차피 특호는 아웃사이더였기 때문에 사장단에 비위를 맞추거나 아부를 떨 이유가 없었다. 휴가를 끝내고 빨리 편집국에 투입되어야 했다. 춘열과 성준은 사진과 영상을 다 선택해서 준비했으므로 기사만 빨리 써주십사 문자가 날아왔다. 마음이 조금 다급해졌다. 특호가 확인하고 싶은 건 부친인 강명진 활자장이 미테란 대통령을 만났는가 안 만났는가였다. 그게 제일 중요했다. 연결고리가 있었다면 돈이 얼마가 들더라도 지질 탄소연대를 측정해야 한다고 생각했다.

특호는 다시 휴가계를 내고 청주로 내려갔다. 민영은 특호의 방문에 그다지 놀라지 않았다. 올 게 왔구나 하는 그런 느낌이었다. 민영이 찻물을 올렸다. 저 손으로 차가운 활자를 만지고 두드리고 쇳물을 붓고 했을 생각을 하니 마음이 아렸다. 그런데 희한하게도 민영은 가족 얘기를 하지 않았다. 부모 얘기를 간헐적으로 했을 뿐 사생활에 대한 얘기를 일절 하지 않았다. 특호는 늘 궁금했다. 특호는 2년 전, 이혼을 한 상태라 언제 술자리가 있을 때 결혼 여부를 물어보려 한 걸 까맣게 잊고 있었던 것이다. 민영이 차를 내오자 특호는 우선 부친이 청와대 만찬장에 간 얘기부터 물어보고 싶었다. 그게 사실이라면 미테란 대통령과의 면담도 가능했을 것이라는 생각이 들었다.

특호는 민영이 내온 차가 뜨거웠던지 인상 쓰듯 마시며 말을 던졌다.

"민영 씨, 혹시…. 부친 말입니다."

"네에, 편하게 말씀하세요."

민영은 특호의 질문에 거리낄 게 없다는 표정이었다.

"말을 빙빙 돌리지 않고 바로 말씀드릴게요. 혹시 부친께서 청와대 만찬장에 가신 일이 있었나요? 가신 게 맞죠?"

특호는 단정 짓듯 단호하게 말했다. 민영의 눈매가 사선으로 떨어졌다. 특호의 눈을 바라보지 않고 말했다.

"음…. 만찬장에…. 네에, 가신 걸로 기억해요."

"직지 관련, 신문기사를 뒤져 보니까 발견한 사진 속에 부친이 앉아 계시더라고요."

"네에, 저도 본 것 같아요. 그런데 사진이 왜요?"

특호는 민영이 사진의 출처를 알면서 잠시 속인다는 느낌을 받았다.

"제 생각엔 부친께서 청와대까지 가셨다면…. 혹시 미테란 대통령도 만나지 않았을까 싶어서요."

"미테란 대통령요?"

"네에, 프랑스의 대통령 미테란."

"잠시만요."

민영은 공방 별채에 있는 낡은 서랍을 뒤지더니 뭔가를 한 장 꺼내왔다. 사진이었다.

그리고는 민영은 특호에게 무심하게 보여줬다. 미테란 대통령, 김영산 대통령, 오달진 민정수석, 행사사무관, 그리고 강명진 활자장이 어떤 서류봉투를 든 채 옆에 서 있었다. 특호는 사진을 뚫어 져라 바라보다가 민영에게 물었다.

"민영 씨의 아버지네요?"

"네에, 맞아요. 저의 아버지세요."

"근데 이 얘기를 왜 지금 하셨는지…."

"장 기자님이 미테란 대통령이 들고 있던 종이봉투에 대해 취재를 안 할 줄 알았어요."

"그럼 혹시 부친께서 들고 있는 저 서류봉투에 대해 아는 게 있나요?"

"……. 조금 혼란스럽네요. 말씀드리기가…."

"제가 모르는 부분이 있습니까?"

"……. 특호 씨가 언론사 기자라 솔직히 조심스러운 건 있어요…."

"발설하거나 기사에 내보낼 것 같아서요?"

"네에…. 이건 저도 추측하는 거라…."

"알겠어요. 제가 허락 없이 기사를 쓰거나 무작정 발설하거나 그러지 않을 테니 부친과 직지에 대한 얘기를 좀 더 해주세요."

"… 그럼 기사하하지 않겠다고 약속하세요."

난감했다. 이제 마무리만 하면 되는 기사인데 그녀가 제동을 걸고 있는 것이다. 특호는 그래도 얘기는 들어야 했다. 특호는 공방에 있던 작은 칼로 손바닥을 살짝 그었다. 피가 났다.

"어맛! 장 기자님!"

"이래도 못 믿으시겠어요? 기사 안 쓸 테니 알려주세용."

특호는 흐르는 선혈을 보이며 민영의 눈을 뚫어지게 쳐다봤다.

"알았어요, 알았다고요~ 잠시만 기다리세요. 지혈부터 해야 하니까…."

민영은 재빠른 손놀림으로 휴지를 풀어 특호의 손을 감쌌다. 휴지로는 안 되겠다고 생각했던지 민영은 자신이 두른 두건을 풀어 지혈했다. 급히 지혈을 하는 도중 민영과 특호는 의자에 걸려 넘어졌다. 순간 민영의 속 팬티가 적나라하게 보였다. 특호가 못 볼 걸 본 것이다. 물방울이 그려진 검정 팬티였다. 설상가상으로 특호가 일어나려다 그만 발을 헛디뎌 민영의 유방을 만지고 말았다. 손의 촉감이 뭉클했다. 일부러 만지려 한 건 아니지만 결과적으로 난감한 상황이 돼버렸다. 두 사람 모두 창피스러웠다.

"무슨 짓이에욧! 어딜 만져요!"

앙칼진 민영의 목소리가 날카롭게 들렸다. 특호가 멋쩍어하며 받아쳤다.

"만진 거 미안해요. 일부러 만진 건 아니니까. 그리고 칼로 손바닥을 그은 건 이렇게라도 해야 민영 씨가 믿을 것 같아서….”

민영은 어느 정도 지혈이 되자 천 조각을 야무지게 묶은 뒤 특호의 눈을 지그시 바라봤다.

“이그, 진짜…. 알겠어요. 단단히 묶었으니 피가 덜 나올 거예요. 지금 바로 병원에 갈까요?”

“아니에요, 괜찮아요. 동맥을 그은 것도 아니고 손바닥에 할퀸 정도니까.”

“정말 괜찮겠어요?”

“네에, 괜찮아요.”

특호는 두건 천을 풀어 손바닥을 보였다. 많이 다치진 않았다.

“다행히 상처가 경미하네요. 제가 얼마나 놀랐는지 아세요?”

“미안해요. 제가 좀 다혈질이다 보니….”

민영은 특호의 돌발행동에 놀랐으나 마음을 가라앉히며 말했다.

“알겠어요. 마음 놓으라는 의미로 그런 행동을 하신 거니까 이해할게요. 그리고 제가 알고 있는 내용은 가능한 한 솔직하게 말씀드릴게요. 허심탄회하게…. 그리고….”

그리고란 말에 특호는 민영의 움직이는 입술을 쳐다봤다.

“부탁인데…. 제 속옷 보신 거…. 안 본 걸로 해주세요.”

민영은 특호가 가슴을 만진 것보다 팬티를 본 것에 더 민망해했다. 창피하긴 특호도 마찬가지였다.

"네에, 알겠습니다. 약속할게요. 뭐 저도 민영 씨 팬티를 보려고 본 게 아니라서….”

| 천 원의 쾌거

특호는 뒷머리를 연신 긁었다. 홍조 빛으로 변했던 민영은 옷매무새를 고친 후 부친의 생전 일들을 하나둘 꺼내기 시작했다. 민영이 들려주는 얘기는 충격적이었다. 민영은 자신의 얘기는 사실이 아닐 수 있다는 전제를 깔았다. 그리고 마음속에 담아둔 말을 속 시원히 풀기 시작했다.

"아버지는 청와대 만찬에 초대됐다는 사실에 너무 좋아하셨어요. 문민정부를 표방하는 대통령을 뵙는 걸 영광이라 하셨어요. 청와대로부터 연락받고 며칠간 잠도 못 주무실 정도였어요. 그쪽에서 부친에게 요구한 내용은 직지에 대해 공부를 많이 하고 와라였어요. 부친께서는 처음엔 언짢아하셨지만 만찬장에서 직지에 대한 얘기를 하면 활자장이 얘길 해야 하니까 그런가 보다 하셨대요. 만찬장에 초대되고 와인 두잔 정도 마시고 화장실에 다녀 왔는데 무슨 일인지 그날따라 그렇게 졸립더래요. 그래서 만찬장 측면에 있는 빈 테이블에 잠깐 엎드려 있었는데…. 일어나보니….”

“일어나보니까 어디였대요?”

“일어나보니 어떤 방이었는데…. 어떤 사무관이 오더니 너무 피곤해 보여 따로 모셨다는 거예요.”

“어디로요?”

“모르죠, 저도….”

“부친께서 그 사무관을 따라갔는데…. 나중에 알고 보니 해외에서 누군가 내방하면 귀빈으로 모시는 영빈관이었던 거예요. 거기서….”

“거기서 누굴 만난 건가요?”

“미테랑 대통령을 만났다 하셨어요.”

“아…. 그렇게 된 거였군요.”

“네에, 부친은 프랑스 대통령과 만나셨어요.”

특호는 조금씩 이해가 되기 시작했다.

“그곳에서 아까 제가 보여드린 사진을 찍으신 거고요.”

민영의 말대로라면 강명진 활자장은 미테랑 대통령을 만난 게 확실했다.

“조금 더 얘기해 주세요.”

특호가 녹음을 하려 하자 민영은 고개를 저었다. 안 된다고 했다. 특호가 알겠다고 하자 민영은 다시 말을 이어갔다.

"미테란 대통령이 들고 있던 종이는?"

"종이는⋯. 한 장짜리로 된 직지 하권 첫 장이었어요."

"아~~! 그랬군요!"

특호는 자신도 모르게 탄성을 내질렀다.

"그럼 부친께서 그 한 장을 미테란 대통령에게 받으신 건가요?"

"그걸 제가 어떻게 확인해 드릴 수는 없고⋯. 청와대에 다녀오신 후 부친께서는 온갖 장비를 다 동원하고 그 종이하고 똑같이 직지 낱장을 만드셨어요. 프랑스 도서관에도 직지 하권 첫 장은 없거든요."

"그러니까 프랑스국립도서관에도 없던 하권 첫 장을 미테란 대통령이 한국에 가져왔고 그것을 부친께 그대로 재현해 달라 한 거였군요. 본국으로 돌아갈 때 다시 가져가고⋯."

"그렇다고 봐야죠."

민영은 말하면서도 말을 무척 아꼈다. 자신이 말할 수 없는 내용은 함구했고 말할 수 있는 내용은 최대한 사실에 입각해 얘기했다.

"부친은 미테란 대통령이 출국하기 전까지 받은 인쇄물을 재현한 후, 다시 돌려줘야 한다며 엄마에게 말하는 걸 제가 들었어요."

"그러니까 다시 정리해보면 미테란 대통령은 아르망에게 직지 하권 첫 장을 물려받았다. 이후 잘 보관하다가 한국에 떼제베 고속철 수입을 종용하는 과정에서 ⊿ 종이를 활용했다. 한국정부는 직지 하권 첫 장을 받기로 하고 활자 전문가인 강활자장에게 진위 확인을 부탁했다. 그런데 결국 떼제베 수입 계약은 불발됐고 미테란 대통령은 직지 하권을 다시 본국으로 가져갔다. 이거군요. 직지 하권 첫 장의 진위 여부를 확인하는 과정에서 부친은 재현품을 만든 것이었고요."

"그렇게 추론은 할 수 있는데 제가 그렇다고 말씀드릴 수는 없어요. 저도 엄마에게 전해 들은 거라…."

"어머니는 살아계신가요?"

"2년 전 작고하셨어요."

"그런데 한 가지, 부친께서 의문 나는 행동을 하셨다고 했어요, 어머니가."

"어떤 행동을요?"

특호는 미로 여행을 하듯 민영의 말에 빠져들었다.

"다시 미테란 대통령에 가져다줄 무렵에 종이 뒤에 천 원짜리 한 장을 붙여넣으셨대요."

"천 원짜리 한 장을요?"

"네에, 액자를 해서 종이 속에 안 보이게 붙이셨대요"

"돈을 왜 액자 속에 넣으셨을까요?"

"잘 모르겠어요. 가품과 진품을 구분 지으려 하신 건지, 하권 첫 장 값이 천 원 밖에 안한다는 건지…."

"······."

강명진 활자장과 관련된 내용은 정확하게 알 수 없었다. 강 활자장과 민영의 모친까지 돌아가셨기에 증명할 방법이 없었던 것이다. 다만 특호가 갖고 있는 직지 낱장 활자본은 연대가 최소 500년 가까이 됐으며 서명과 함께 낙관까지 찍혀 있다는 사실이었다.

"그래서 제게 주신 그 활자 인쇄본이 리얼했던 거였군요."

"제가 보기엔 아버지의 작품 중에 최고라고 봐요. 어느 땐 부친의 작품이 아닐 거라는 생각도 들었어요. 너무도 정교해서···."

"그걸 어찌 아나요?"

"인쇄본 속에 어떤 느낌이란 게 있었어요. 말로 표현 못 할···."

"저도 그렇게 생각했습니다. 그리고 하권 첫 장은 뭘 보고 만들 샘플조차 없는데 똑같이 만드셨다는 게 믿기지 않았습니다. 국내외에 없는데 말이죠."

"맞아요. 저도 놀랐을 정도였으니까요."

"그런데 민영 씨가 그 귀한 활자본을 제게 주신 이유라도?"

"정말 알고 싶으세요?"

"네에, 그 귀한 걸 왜 저에게···?"

"음···. 실은 부친의 유언이셨어요."

"유언요?"

"네에···. 유언."

정말 미궁 속에 빠지는 느낌이었다. 역설도 이런 역설이 또 있을까. 특호는 민영의 말을 디 캐기 시작했다.

"어떤 유언이셨는지 제가 알 수 있을까요. 실례가 안 된다면…?"

민영은 아주 곤혹스러워했지만 차분하게 말했다.

"혹시 저를 만나면서 제 덧니에 대해 말씀하신 일 있지요?"

"네에, 기억합니다. 덧니가 아주 앙증맞다고 했죠, 제가…."

"지금도 그 생각이 같은가요?"

"그렇고 말고요. 민영 씨의 덧니. 아주 귀엽지 않습니까."

특호의 귀엽다는 말에 민영의 귀가 쫑긋 올라갔다.

"아주 죄송한 말씀인데, 제가 매력적으로 보일 때가 있나요? 솔직하게 말씀해주시면 감사하겠어요."

"빈말 아니고 민영 씨는 아주 매력적입니다. 민영 씨에게 남자친구가 없다면 제가 프로포즈 하고 싶을 정도로요."

"프로포즈요? 정말요?…. 호홋, 말씀해주셔서 감사해요. 그런데 장 기자님은 결혼하셨나요?"

특호도 민영에게 솔직해지고 싶었다. 거리낄 게 없었다.

"결혼했었죠. 2년 전에 여러 문제로 이혼했어요. 결론을 말씀드리면 제가 잘 못 해서…. 자녀는 없고 위자료도 다 줬습니다. 혹시 민영 씨는요?"

"미혼이에요. 돌싱 아니구요."

"그런데 덧니 얘긴 왜?"

"제가 아까 저의 아버지 유언 얘기했지요?"

특호는 고개를 끄덕였다. 듣고 있다는 행동을 보였다. 일일이 답하기 힘든 부분도 있었다.

"저의 부친께서 두 가지를 말씀하셨어요. 저 직지 작품은 아주 귀한 거니까 잘 보관할 것, 그리고…."

"그리고요?"

"너의 못난 덧니까지 예쁘게 생각할 수 있는 사람이 생기거든 작품에 미련 두지 말고 그냥 주라고 하셨어요."

"아~~~!"

특호는 이제 대략적이지만 민영이 말한 내용을 이해했다. 부친의 유언은 직지 재현품을 잘 보관할 것. 좋아하는 남자가 생긴다면 미련 두지 말고 선물하라는 내용이었다. 특호 역시 민영이 좋았다. 그러나 지금은 연애 감정을 표현할 때가 아니라 취재를 마무리해야 했다.

"민영 씨 솔직하게 말해줘서 고마워요."

민영은 아주 멋쩍어했다. 그래도 가슴 속에 숨겨둔 부친의 유언을 다 말해서 개운하다고 했다. 특호는 그래도 혹시 부친이 못다 한 말이 있는지 궁금했다.

"그럼 혹시 부친께서 직지에 대해 마지막으로 하신 말씀은 없었나요?"

"아버지께서는 직지에 대해 손으로 만들지 말고 마음으로 만들라고 하셨어요.”

“그게 혹시 직지가 우리에게 말하려고 하는 내용 아닐까요?”

“직지란 뜻은 어느 한 곳을 곧바로 가리킨다는 뜻이지만 그 속뜻을 파고 들어가 보면 인간이 바른길로 가려고 애쓰는 마음이 곧 부처님의 마음이라는 거죠.”

“민영 씨는 부친의 말씀을 어떻게 생각하나요?”

특호는 이제 부친이 아닌 민영의 생각을 듣고 싶었다. 그녀의 표정이 밝아졌다.

“제 생각엔 열정을 가진 사람과 만나고 사랑하는 마음을 갖고 있는 사람에게 모든 걸 다 바쳐라. 그 말씀을 하고 세상을 떠나신 것 같아요.”

“솔직히 작품을 제게 주실 때 아깝지 않았나요?”

“저도 사람인데 왜 아깝지 않겠어요. 그런데 아버지 유언이시기도 했고 무엇보다⋯.”

“무엇보다요?”

“취재하는 장 기자님을 볼 때 듬직해 보였어요. 그런 생각이 드니까 하나도 아깝지 않더라고요.”

“그렇다면 민영 씨는 부친께서 작업을 다 마치고 그 종이를⋯.”

“네에, 하권 복원 작업을 다 하고 원본 종이는 청와대에 돌려준 것 같아요. 아마도 미테란 대통령이 고국으로 돌아갈 때 다시 가져갔겠지요. 조선의궤도 따지고 보면 우리나라에 기증한 게 아니라 영구임대한 거니까."

민영을 만나고 온 특호는 문봉스님을 다시 찾았다. 문봉스님은 포교원 옆에 작은 카페를 직영점으로 운영한다고 했다. 창문을 트고 인테리어를 한다고 하더니 포교원 옆에 카페를 더 만든 것이다. 카페 뒤쪽으로 흐르는 덕교천은 마니산에서 발원해 덕포리 망실지 앞에서 길정천으로 유입하는 하천으로 주변의 산세가 유려하고 공기가 맑았다. 그래서인지 문봉스님이 운영하는 포교원 직영 카페엔 적잖은 손님이 있었다. 문봉은 특호를 반갑게 맞이했다. 문봉은 감기 걸려 있었다.

"그래 직지는 많이 연구하셨나? 콜록콜록."

갑자기 추워진 날씨 때문인지 몸살이 난 것 같았다. 마스크를 통해 전해지는 스님의 말투는 늘 존대어와 반말이 섞여 있었다.

"감기 드셨어요?"

"며칠 전, 기온이 좀 올라간 것 같아서 집에서 샤워를 했는데 오후부터 으슬으슬 춥더라고…. 조금 전에 감기약 한 알 먹었어. 괜찮아. 금방 낫겠지 뭐…."

문봉스님은 애써 괜찮다고 했다. 특호도 마침 마스크를 갖고 온 터라 밀봉하듯 썼다. 혹시 몰라서였다. 문봉은 철난로를 청소하고 있었다. 다음 달부터 날씨가 추워지면 난로를 펴볼 생각이라고 했다. 아무래도 이곳은 산자락 아래 위치해 있어서 다음 달 정도면 본격적으로 추워질 것 같았다. 특호는 문봉에게 그간의 일을 알렸다.

"스님, 직지의 흐름은 나왔는데 그다음은 어디로 가야 할지 모르겠어요."

"흐름이 나왔다면 더 캐지 말고 그 흐름대로 가시게. 흐름을 더 캔다고 장 기자가 다 안다고도 볼 수 없으니까. 왜냐면 직지는 직지의 것이지 장 기자의 것이 아니거든."

문봉스님의 즉언즉설은 구구절절 옳았다. 툭툭 내뱉는 말들이 가슴에 꽂혔다. 문봉스님은 직지를 지식으로 이해하지 말고 마음으로 읽으라고 주문했다.

"직지가 불경이 아니듯 불경 또한 직지를 논할 수가 없어. 다만 이 책을 만들기 위해 온 마음을 다했던 비구니승 묘덕처럼 간절한 기원이 있으면 된다고 봐."

간절한 기원. 애초에 직지 취재가 시작됐을 때 특호는 간절한 것이 있었다. 문법도 모르고 문장도 모르고 늘 편집국에서도 고문관처럼 살았기에 직지 취재를 통해 번듯한 기자로 거듭나고 싶었다. 지금은 어떤가. 직지에 대해서 나름, 공부를 하고 학식과 지경을 넓히고 않은가. 문봉스님의 말처럼 그럼 된 것이었다.

"스님 직지 본문을 다 외우고 더 공부해야 할까요?"

"자네가 어느 순간 직지에 대한 열정을 가졌으면 된 것 아닌가. 불과 1년 전만 하더라도 직지를 몰랐을 텐데."

"네 맞아요. 취재하며 알게 되었지요."

"직지가 우리에게 말하는 화두는 하날세. 매사 인간의 모든 일을 부처님 마음처럼 하는 것. 어려운 일이지만 그런 마음을 심지로 세우는 것이 중요하다고 봐. 뜸 들이거나 다음에 하는 것이 아닌 즉시…. 그게 바로 직지가 우리에게 던지는 말이지."

문봉스님은 어디 갈 생각 말고 포교원에서 직지를 끝내라고 했다. 이제 진짜로 직지에 대해 마무리를 해야 했다. 동서양의 출간 연대 비교, 직지에 대한 우수성, 전 세계에서 가장 오래된 금속활자본 책 등 그런 게 아니라 직지가 왜 인간사회에 태어났는가를 알아야 했다. 불가에서는 그런 걸 사물의 본성이라 하지 않던가. 스님은 평소에 아주 편안한 아저씨 같았지만, 불경을 외우거나 북을 치거나 불교 교리를 설파할 때는 눈이 번득였다. 스님의 직지 얘기는 밤새 이어졌다. 직지를 알기 위해서는 무엇보다 직지 속으로 들어가야 한다고 했다. 문봉스님과 특호는 직지 속으로 들어갔다. 구텐베르크가 먼저니, 직지가 먼저니 하는 동·서양의 대결 구도가 아닌, 직지를 마음속에서 바라보는 여정이 시작된 것이다,

포교원에서 돌아올 때 특호는 등 한 개를 달고 왔다. 아주 작은 단서라도 좋으니 성과가 있게 해달라고 기도했다. 휴가를 마치고 직지 기사 초안을 쓰고 있는데 청주에 사는 민영에게 문자가 왔다. 주말께, 서울에 올라가는데 시간 좀 내달라고 했다. 특호는 알았다고 했다. 벌써 11월, 특호가 늘 다니는 정동 돌담길엔 어느새 낙엽이 뒹굴고 있었다. 한겨울 눈이 내렸어도 잘 녹지 않는 곳. 돌담

으로 인해 응달진 곳이 많았다. 특호가 K 신문사에 면접을 보러 갈 때도 이 돌담길을 걸었었다. 주말 시간에 맞춰 민영이 서울에 올라왔다. 빨간색 경차였다. 특호와 민영은 신문사 건물 옆에 있는 센이라는 중국식 퓨전 레스토랑에서 만났다. 여사장 현숙은 물끄러미 민영의 행동을 의뭉스럽게 쳐다봤지만 개의치 않았다. 민영은 장시간 운전을 하고 와서인지 다소 피곤해 보였지만 목소리는 밝았다. 조말론 느낌의 상큼한 향수를 뿌린 듯 했다. 민영은 이제 특호에게 기자라는 호칭을 쓰지 않고 특호씨라고 불렀다. 사이가 좀 더 가까워진 것이다. 특호 역시 민영에겐 반말과 존댓말을 섞어 썼다. 민영이 특호보다 5살이나 어렸기 때문이다.

"특호 씨. 잘 있었어요?"

"잘 지냈지요. 아직 직지는 끝내지 못했는데 직지 본문…. 인터넷에도 없고 불경이 아니라서 번역된 것도 없고 아주 난항이야. 후…."

"어 그래요? 내가 그럴 줄 알고 오늘 갖고 온 게 있어요."

민영은 가방에서 두툼한 서류 뭉치를 꺼냈다.

"이게 뭔데?"

"아버지 유품 정리하면서 나온 건데 자세히 읽어보니까 직지심체요절의 해설본이더라고요."

"해설본?"

"네에, 직지가 한문으로 되어있어서 한학자들도 잘 못 읽잖아요. 그걸 아버지께서 전부 번역을 해놓으셨더라고요. 참 대단하셔…."

민영이 갖고 온 한글 번역본은 앞이 막혀 몇 줄도 못 쓰고 있는 특호에게 천군만마였다.

"이게 전부 다 한글 번역본이란 거지?"

"네에. 구어체라 이해하기 힘든 부분이 있긴 한데…. 특호 씨가 따로 번역해 봐요. 나름 의미 있을 테니…."

"아주 귀한 거네…. 그런데 이걸 왜 내게?"

"그냥 마음이 가더라고요. 호홋."

특호는 민영이 갖고 온 해설본을 찬찬히 읽어보았다.

바람이 불면
풀은 눕는 것

백운화상초록불조직지심체요절白雲和尙初綠佛祖直指心體要節

아호대의 화상의 좌선명

(鵝湖大義 和尙) (坐禪銘)

참선하며 도를 배우는 데 몇 가지 형세가 있지만 중요한 것은
공부하는 사람 자신이 능히 선택해야 최상이 되는 것이다. 다만 형
상形相을 잊고 사심(私心, 아무 생각도 않는 마음)으로 더불지 말
라. 이런 것은 병원에서도 치료하기 어려운 병으로 가장 깊어지게
된다. 앉아서 참구하며 연원淵源을 탐구해야 할 것이니 이 도道는
고금천하古今天下에 전해지고 있는 것이니 정좌正坐로 앉아 단연하
기를 태산과 같이하고 외외(巍巍, 산이 우람한 모습)히 하여 공궐

空闕을 지키는 따위는 요하지 말 것이다.

취모리吹毛利를 들어 서래제일의(西來第一義, 달마가 서쪽에서 온 뜻)를 해부해야 할지니 눈을 곧바로 뜨고 눈썹을 파고 일으켜 반복하면서 그(渠참구하는 話頭를 이름)를 간(看참구한다는 뜻)하라.

도둑을 잡자면 적을 발견해야만 할지니 도둑이 숨어 있다고 두려워하지 말라. 지혜가 있으면 찰나에도 잡을 수 있다. 지혜가 없으면 해를 거듭 지나도 그림자조차 볼 수 없는 것이다. 깊은 장소에 홀연히 앉아 항상 죽은 듯하며 천년만년을 참선하라. 만약 이런 것을 갖고 선문종지禪門宗旨에 당하게 되면 염화미소(拈花微笑, 이심전심의 이치)로서 가풍家風을 끝냈으리라.

흑산黑山에 앉지 말아라. 사수死水가 침입하나니 대지大地에 퍼져가는 것을 어떻게 금할 수 있을까. 만약, 쇠로 된 눈과 동으로 된 눈동자(鐵眼銅睛, 끝없이 수도하는 자)를 가진 놈이라면 마음머리(心頭)를 부쳐 능히 판단하게 될 것이니라.

착도(着到, 성취를 말함)하는 것으로 시기를 삼아야 할 것이니 포효로 꾸짖는 한소리의 외침을 내야 할 것이다. 그대는 보지 못했는가. 기왓장을 갈아 거울을 만들려 할 때 비유인즉, 수레가 가지 않을 때 소를 때려야 한다는 것을(마로스님이 앉는 것만 익히고 화두에 참구함이 없을 때 남악스님께서 기왓장을 갈으니 마로가 보고 기왓장을 왜 갈으십니까? 거울을 만들려고 한다. 기왓장이 어찌 거울이 됩니까? 물었다.

남악스님 가로되 그럼 너는 앉아만 있으면 성불이 되느냐 물었다. 수레가 멈췄을 때 수레를 때려야 하느냐, 아니면 소를 때려야 하느냐의 예를 모르는가. 고인 물도 침침하고 적적해서 끝내 소리가 없다가 아침에 물고기나 용이 와서 휘저으면 물결이 치고 용솟음치는 것이니라. 비유로 고요하기만 하고 힘써 공부하지 아니하면 어느 시절에 마음을 깨치겠는가. 행동이 중요한 것이다. 급한 일에는 항상 문제가 생기기 마련인 것이다. 부질없는 일에는 손을 내리고 눈을 높은 곳에 착안하여라. 묵묵하게 열심히 공부하라. 정신을 떨쳐 가다듬고 뜻을 살피면 형체도 없고 그림자도 없어도 잘 깨우칠 것이다. 이것은 십분十分이나 참다운 용의用意인 것이나 용맹한 장부라면 기억하지 못하니 간절하고 또 간절하여라. 또한 부지런해야 할 것이다. 옛날집의 한가한 밭과 땅은 화창한 봄기운을 알아차렸을까. 좌선坐禪에서 부동하는 경지를 깨달아라. 바람이 불면 풀이 눕는다는 것을 모두 알아야 할 것이다.

지금 사해四海가 청정淸淨한 거울이라 모든 종류의 여러 가지 모양(頭頭物物)이 모두 다 남에게 들림이요. 실 같은 머리카락은 일찍이 달라지지 않았으니 만약 참선을 보려 한다면 해가 동쪽에서 떴다가 서쪽으로 지는 것을 유심히 보아라. 대주선사大珠禪師의 이야기다. 승僧이 물었다. 일체중생이 다 불성佛性이 있습니까? 대주선사 가로되, 부처의 용用을 지으면 불성佛性이요. 도적의 용用을 지으면 이것이 적성賊性이요. 중생의 용을 지으면 이것이 중생성이니 성性은 형상이 없어서 용用을 따라 이름을 세우는 것이니 모두 다 무위법無爲法으로서 차별을 두고 있는 것이라.

또다시 승僧이 묻되 설법說法은 무엇입니까? 대주선사 가로되 설법은 반야체般若體이기 때문에 필경은 청정해서 어떠한 물건도 그냥 얻어지는 것이 없음이라 하였다. 이것이 이름하야 무법가설 시명설법無法可說 是名說法인 것이니라. 불감화상佛鑑和尙께서 대중 앞에 나오시매 승僧이 물었다. 조주스님이 왜 의주義州로 옮기지 않고 손으로 흐르는 물의 모양을 지었습니까 물었다. 그러자 승僧 조차 깨어져 버렸다. 또다시 승僧이 법안法眼스님께 물었다. 스님 상相을 취하지 아니하면 여여如如하여 동하지 않는다 하였는데 어찌해야 저 상을 취하지 않을 수 있겠습니까 물었다.

이에 법안 가로되 해가 동쪽에서 떠서 서쪽으로 지는 것도 진리요, 승僧이 이러한 사실을 살피는 것 또한 진리이니 항상 고요한 것을 알게 되리라. 또한, 두 분의 스님 도선道旋, 남은악嵐偃岳 이들의 말에서도 배우고 익히는 게 있으리라. 고요한 것이란 본디 강과 하수江河가 다투는 것이지만 원래는 흐르지 않는 것이나니 이것이 바로 여여부동如如不動의 뜻이라. 승이 석상石霜스님께 물었다. 번뇌와 망상이 그치지 않을 때는 어찌해야 합니까? 석상스님 가로되 마른 나무처럼 일념一念을 만년으로 해라. 온전히 맑게 하여 점을 끊어가라 하셨다. 곁에 있던 암두스님, 나산스님 모두 크게 깨치다.

그저
간절한 마음으로 하라

보은측화상報恩則和尙에게 법안스님께서 일찍이 어떤 사람이 오는 것을 봤는가 물었다. 청봉화상青峰和尙이 오는 것을 봤습니다. 하니 법안스님 가로되 무슨 말씀이 있었는가 물었다. 제가 학인學人의 자기自己입니까? 하고 병정동자내구화丙丁童子來求火라고 했습니다. 하니 법안스님 이르되 자네는 무엇을 알았는가 물어보았다. 보은측이 말하기를 병정丙丁은 불에 속하니 불을 가지고 불을 구하는 것은 자기를 가지고 자기를 구하는 것이라 했습니다 하였다. 법안스님 이르되 이것은 느낌으로 아는 것뿐으로 너는 불법佛法을 깨쳐 알지 못하여 만약 이와 같이 다다르지 못하면 너무나 답답해 중도에서 미끄러지리라 하셨다. 선지식의 오백인선지식五百人禪知識이 되더라도 나에게 말할 때 이게 아니라면 반드시 단처短處와

장처長處가 있게 되리니 있는 그대로 물어보라 하였다.

보은측이 묻되 어떤 게 학인의 자기입니까? 하였다. 법안스님 이르되 병정동자내구화丙丁童子來求火라 하시니 홀연히 깨치셨다.

석양기회선사昔陽岐會禪師께서 자명화상慈明和尙을 뵙고 여러 번 방장(方丈, 조실스님방)을 찾아가 이익을 청하니 자명스님 이르되 스스로 알아 가는 것이다. 나는 너와 같지 않으므로 그저 간절한 마음으로 하라(切心) 간절히 마음을 하라 하셨음이라. 하루는 좁은 산중을 가다가 양기가 자명스님을 눌러 앉히며 오늘 스님이 제게 말씀해 주지 않으시면 스님을 쳐버리겠습니다 하였다. 스님이 소리를 가다듬어 말씀하기를 그건 너의 일이니라. 네가 스스로 알아 가는 것이지 나는 너와 같지 않다 하였다.

용담화상龍潭和尙이 천황天皇스님께 묻되 제가 이곳에 왔지만 스님께서 무엇을 하라고 말씀하신 적이 없습니다 하였다. 천황스님 이르시되 네가 이곳에 오면서부터 일찍이 심요心要를 지시하지 아니한 적이 없다고 했는데 누가 심요心要를 지시하지 아니했다고 말하더냐 하였다. 또 천황스님께서 이르시되 네가 차를 받들고 오면 나는 받고 네가 밥을 지어오면 나는 먹었고 네가 내게 큰절을 하면 나 또한 문득 머리를 숙였다. 무엇이 심요心要를 지시하지 아니했단 말이냐? 하시니 용담이 머뭇거렸다.

천황스님 이르되 보는 것은 곧바로 보는 것인즉 모든 이치는 생각하기 나름이라 하셨다. 이에 용담이 다시 묻되 어떻게 해야 보림

(완벽한 수행)을 할 수 있습니까? 물었다. 천황스님이 이르되 성품에 맞게 소요(任性逍遙)하여 인연을 따라 널리 놓아라(隨緣放曠). 다만 범부의 마음을 끝내는 것이지 별로 성해가 없느니라(別無聖解) 하셨다. 한선사閑禪師께서 대중에 나타나 이르되 상념想念을 갖지 말라 본래 체體가 없는 것이니라. 대용大用이 현전하는데 시절을 말할 게 없느니라 하셨다.

후에 임종할 때가 다 되어 시자侍者에게 물었다. 앉아서 간 자는 누구인가? 시자가 말하기를 승가僧伽입니다. 서서 간 자는 누구인가? 시자가 말하기를 승僧입니다 하니 대중을 모으게 하고 스님은 이에 사방으로 일곱 발짝을 걸은 후 손을 들고 임종하셨다. 위산이 하룻날 백장스님 앞에 시립侍立하니 백장스님이 묻되 누구인가 하니 영우(靈佑, 위산스님의 이름)입니다 하였다. 백장스님 이르되 너는 화로의 재를 헤쳐 불이 있는가 찾아봐라 하셨다. 영우스님은 재를 헤쳐도 불이 없습니다 하니 백장스님은 몸을 일으켜 화로의 재를 헤쳐 조그마한 불을 찾더니 이르되 이게 불이 아니고 무엇이냐 하셨다. 영우스님이 크게 깨쳤다.

남대수화상南臺守和尙께서 승僧이 적적무의寂寂無依한 때에 어떠합니까? 물었다. 이르되 적적한 건 귀신이다 하셨다. 이에 송頌을 불러 말씀하시되 남대에 조용히 앉았는데 한 화로의 향이(南臺靜坐一爐香) 해종일 엉겨 일만 가지 걱정이 있으나(終日萬慮忘) 마음을 쉬고 망상을 제하지 못한다면(不是息心除妄想) 도무지 무사

함을 반면하여 가히 생각만 할 뿐이네(都綠無事可思量) 하였다.

현사스님께서 경청鏡淸학인學人이 수도를 하며 입로入路를 알려 달라고 청하였다. 이르되 너는 지금 시냇물 소리를 듣느냐? 경청이 이르되 듣습니다.

스님이 말하되 이곳을 따라 들어가라 하시니 경청이 크게 깨우쳤다. 이때에 승僧이 있어 나와 예배하고 물으려고 하는데 스님은 이르되 틀렸다 틀렸다 하고 문득 자리에서 내려오셨다. 현장스님이 당堂에 오르사 제비 우는 소리를 듣고 이르시되 새가 실상實相을 이야기하고 설법도 잘하는구나 말씀하시고 자리에서 내려오셨다. 현사玄沙스님께서 설봉에게 말하되 두타(頭陀, 탁발수행)까지 갖추었는데 어째서 출산문 밖에 놀지 않는가 물었다.

설봉스님이 마지 못해 나와 미끄러지면서 다리와 머리와 다섯 손가락을 다쳤다면 어떻게 해서 아픈 겁니까 물었다. 현사스님 가로되 그런 말은 그만해라 하셨다. 달마는 동쪽에서 온 적 없고 혜가 또한 인도에 갔거나 돌아온 적이 없다 말씀하셨다. 지장地藏스님이 상좌(上座, 최고 수행인)는 어떻게 가야 합니까? 법안스님께 물었다. 법안스님 가로되 조용히 가는 것이다 말씀하셨다. 지장이 말하기를 그런 행동은 무엇을 뜻합니까 물었다. 법안스님 이르되 알지 못한다 하셨다. 지장이 이르되 알지 못한다고 하면 그게 친절한 겁니까 되물었다. 이 문답에 법안스님 스스로가 깨치셨다.

법안法眼스님이 오공悟空과 더불어 향불을 향하여 다음 향수저를 잡고 오공에게 묻되 향수저를 짓지 아니하셨으니 사형師兄은 지금 무엇을 합니까? 하니 오공스님이 이르되 향수저를 지은 것입니다 하니 법안스님은 그 뜻을 긍정치 않다가 그 후 이십일 후에야 그 뜻을 밝혀 아시다. 법안法眼스님과 동행同行하는 삼인三人이 법사 승조의 말씀에 천지가 나와 더불어 뿌리가 같고 만물이 나와 더불어 일체라는 것을 들어 말하기를 또한 심히 기괴한 것이라 하니 계침선사桂琛禪師가 상좌上座여, 산하대지山河大地가 자기와 더불어 같은 것인가? 다른 것인가? 물었다. 법안스님이 같도다 하니 계침선사 두 손가락을 세워 보이며 다른 것이다 하였다. 법안스님이 크게 놀라시다. 법안과 동행하는 삼인을 보내는 중에 침선사 여쭙되 법안이여 자네가 찾는 상도常道에 삼계가 오직 마음(三界唯心)이라 했다 하시고 뜰에 있는 돌(石)을 가리켜 이 돌이 마음속에 있는가, 마음 밖에 있는가 물었다.

법안이 말하기를 마음속에 있다 답했다. 침선사 웃으며 행인이 무엇을 이룩하려 마음속에 괴석을 달고 다닌다는 말인가 하였다. 이 말씀에 법안스님 크게 깨치시다. 법안法眼스님께서 강남江南에 이왕李王이 법회를 청함에 승록僧錄이 말하기를 사부대중이 막 밀려들어 법좌法座를 차리기를 모두 끝냈습니다. 하였다. 법안스님이 이르시되 다른 모든 대중들도 참다운 마음가짐이 끝났느냐 물었다. 승록僧錄이 크게 깨쳤다. 승僧이 법안스님께 물었다. 어떤 것이 학인입니까 하였다. 스님 가로되 제목이 심히 또렷하고 분명한 게 좋다 하셨다.

승僧이 다시 물었다. 성색이자聲色二字를 어떻게 터득해야 합니까? 스님이 가로되 대중 가운데 만약 승이 묻는 곳을 안다면 성색聲色을 터득함이 어렵지 아니하다 하셨다. 또다시 승僧이 묻되 어떠한 것이 물 한 방울입니까? 하므로 이것이 소계일적수曹溪一滴水니라 하셨다. 승僧이 묻되 일체는 무엇입니까 하였다. 형체가 일어나도 바탕이 없다면 이름을 구해도 이름이 없는 것이니라 하였다. 아이가 여덟 살이 되었으나 물어도 말할 줄 모르니 말을 아니함이 아니라 대법을 들기가 어렵다는 것인가 하였다. 백운단白雲端스님께서 대법을 전부 다 들 수 있다 하셨다.

소수산주紹修山主가 세 번째로 지장스님이 계신 곳에 들어가 지장스님에게 참예하고 이에 이르되 어려움과 괴로움과 산중을 거치며 왔음은 무슨 연유입니까? 하니 지장스님이 이르되 산중을 거쳐왔음은 나쁜 것이 아니라 하셨다. 밤에 이르러 스님의 자리 앞에서 뫼시고 있는 차에 산주 이르기를 제가 백겁천생百劫千生에 일찍이 화상으로 더불어 위배違背한 것이 이렇게 와서 화상을 또 만나니 불안합니다 하니 지장스님이 몸을 일으켜 회초리를 잡아 면전에 세우고 다만 이 낱것이 스승을 배반치 아니한 것이니라 하였다.

수산주修山主가 승僧에 묻되 어디서 오는가 하시니 승이 이르되 취암翠岩스님이 옵니다 하니 스님 이르시되 취암은 어떠한 언구言句를 두어 도승徒僧에게 보이는가 하니 승이 이르되 화상(취암을 지칭함)은 심상(보통 때)에 이르시기를 출문出門하면 미륵彌勒을 만나고 입문入門하면 석가를 본다고 하셨습니다 하니 스님께서 이르시되 무슨 도道를 또 찾아 얻었는가 하시니 승이 문득 묻되 화상에서는 또 어떻게 하십니까? 하니 스님이 이르시되 출문出門하면 누구를 만나는 것이며 입문入門하면 무엇을 보는가 하시는 승이 그 말끝에(言下) 살펴 깨쳐감이 있었다.

승僧 자방子方이 법안法眼에 묻기를 법안께서는 오래도록 장경스님을 뫼시고 지장스님을 이으셨으니 어떤 이유입니까 하였다. 이르되 장경長慶스님이 말씀하신 만상중萬相中에 독거의 삶이라고 하신 말씀을 알지 못하는 까닭이니라 하셨다. 자방이 불자를 들어 보이니 법안스님 가로되 만상萬相을 제했고 만상을 제하지 아니하니라 하시니 자방이 이르되 만상을 제하지 아니했습니다 하였다. 법안스님 이르되 그것이 독로신獨露身이냐? 하니 자방이 크게 깨쳤다.

묘덕의 가없는 사랑

직지심체요절은 너무 어려웠다. 읽고 다음 페이지를 읽으려면 다시 첫 페이지로 와 있었다. 가로되, 이르시되가 많았고 선문답도 많았다. 책에 나오는 스님이 무려 수백 명에 이르렀다. 해설본을 보던 중 소득이라면 어떤 일을 하든지 간절히 하라는 문구였다. 수백여 년 전에 이런 말을 적어 놓았다는 게 신기했다.

무슨 일을 하든 간절히 하라. 인쇄된 활자처럼 가슴에 콱 박혔다. 그런데 드문드문 읽다 보니 묘덕이란 비구니승 법명이 나왔다. 궁금했다. 해설본엔 백운스님이 직지를 출간할 당시 시주를 했다고 적혀 있었다.

"묘덕이란 사람이 누구지?"

특호가 이름을 호명하자 민영이 해설본을 찾아보더니 미소를 지었다.

"아, 묘덕⋯. 비구니승이세요. 백운스님이 책을 만들 당시 돈을 대주신 분."

"묘덕이란 분이 출판비를 내주셨다는 거지? 아주 오래 전 일인데⋯. 당시에도 이런 일이 있었네⋯. 신기하다."

"그래서 제가 특호씨에게 직지 활자본을 준 거잖아요."

"그게 그렇게 되나?"

그녀는 계속 묘덕에 대해 말했다.

"아마도 백운스님을 존경하는 마음에 비용을 댔던 것 같아요. 지금은 컴퓨터로 책을 내지만 당시엔 출간하는 게 어려웠을 거예요. 많은 사람의 공력도 필요했을 테고⋯. 묘덕이 아무한테나 거액을 투자하겠어요?"

"그거야 그렇지⋯. 근데 이분도 스님이신데⋯. 돈을 어떻게 모으셨을까?"

"묘덕이 부동산도 많고 재력이 있었던 것 같아요. 백운스님의 책 출판 비용도 대셨지만 역사를 보면 백운스님 뿐만 아니라 경기도 양평에 있는 윤필암 건립도 돕고 지공선사의 부도비 세우는 비용도 냈다고 나오거든요."

"통도 크고 여장부 같은 분이시네."

"인격 면에서도 출중하셨던 것 같아요. 인도의 지공선사, 나옹선사, 백운화상, 문장가 김계생, 이색 등 지, 덕, 체를 갖춘 사람들

과 친분을 맺고 교류 하셨으니….'

"아무튼, 묘덕이 백운스님께 정성을 다 하셨던 것 같아."

"그랬겠죠. 마음이 없는데 마음을 줄 수 없으니…."

특호는 민영에게 한가지 확인할 게 있었다.

"그럼 민영이 내게 준 직지 인쇄물 말야….'

"네에, 부친이 제게 주신….'

"그게 직지 하권 확실한 거지?"

"맞아요. 직지 하권 첫 장.'

"그 귀한 걸 내게 줬는데…. 혹시 민영이 내게 마음이 있었던 거 아닌가?"

"마음이야 뭐, 남자가 마음을 줬으니 여자도 마음 주는 건 당연한 것 아닌가 뭐! 칫.'

그녀의 귀여운 투정은 예전에 특호가 가슴 만진 일에 책임지라는 압력이었다. 말을 마친 순간 민영의 귓불이 홍조 빛으로 변했다. 그녀는 얼렁뚱땅 말을 돌렸다.

"부친이 제게 주신 인쇄본 귀한 것 맞으니까 보관이나 잘하세요. 나 청주에서 어렵게 올라왔는데 자꾸 쓸데없는 소리 할래요? 얼른 맛난 거나 사줘요. 배고파요.'

특호도 씩씩하게 답했다.

"그래요. 맛난 거 먹읍시다.'

두 사람이 직지로 인해 친하게 된 건 맞지만 아직 호칭 면에선 어색했다. 반말과 존댓말을 섞어 쓰는 것도 불편했다. 깊게 친해지지 않은 탓이었다. 식사는 잘 마쳤는데 그냥 헤어지기 아쉬웠다. 특호는 그녀에게 잘 아는 이자카야 술집이 있는데 같이 가자고 졸랐다. 그녀는 못 이기는 척 따라나섰다. 이자카야 센은 손님이 별로 없었다.

"사장님 오랜만입니다. 잘 계셨죠? 다른데 가려다가 여기로 왔어요."

민영과 함께 들어선 특호는 센 사장 현숙에게 반가운 인사를 했다. 그렇지만 어찌된 일인지 살갑게 대하지 않았다. 민영이 잠시 화장실에 갔을 때 아는 체를 할 수 있었지만 주방에서 나오지 않았다. 식사비를 계산할 때도 현숙은 퉁명스레 신용카드를 받았다. 뭐라 표현할 수 없지만 냉랭했다.

그러나 특호는 그녀까지 신경 쓸 여력이 없었다. 누나라 부른 적도 없고, 애인도 아니고, 동생도 아니고 아무 사이 아닌데 괜한 신경을 쓰는 건 시간 낭비였다. 다른 날 센에 오게 되면 짜장면이나 몇 그릇 더 시키면 될 일이었다. 둘은 센에서 나와 대학로 쪽으로 차를 몰았다. 운전은 특호가 했다. 민영은 옆자리에 앉아 별말 없이 창밖만 바라보았다. 이자카야 술집은 동성고등학교 근처 대로변에 있었다. 술집에 도착한 특호가 유료주차장에 차를 대려는데 민영이 슬쩍 소매를 끌었다.

"오빠 나이 몇 살이야?"

민영이 갑자기 반말로 하자 특호는 멋쩍은 웃음을 지으며 말했다.

"오!~ 갑자기 반말을, 센데… 살살 갑시다. 나? 서른넷이지."

"어른이야? 미성년자야?"

"어른이지."

어느새 민영은 그에게 완벽한 반말로 친밀감을 높이고 있었다. 나이어린 여성이 연상의 남자에게 반말을 한다는 건 친하게 지내고 싶다는 일종의 신호였다.

"앞으로 나, 오빠한테 반말할 거야, 불만 있어?"

"불만 없지."

"그럼 오빠가 내 말 들어야 해, 안 들어야 해?"

"들어야지."

"좋아 맘에 든다. 그럼 저기 네온사인 보이지?"

건물 꼭대기에 HOTEL이라는 글자가 눈에 띄었다.

"뭐가 보여?"

"호텔이라고 써 있는데…."

"여기 종로야. 주차지역 1급이라고. 서울에서 주차비가 살벌하게 비싼 곳. 그러니까 유료주차장에 엄한 돈 쓰지 말고 저기 가서 하루 숙박 끊고 거기 주차장에 차 대고 와."

민영은 화끈한 여자였다. 술의 힘을 빌리지 않고 특호에게 강한 드라이브를 걸고 있는 것이다. 특호는 그녀 말대로 하루 숙박을 끊고 차를 주차했다. 그다음 그가 민영에게 강한 어투를 날렸다.

"남녀가 말을 트면 동급이야? 아니야?"

"동급 맞지."

"그럼, 오빠 말 들어야 해, 안 들어야 해?"

"들어야지."

"오늘 이자카야 가지 말자. 새벽까지 술 마시긴 힘들거고 편의점 들러 캔 하고 안주 사서 호텔에서 편히 먹자."

"좋아."

직지가 이은 인연

두 사람은 편의점에 가서 음식을 충분하게 샀다. 양손에 먹거리를 가득 들고 투숙했다. 1377호. 3은 민영이 좋아하는 숫자였고 7은 특호가 좋아하는 숫자였다. 호텔 안내 데스크 직원들이 번갈아 이들을 쳐다보았다. 왜 두 사람을 눈여겨 봤는지는 모른다. 호텔 열쇠를 받고 객실에 들어서자마자 둘은 약속이라도 한 것처럼 양손에 들고 있던 먹거리를 팽개쳤다. 민영이 먼저 호텔 커튼을 열어젖혔다. 닫은 게 아니라 열었다.

호텔 창밖엔 차들이 달리고 있었다. 민영이 창가로 가자 특호는 그녀의 등을 두 팔로 감쌌다. 객실 바닥에 음식들이 널브러졌다. 상관 없었다. 음식보다 더 맛난 게 기다리고 있기 때문이다. 특호가 좀 더 용기를 냈다. 그녀의 겉옷을 벗겼다.

민영의 목에서 침 넘기는 소리가 들렸다. 그에게 들킨 것이다. 특호가 민영의 등을 턱으로 지그시 눌렀다. 턱수염이 민영의 등을 간질였다. 민영이 까르르 웃었다. 그녀는 특호의 쇄골을 양손으로 만졌다.

그의 쇄골이 매력적이란 걸 민영은 알았다. 한동안 두 사람은 아무 대화 없이 몸으로 얘기했다. 탐닉이란 단어가 어울렸다. 옆 객실이 귀를 기울일 정도였다. 특호는 그녀의 옷을 벗긴 후 침대에 눕혔다. 스타킹은 그대로 두었다. 그 옛날 뽈랑시가 화심의 족두리를 그냥 놔둔 것과 같았다. 머리부터 발끝까지 작은 조각칼이 어미자를 만들 듯 특호는 턱으로 젖통을 눌렀다.

주물 틀에 모래를 꾹꾹 담을 때와 같았다. 그가 민영의 젖을 누르자 선명한 돋움이 생겼다. 살 트임이었다. 근육이 놀라서 튀는 거였다. 이는 남자의 손길을 오래도록 접하지 않았다는 증거였다. 특호가 그녀의 유방을 턱으로 누를 때마다 민영은 신음했다. 민영이 돌아눕자 유두가 팽팽해졌다. 활자에 모래를 뿌리듯 애무를 했다. 나무봉이 세워지기 시작했다.

입구에서 강한 쇳물이 콸콸 흘렀다. 숨구멍이 벌렁거렸다. 조심스레 나무봉을 흔들었다. 앞으로 뒤로 다시 앞으로 뒤로 밀고 당겼다. 좁은 곳으로 헤엄을 치자 민영이 움찔했다. 암틀과 수틀이 움직이기 시작했다. 암틀이 수틀을 단단히 조여왔다. 특호는 숨이 막혔다. 쇳물이 뜨거운 용광로처럼 차올랐다. 그녀의 움푹 파인

자국 속으로 쇳물이 흘렀다. 민영은 이제 그만하라고 애원했지만 멈출 수 없었다. 그의 쇳물이 식자 민영의 솟아오른 봉우리가 알알이 피어올랐다. 서로의 입속으로 쇠톱 같은 혀가 들락였다. 이제 암틀이 숫틀 위로 올라왔다.

그녀는 밀랍 같은 몸매로 그의 온몸을 부볐다. 용광로가 다시금 서서히 타오르기 시작했다. 몸속에서 빛나는 황금이 흘러나왔다. 특호는 모래바람의 힘으로 열기를 단단히 채웠다. 온전히 두 사람은 전라가 되었다.

그게 연인에겐 편했다. 뭔가를 입고 있다는 것, 가로막고 있는 건 불편했다. 살이 겹쳤다가 떼어지기를 반복했다. 모래는 충분히 젖었고 활자는 충분히 솟았다. 불길 속에서 두 사람은 죽어도 좋다는 의미로 낙인을 찍었다. 서로의 땀을 거푸집에 담기로 했다. 한 몸이 되어 녹았던 시간. 눈을 감은 채 체취를 음미했다. 그리고 다시 안았다. 떨어졌다가 다시 붙었다. 민영이 가볍게 샤워를 한 후 생수를 들고 왔다. 한 모금 마신 뒤 물을 뱉으며 글씨를 썼다.

특호의 몸에 '사랑해'라는 단어를 수십 번 썼다. 특호도 그녀에게 똑같은 동작을 했다. 비로소 서로의 몸속에 인쇄를 하고 확인한 것이다. 그녀는 자신의 몸에 모든 걸 다 쏟아부은 특호의 몸을 정성껏 닦았다. 욕조에 뜨거운 물을 받아 몸을 담그게 한 후 불린 때를 모조리 씻겼다. 머리를 감기고 목을 닦고 자신의 유방으로 특호의 가슴을 문질렀다. 그녀의 가슴이 닿을 때마다 특호는 움찔거렸다.

그녀의 손은 다시 배꼽과 등, 등에서 허리, 허리에서 다시 음낭, 음낭에서 엉덩이로 이어졌다. 엉덩이에서 내려오는 굴곡에선 땀이 뚝뚝 떨어졌다. 종아리와 발, 복숭아뼈, 민영은 마지막으로 굵은 봉을 정복했다. 다음은 특호가 민영에게 주는 선물이었다. 가슴과 가슴을 포갰다. 민영의 가슴이 솟아오르자 특호는 열을 식혔다. 모든 열은 어깨에서 나왔다. 그는 민영을 번쩍 안아 의자에 앉혔다. 그녀의 상반신을 의자에 푹 파묻히게 했다. 굴곡과 선이 적나라하게 보였다.

민영은 창피하지 않았다. 성인이니까. 건강한 성인남녀니까. 낯뜨거울 게 없었다. 민영은 이제 그에게 쇳물을 부으라고 간절하게 애원했다. 조금 있다가 붓겠다고 했지만 민영은 완강했다. 암틀과 수틀은 포개졌고 쇳물은 넘쳐났다. 이내 수액이 터졌다. 밤꽃이 활짝 피었다. 건강한 아들과 딸이 탄생한 것이다. 두 사람은 다음 날 오후 1시가 넘어서까지 달게 잤다. 레이트 체크아웃을 한 것이다. 밤은 짧았으나 전날 밤의 역사는 달만 알았다. 용광로와 모래바람만 알 뿐이었다. 특호와 하룻밤을 보낸 민영은 청주로 내려갔다.

3개월 뒤

김인철 교수로부터 다급한 연락이 왔다.

김 교수는 격앙되어 있었다.

"장 기자!!"

목소리가 활기찬 건 희망이 보인다고 말하는 것이었다.

"네에, 김 교수님. 요즘 뜸하시던데…. 어쩐 일이세요?"

"그거 직지 인쇄물 말야, 인쇄물!"

"인쇄물이 아니라 활자본이요. 재현품."

"응 그래, 활자본. 그게 말야….."

"뭐 건지신 게 더 있나요?"

"놀라지 말게. 탄소측정에서도 1300년대 때가 맞는 것으로 나왔네."

"네엣? 그때 돈이 모자라서 못하신다고 말씀하지 않으셨어요?"

"그랬지. 그때 장 기자가 얼마를 보냈지?"

"제가 400만 원 정도 못 보내드렸지요."

"응, 맞아. 기억나네. 그런데 내 제자들이 운영하는 작은 연구소가 있는데 돈이 좀 모자란다고 했더니 반값에 해주겠다는 거야, 글쎄. 그래서 그곳에서 지질 탄소측정을 했어."

"그랬더니요?"

특호도 가슴이 뛰기 시작했다. 김 교수는 숨이 넘어갈 듯 말했다.

"오래된 종이에 기생하는 유충 알이 있는데 그 유충 알이 현대에는 없고 최소 1300년대 때 서식했던 외눈이 유충이라는 거야."

"외눈이 유충이 뭔가요?"

"1300년대 때의 좀벌레 유충은 죄다 외눈박이라는 거야."

"아!~~ 빼박! 정말 확실한 증거네요."

특호는 오싹한 느낌이 들었다. 그렇다면 지금 특호의 방에 걸려 있는 직지 활자본이 진짜라는 얘기가 아닌가. 믿을 수 없었다. 전화를 끊은 특호는 작품을 잘 포장한 뒤 김인철 교수가 있는 곳으로 차를 몰았다. 쉬는 날이었지만 지체할 수 있는 입장이 아니었다. 김 교수는 연구실에서 특호를 기다리고 있었다. 특호가 보자기를 풀자 김 교수는 전문가용 돋보기를 꺼내 활자본을 유심히 관찰했다. 김 교수의 말은 조금 전 통화한 말과 같았다.

"이 작품이 어떻게 세상에 나온 건지는 잘 몰라도 정말 예사롭지 않네…. 대부분 현대 인쇄본은 아주 깔끔해. 글자 배열이나 글자 모양도 반듯하고…. 그런데 이 작품의 활자는 너무도 인간적이야. 치아교정 안 한 치아처럼 말야. 아주 자연스럽다고."

특호도 활자본을 유심히 봤다. 현대인이 만들었다고 보기엔 너무 허술하고 예스러웠다. 거기에 지질까지 1300년대 때의 것이라니. 정말 놀랄 만한 일이었다. 김 교수는 특호에게 탄소측정에 대한 기초지식을 알려줬다. 김 교수는 특호에게 커피 한잔을 타주며 말을 이어갔다.

"오래된 화석이나 유물, 예술품 등의 나이를 측정하고, 수억 년 전 지질시대地質時代의 연대年代를 조사할 때는 거의 방사성 탄소연대 측정법(radiocarbon dating)을 사용하지. 어떤 과학자들은 빛을 사용하기도 하는데 아무튼 보편적인 방법이지."

"누구든지 돈만 내면 측정할 수 있나요?"

특호가 물어보자 김 교수는 집게손가락을 좌우로 흔들었다.

"아냐, 그렇지않아. 학술 목적일 때만 많이 쓰이지. 누구나 다 부탁한다면 공신력이 떨어지니까 개인적 용도로는 잘 쓰지 않고. 공공 단체나 기관에서 의뢰할 때 가능해. 이번의 경우는 신문사가 연결되어 있기 때문에 취재 목적으로 측정하게 된 걸세."

"그런데 취재하다 보니까 탄소동화작용이란 단어가 많이 나오던데 그게 무슨 말인가요?"

탄소동화작용이란 말보다 먼저 유기물이란 단어를 알아야 하네. 유기물有機物이란 생물체의 몸을 구성하는 모든 종류의 화합물을 말하는데 유기물은 탄소동화작용으로 생겨난다네. 그 중심에 있는 성분이 바로 탄소(炭素, carbon)라네. 즉 공기 중의 탄산가스(CO_2)를 구성하는 탄소는 탄수화물, 섬유소, 지방질, 단백질, 효소 등 모든 생물체의 기본 성분인 것이지."

특호는 김 교수의 암호 같은 말이 이해되지 않았지만 일단 받아 적었다. 결론은 탄소를 통한 연대를 측정하면 거의 맞다는 것. 그렇게 이해를 했다.

"조금 쉽게 말씀해주시면 이해가 빠를 것 같습니다, 교수님."

특호가 넉살을 부리자 김 교수는 마시던 찻잔을 탁상에 놓은 뒤 잠깐 따라오라고 했다. 김 교수는 연구실에서 실험하다가 만 오래된 천 조각을 보여줬다.

"이건 오래된 천 조각인데 내가 시약 검사하다가 잠시 둔 것이네. 일차적으로 시약으로 대략의 연대를 보는 거지."

"오래된 천도 측정할 수 있나요?"

"당연하지. 혹시 자네 해외토픽에 나왔던 예수의 시신을 감싼 천 기억하나?"

"기억하지요. 천에 덮어서 코와 입, 몸의 일부가 천에 배여 나왔었죠."

"그런 게 모두 방사능 탄소로 측정한 것이네."

255

"그렇군요. 그러니까 천 속에 어떤 물질이 있다는 거죠."

"그렇지. 천 속엔 아주 다양한 물질이 묻어 있는데 그 물질 속에 탄소만을 추출해서 그 탄소가 생성된 기일을 계산하는 거지. 그래도 어렵나?"

"직지만큼 어려운데요."

특호는 멋쩍게 웃으며 연신 뒷머리를 긁적였다.

"무덤 속 시체에서 나온 액체와 흙의 부산물과 합쳐진 물질을 조사한다면?"

"그건 조금 이해됩니다."

"결과적으로 말하면 어떤 문화재에서 발견된 탄소의 함유량 차이인 거지. 그런데 말이야. 측정이 잘 안 되는 경우도 있네."

"그래요? 측정이 불가한 게 있다고요?"

"그렇다네. 현재 일반적으로 이용되는 문화재 연대측정 방법은 탄소 동위원소를 이용한 방사선탄소연대측정법(AMS), 나이테를 이용한 연륜연대법, 석영, 장석 등을 이용한 열루미네센스(TL), 광여기루미네센스(OSL), 현대 5대 원소의 유무 등이 있는데 금·은·동 같은 금속문화재는 대체로 탄소, 석영 등을 금속에 함유치 않아서 연대측정이 어렵네. 다만 철에는 불순물로 탄소가 함유되어 있고 최근에는 철 중에서도 고탄소로 이뤄진 고탄소강, 주철 등에서 탄소를 추출해서 연대측정을 하고 있지."

"금속의 경우는 측정하기 힘든 부분이 있네요."

"그렇지. 탄소를 추출해서 검사한다고 보면 되네."

연구실에 다녀온 특호는 민영에게 먼저 이 사실을 알리기로 했다. 특호는 민영에게 김 교수의 지질탄소측정에 대한 얘기를 소상하게 전했다. 특호의 전화를 받은 민영은 말없이 울었다. 기쁨과 희열에 찬, 그러나 부친에 대한 존경심과 애잔한 마음도 섞여 있었다. 민영이 그에게 준 직지 하권 첫 장이 진품으로 밝혀지면서 문화재업계에선 큰 이슈와 화제를 낳았다.

프랑스국립도서관은 직지 하권 첫 장이 국내에서 발견됐다는 한국 뉴스를 접했지만 이렇다 할 논평을 내놓지 않았다. 논평을 내놓으면 또 한국에서 직지 반환에 대한 사회적 이슈가 생겨날 게 뻔했기 때문이다. 그들이 무서워하는 건 한국 정부도 아니고 한국 대통령도 아니었다. 바로 시민단체들이었다. 어쩌면 그래서 도서관 측도 미테란 대통령이 갖고 있던 직지 하권 첫 장을 직지 책에 붙이지 못하고 있는지도 몰랐다.

고향의 품으로

이런 일이 있은 후 강명진 활자장에 대한 재평가가 이루어졌다. 특호는 민영과 상의한 후 직지 하권 첫 장을 문화재청에 헌납하기로 하고 '문화재 기증 합의서'를 썼다. 직지 하권 낱장을 기증했다는 소식이 전해지자 한국 매스컴은 앞다퉈 보도했다. 취재 열기는 대단했다. 결국 특호는 신문사를 그만두고 직지히스토리재단 이사장으로 취임했다. 문화재청에서는 직지 하권 첫 장을 기증하는 대가로 일금 10억을 두 사람이 만든 '직지히스토리' 재단에 전달했다.

민영과 특호는 직지가 맺어준 견고한 커플이 되었다. 두 사람이 '세계인쇄발전세미나' 참석 차 인천공항 가는 길, 새해맞이 독일에서 열리는 첫 세미나라 마음이 가벼웠다. 1월 초라 그런지 날씨가 다소 추웠다. 차를 타고 가며 특호가 히터를 틀면 민영이 은근슬쩍 끄는 행동이 반복됐다. 여성들은 화장한 얼굴이 건조해져 히터 바람을 선호하지 않는데 민영도 그랬다. 별 것 아닌 것 같고 신경전 벌이는 것 같아 특호는 그녀에게 가벼운 질문을 던졌다. 그러면서 히터를 틀었다.

"그럼 미테란 대통령이 본국으로 가져간 종이는 어떻게 된 거지?"

듣고있던 민영이 다시 히터를 끄며 말했다.

"아! 그것! 그러니까 진품인 하권 첫 장을 부친이 가지셨고 재현품을 미테란 대통령에게 내주셨던 것 같아. 부친이 훔친 건 아니지. 프랑스 공사 쁠랑시처럼 그냥 한번 실수한 거지. 셈셈인데 뭐…. 그리고 또…."

"또 뭐가 더 있어?"

"아버지께서 액자에 끼워둔 천 원 말이야."

"천원을 넣어 두었다고 하셨지."

"지금 생각해보니까 부친께서는 적법하게 직지 하권 첫 장을 천 원에 사신 것 같아."

"정말 그러셨을까?"

"그렇다니까."

부친이 천 원에 샀을 거라 본다는 민영의 말은 직지가 경매장에서 180프랑에 팔린 것에 대한 통쾌한 갚음일지 몰랐다. 특호는 운전을 하다말고 환호성을 질렀다.

"와우, 완전 대박!~~ 그게 그렇게 해석될 수도 있겠네. 돌려주는 종이에 천 원짜리를…. 민영이 아버지 정말 대단하시다,"

"맞아, 우리 아버지 정말 멋지신 분이야,"

강 활자장의 무용담을 듣는 것까진 좋았지만 특호는 의아한 점이 있었다. 강명진 활자장이 결국 미테란 대통령이 가져온 직지 진본을 접수하게 된 것인데 대통령이나 프랑스 측에 미안해했다는 말을 민영에게 들은 적이 없었기 때문이다. 특호는 민영에게 얘기를 꼭 듣고 싶었다.

"그런데 부친께선 미테란 대통령께 미안한 마음이 없었을까? 도서관 측에 항의를 들어가면서도 직지 낱장을 들고 왔는데 말야~ 또 가짜를 들고 본국으로 갔으니…."

특호가 의뭉스럽게 묻자 민영은 생글생글 답했다.

"전혀 미안해하지 않으셨어. 혹시 1866년에 일어난 병인양요 알아?"

"대략 알지. 프랑스군이 강화도 외규장각을 약탈한 사건?"

"잘 아네. 그해 10월, 로즈란 애가 군함 7척을 이끌고 와서는 강화도를 초토화시킨 거지. 물론 뭐 조선의 천주교 박해가 도화선이긴 했지만 너무 심했다는 거지."

"관군의 공격은 없었나?"

"당연 있었지. 양현수란 대장이 지휘하는 포수 500여 명이 프랑스군과 싸워서 처음엔 이겼었대."

"그런데?"

"프랑스함대가 맹공격을 퍼부은 거지. 프랑스군의 신식무기를 이겨낼 수 없었고…."

특호는 한 손으로 운전하면서 백미러를 쳐다보았다. 1차선을 막으며 가던 차량에 클랙슨을 울려준 후 추월했는데 그 차가 다시 따라오는 것이었다.

"정말 기분 나쁜 놈이네…."

특호가 차를 거칠게 몰아 앞차를 쫓으려 하자 민영은 말렸다.

"내 얘기 계속 들어봐. 도로에서 괜한 신경전 벌이지 말고…."

특호는 휘말리지 말자고 생각했던지 2차선에서 서행하기 시작했다. 특호는 민영의 얘기를 마저 들어야 했다.

"그래서 누가 이겼는데?"

"누가 이겼냐고? 조선 관군이 완전 박살 났지. 당시 정황을 보면 프랑스군대가 완전 강도 수준이었다 하더라고"

"관군들이 많이 죽었겠네."

"사상자도 많았지만, 그다음 프랑스군들의 잔인함이 극에 달했대. 소위 유럽 문화의 대명사로 불리던 프랑스가 말이야. 강화 유수부 관아는 말할 것도 없고 강화에 정박해 있던 200여 척의 배를 침몰시키고…. 은괴가 담긴 수십 개의 상자도 빼앗고, 외규장각에 있던 5천여 권의 책을 모두 불태웠는데 그중에 약 400여 권은 조선

왕실의 보물들이라 다 가져간 거지. 그때 포함됐던 책이 조선의궤였던 거지."

"그렇게 약탈한 걸 미테랑은 선심 쓰듯 영구임대해준다 했으니…. 은근히 화가 나네."

"그래서 부친이 특별히 미안해하지 않으셨던 것 같아. 원래 우리 것이었으니까."

"일리 있는 말이네. 이성적으로 생각하면 미안할 일이 전혀 아닌 거지."

이런저런 얘기를 하면서 영종대교를 건너는데 민영이 화장실에 잠깐 들렀다 가자 했다. 다행히 영종대교 구간엔 간이 휴게소가 있었다. 입구로 들어서려는데 라디오에서 일본 신사에서 훔친 고려 불상 도굴범에 대한 판결 내용과 프랑스국립도서관에 도둑이 들었다는 소식이 흘러나오고 있었다.

"오빠, 잠깐 차 세워봐. 라디오에서 문화재 관련 뉴스 나온다."

민영이 재빠르게 운전하던 특호의 손을 툭툭 쳤다. 특호는 휴게소 주차장에 차를 잠시 세웠다. 그녀는 엉거주춤 앉은 자세로 볼륨을 높였다. 소변 보는 일보다 뉴스 듣는 게 더 중요하게 느껴졌다. 라디오에선 되찾은 고려불상과 직지 도난 뉴스가 흘러나왔다.

"방금 들어온 소식입니다. 우리나라 도굴범 A씨와 Y씨가 일본 신사에 들어가 훔친 불상에 대한 대법원 판결이 있었습니다. 또 지난 3일엔 프랑스국립도서관에 아시아인으로 추정되는 도둑이 들었지만 훔쳐 간 물건은 없다는 소식입니다. 보도에 김효선 기자가 전합니다."

김효선 기자는 목젖을 잔뜩 눌러 멘트를 했다.

"오늘 대법원은 일본에 가서 고려불상을 훔친 도굴범에 대해 최종, 무죄를 선고했습니다. 무죄 선고 이유는 고려불상 자체가 원래 우리나라 것이고 일본에서 약탈해간 것이기 때문에 최종 소유권은 한국에 있다고 판결한 것입니다. 도굴범들에 대해선 해외에서 도굴한 예가 1번이고 초범이기 때문에 선처를 했다고 밝혔습니다. 일본으로선 난감한 일일 텐데요. 아마도 한국의 문화재를 지킨 부처님의 은덕이 아닐까 싶습니다.

우리나라의 고려 활자본 직지에 대한 해외 소식도 들어와 있습니다. 지난 3일 프랑스국립도서관에 아시아인들로 추정되는 도둑이 들었는데 지하 서고에 있던 직지가 안전하게 남아 프랑스 정부와 도서관 측이 안심했다는 후문입니다. 그런데 아이러니하게도 도서관 서고에서 한국 지폐로 보이는 1천원 짜리 한 장이 발견됐다고 합니다. 아마 도둑이 흘리고 간 돈으로 추정하고 있는데요. 프랑스 도서관 측은 일단 도난당한 게 없고 직지도 온전한 상태이기 때문에 내사 종결한다는 방침입니다. 지금까지 국제부 김효선 기자였습니다."

민영은 라디오 볼륨을 줄이며 특호와 하이파이브를 했다.

"와우!~~~ 우리나라 대도님들 만세."

특호가 유쾌하게 웃으며 말했다.

"우리나라 대도님들께서 프랑스국립도서관까지 원정을 가셨는데 직지가 가짜인 줄 알고 그대로 두고 오셨네,"

"그러니까 추론을 해보면 이런 거네. 미테랑 대통령이 귀국 후 도서관을 찾아 직지 하권 첫 장을 주고 갔는데 그건 가짜였고 가짜조차도 도서관 측에서는 붙여놓을 수가 없었던 거야. 붙여놓고 홍보를 하면 여론도 들끓고 시민단체들이 또 반환하라 요구할 테니까. 벙어리 냉가슴처럼 이러지도 못하고 저러지도 못한 거네….."

"응 오빠, 생각해보니까 그 추론이 대략 맞는 것 같아."

또 한 가지 쾌거는 꾼들인 대도들이 도서관까지 침입했지만 직지 하권을 그냥 두고 왔다면 인쇄본이 확실했다. 한참 웃다가 민영은 특호에게 대서특필할 만한 소식을 전했다.

"오빠 그건 그렇고….. 나 말이야….. 나….. 엊그제 병원에 다녀왔는데….."

"어디 아팠었어? 약 좀 미리 먹지 그랬어….."

특호는 한 손으로 운전을 하면서 민영을 쳐다봤다. 민영은 뭔가 폭탄선언을 할 태세였다. 민영은 가방에서 뭔가를 꺼냈다. 임신 진단 테스트기였다.

"아니 그게 아니고…..히잉, 진단 키트 보니까 두 줄이 보이길래….. 산부인과에 갔더니….. 나 오빠 아이 가졌나봐"

"뭐라고? 진짜? 진짜란 말이야?"

특호가 테스트기에 코를 대려하자 민영은 기겁하며 테스트기를 낚아챘다.

"아휴, 쫌! 냄새는 맡지 말고…"

"앗! 실수, 우리가 소중이를 먹은 지 벌써 3개월이 됐단 말야? 정말? 내가 애 아빠가 된다고?"

"응, 엉큼하긴. 소중이를 먹었다는 표현이 뭐야. 야하게스리… 을 근데 나 화장실 급하다…. 나 웃기지 마, 소변 나오려고 해. 빨랑 다녀올게."

민영은 차에서 내리자마자 휴지를 들고 화장실로 냅다 뛰었다. 뛰어가는 모습이 귀엽고 앙증맞았다. 차 안에선 특호의 유쾌한 웃음소리가 끊이지 않았다. 두 사람은 선명한 활자처럼 서로의 사랑을 마음판에 찍었을 게 분명했다. 또한 특호에게 직지는 행운이었다. 직지로 인한 특종에다 세상에서 가장 예쁜 피앙새도 만났고 재단 이사장까지 오르는 명예를 얻었기 때문이다. 차 안에서 민영을 기다리고 있는데 전화 한 통이 걸려왔다.

"저, 장특호 선생 핸드폰 맞나요?"

"네에 맞습니다만 누구시죠?"

"예전에 공장에서 뵈었던 서장목입니다. 지난주에 나왔습니다."

교도소에서 접견한 서씨였다. 그는 말을 길게 하지 않았다.

"아! 서장목 씨군요. 출소 축하드립니다."

"그때 콜오포 잘 먹었습니다. 감사드립니다. 언제 제가 식사라도 대접하고 싶습니다."

서씨의 목소리는 여유가 있어 보였다. 특호 역시 살갑게 말했다.

"별 말씀을요, 접견 가면 누구나 넣는 사식인데요 뭐."

"아닙니다. 그때 제 면도 세워주시고… 감사했습니다."

특호는 서씨와 연락된 김에 직지에 대한 부분을 물어봤다.

"다짜고짜 여쭤서 죄송한데 전에 말씀하신 부분 유효한가요?"

"아! 직지요?"

"네에."

"네에 언제든 준비되어 있습니다. 제가 움직이면 다 움직입니다."

준비란 직지를 넘길 의사도 있고 주변 사람에게 부탁하면 전부 찾아줄 수 있다는 뜻이었다. 잠시 할 말을 잃었던지 두 사람 사이에 적막감이 흘렀다. 순식간이었지만 자신의 입장에서 어떻게 처신하면 좋을까 생각한 것이다. 서씨는 어색한 상황을 피하기 위해 말을 이었다.

"며칠 전인가 8시 뉴스에서 봤습니다. 하권 첫 장을 문화재청에 기증하셨다고…"

"네에, 소식 들으셨군요. 선생님께서 상권과 하권의 행방을 알려주신다면 완벽한 책으로 탈바꿈 될 수 있을 것 같습니다."

"생각해보니 이 상황에서 돈이 크게 중요할 것 같진 않습니다. 지금은 직지의 부활이 중요하니까요."

"부활, 좋은 말씀입니다. 나라를 위해 큰 결단을 내리신다 생각하면 고맙겠습니다."

특호는 서씨를 다소 추켜 세웠다. 특호는 서씨와 연결은 됐지만 시급하게 해결할 부분이 있었다. 장물이나 도난된 문화재를 기증 받을 때 문제는 없을까 였다. 특호는 문화재 구입과 관련해서 서씨보다 잘 아는 사람이 없음을 알고 물어보았다. 질문을 던지자 서씨는 해결 방법이 전혀 없는 건 아니라고 말했다.

"장 선생님이 걱정하는 부분 제가 잘 알고 있습니다. 저도 이 바닥 30년인데 모르겠습니까. 우리나라 민법 249조에 '선의취득'이란 조항이 있습니다. 귀중한 걸 모르는 채 어떤 물건을 10년 이상 점유하면 개인 재산으로 인정 받게 되는데 최근에 법이 다소 바뀌긴 했습니다. 아무튼 그 문화재를 개인 재산으로 취하지 않고 국가나 문화재청에 신고하면 선처가 있지 않을까 생각합니다."

"갖고 계신 문화재가 있다면 국가나 문화재청에 신고하고 넘길 의향은 있으신가요?"

"물론입니다. 제가 죽을 때 문화재를 가져갈 것도 아니고 무엇보다 모두의 문화유산이니까요."

서씨가 물론이라고 말한 건 문화재가 수중에 있다는 걸 방증하는 것이었다. 특호는 조금 더 얘기를 끌었다.

"그런데 책에 대한 위상과 값어치는 알고 계셨나요?"

"제가 훔친 고서는 거의 복장유물입니다. 직지도 마찬가지였고요. 부처님 복장에 있는 물품은 대웅전 주지스님도 모릅니다. 제가 알고 훔쳤을 리가 없지요. 직지에 대한 행방도 제가 처음으로 말씀드리는 걸 겁니다. 직지를 찾는 건 어렵지 않습니다. 몇 몇 사람 거치면 됩니다. 다 아는 상선입니다, 갖고 있는 사람도 한정되어 있고요."

"직지를 찾는데 시간이 오래 걸릴까요?"

"그렇진 않을 겁니다. 국가나 문화재청에서 소유자 신변에 대한 보호나 대우, 안전한 장치를 마련해준다면 충분히 협조하리라 봅니다."

특호는 서씨에게 직지 행방에 대해 정확한 정보를 준다면 직지히스토리재단과 곧바로 연결하겠다고 했다. 그는 특호가 직지히스토리재단 이사장인 걸 잘 모르는 것 같았다. 서씨는 며칠 뒤 다시 연락하겠다고 한 뒤 전화를 끊었다. 서씨가 직지의 행방을 알아낸 후 문화재청과 협의하면 법적으로도 문제될 게 없었다. 그렇게 해준다면 민영의 부친이 되찾은 직지 하권 첫 장과의 합체. 완벽한 책이 되는 것이었다.

차에서 내려 타이어 상태를 점검하고 있는데 민영이 양 손에 생과일주스와 커피를 들고 왔다. 커피를 못 마시는 특호를 배려한 것이다. 주스엔 빨대가 꽂혀 있었다. 특호는 순간 프랑스국립도서관장 가르도가 권총으로 오인한 빨대가 생각났다. 죄를 지었을 때는 세상의 사물이 자신을 응징하려는 것으로 보이는 환영. 반대로 좋은 일을 할 때는 세상의 모든 사물이 아름답고 하늘 또한 돕는다는 사실을 깨달았다.

　빨대는 입의 힘을 필요로 한다는 것. 또한 스스로 애써 컵에 담긴 물을 길어 올리지 않으면 한 모금도 마실 수 없음을 알았다. 생각만 하지 말고 계획하고 정진해서 실천해야 한다는 것. 직지의 행방을 추적하며 머리에 맴돌던 글귀가 생각났다. '아침에 물고기나 용이 와서 휘저으면 물결이 치고 용솟음치는 것이다. 고요하기만 하고 힘써 움직이지 않으면 어느 시절에 마음을 깨치겠는가. 행동이 중요한 것이니라. 부질없는 일엔 손을 떼고 높은 곳을 향하라. 수련하고 정신을 떨쳐 뜻을 살피라. 간절히, 마음을 다해 부지런하라' 어느 선사의 울림을 통해 직지가 생명의 땅에서 움트고 있음은 아닐까. 묘덕의 두상을 닮은 비췻빛 하늘가에 움츠린 까치 두 마리가 도로 위를 날았다.

－끝－

직지의 부활

초판 인쇄 2021년 11월 8일
초판 발행 2021년 11월 10일

저　자 연세영
발행인 김호운
상임이사 김성달
사무국장 이월성
편집국장 이현신
발행처 사단법인 한국소설가협회
등　록 제313－2001－271호(2001. 12. 13)

주　소 04175 서울 마포구 마포대로 12, 한신빌딩 302호
전　화 02) 703-9837, 02) 703-7055
전자우편 novel2010@naver.com
한국소설가협회홈페이지 http://www.k-naver.kr
인　쇄 (주)현문
총　판 한국출판협동조합 070) 7119－1740

ISBN │ 979-11-7032-086-9 *03810
정가 15,000원

사단법인 한국소설가협회는 소설가로만 구성된 국내 유일의 단체입니다.